Joan Lindsay
Picknick am Valentinstag

Joan Lindsay

Picknick am Valentinstag

Roman

Zsolnay

Die Originalausgabe erschien 1967 unter dem Titel *Picnic at Hanging Rock* by Cheshire Publishing Ply Ltd 1 Australia

Umschlagentwurf und Gestaltung: Werbeagentur Zeuner, Ettlingen
Umschlagfoto: TiMe Filmverleih
Satz: MPM, Wasserburg
Druck und Bindung: Bercker Graphischer Betrieb, Kevelaer
Printed in Germany 1994

CIP-Titelaufnahme der Deutschen Bibliothek
Lindsay, Joan
Picknick am Valentinstag, Roman/ Joan Lindsay
Aus dem austr. Englisch von Werner Wolf – Wien: Zsolnay, 1994
Einheitssacht.: Picnic at Hanging Rock.
Mit e. Nachwort von Florian F. Marzin <dt.>
ISBN 3-552-04623-2

Die Akteure

Mrs. Appleyard: *Direktorin des Appleyard College*
Miss Greta McCraw: *Mathematiklehrerin*
Mlle. Dianne de Poitiers: *Französisch- und Tanzlehrerin*
Miss Dora Lumley, Miss Rammler: *jüngere Lehrerinnen*
Miranda, Irma Leopold, Marion Quade: *die älteren Schülerinnen*
Edith Horton: *das Collegedummchen*
Sara Waybourne: *die jüngste Schülerin*
Die Köchin, Minnie und Alice: *die Bediensteten des College*
Edward Whitehead: *der Gärtner des College*
Der irische Tom: *Mann für alles am College*
Mr. Ben Hussey: *Besitzer der Livery Ställe, Woodend*
Doktor McKenzie: *der alteingesessene Arzt von Woodend*
Constable Bumpher: *der Polizist von Woodend*
Mrs. Bumpher: *seine Frau*
Jim: *ein junger Polizist*
M. Louis Montpelier: *Uhrmacher in Bendigo*
Reg Lumley: *Bruder von Dora Lumley*
Jasper Cosgrove: *Vormund von Sara Waybourne*
Colonel and Mrs. Fitzhubert: *Sommergäste auf Lake View, Upper Macedon*
Der Ehrenwerte Michael Fitzhubert: *ihr Neffe aus England*
Albert Crundall: *Pferdeknecht auf Lake View*
Mr. Cutler: *Gärtner auf Lake View*
Mrs. Cutler: *seine Frau*
Doktor Cooling: *aus Lower Macedon*
Und viele andere, die nicht in diesem Buch auftreten.

Ob *Picknick am Valentinstag* Tatsache ist oder nicht, müssen meine Leser selbst entscheiden. Doch da das Picknick im Jahre neunzehnhundert stattgefunden hat und die Charaktere, die in diesem Buch auftreten, schon lange tot sind, erscheint diese Frage unerheblich.

Erstes Kapitel

Ein jeder war der Meinung, daß der Tag wie geschaffen war, um ein Picknick am Hanging Rock zu veranstalten. Ein strahlender, warmer Sommermorgen, kein Lüftchen regte sich, die Zikaden zirpten während des gesamten Frühstücks in den Bäumen vor den Fenstern des Speisesaals, und die Bienen summten über den Stiefmütterchen, die die Auffahrt säumten. Die schweren Blütenkelche der Dahlien leuchteten, schlaff herabhängend, in den makellos gepflegten Blumenbeeten, und der exakt geschnittene Rasen dampfte unter der aufsteigenden Sonne. Der Gärtner war gerade dabei, die Hortensien zu gießen, die hinter dem Collegegebäude noch im Schatten des Küchenflügels standen. Die Zöglinge von Mrs. Appleyards College für junge Damen, die schon seit sechs Uhr auf den Beinen waren und unentwegt den wolkenlosen Himmel im Auge behalten hatten, flatterten inzwischen in ihren leichten Sommerkleidern wie aufgeregte Schmetterlinge umher. Heute war nicht nur Samstag und der Tag des lang erwarteten alljährlichen Ausflugs, es war auch Valentinstag, den man traditionell am vierzehnten Februar mit dem Austausch von Grußkarten und kleinen Geschenken beging. Alles war irrsinnig romantisch und absolut anonym – vermutlich der stille Ausdruck verliebter Bewunderung, obwohl Mr. Whitehead, der schon ältere englische Gärtner, und Tom, der irische Hausbursche, die einzigen Männer waren, denen man während des Semesters ein Lächeln schenken konnte.

Die Direktorin war wahrscheinlich die einzige Person am College, die keine Karte erhielt. Es war allgemein bekannt, daß Mrs. Appleyard nichts vom heiligen Valentin und den lächerlichen Grußkarten hielt, die sich auf den Kaminsimsen des College bis fast zu Ostern drängten und die die Hausmädchen, genauso wie die Trophäen der jährlichen Preisverleihung, zu verstärkten Anstrengungen beim Staubwischen zwangen. Diese Kaminsimse. Zwei aus weißem Marmor gab es in dem großen Salon, von Paaren von Karyatiden gestützt, die genauso unzerstörbar wirkten wie die Direktorin. Andere Stützen und Simse waren aus Holz gedrechselt oder geschnitzt und mit tausenden von kleinen, blitzenden Spiegeln versehen. Das Appleyard College war schon jetzt, im Jahre 1900, ein architektonischer Anachronismus im australischen Busch – ein hoffnungsloser Fremdkörper in dieser Zeit und an diesem Ort. Das plumpe, einstöckige Herrenhaus war von der protzigen Art, die infolge von Goldfunden in ganz Australien wie exotische Pilze aus dem Boden geschossen war. Kein Mensch wird jemals dahinterkommen, warum gerade dieses Stück flachen Buschlandes, das sich ein paar Meilen außerhalb des Dorfes Macedon am Fuße der Berge dahinzog, als genehmer Bauplatz ausgesucht worden war. Der unbedeutende Bach, der sich an einer abschüssigen Stelle am hinteren Ende des vier Hektar großen Besitzes in eine Reihe von flachen Tümpeln ausweitete, stellte nur einen geringen Anreiz dar, hier ein Landhaus zu bauen, genausowenig wie der manchmal mögliche Blick zwischen den Eukalyptusbäumen mit ihrer abblätternden Borke hindurch auf die verschwommene Silhouette von Mount Macedon, der sich auf der gegenüberliegenden Seite im Osten erhob. Wie auch immer, das Haus war aus soliden Felssteinen gebaut, um alle Stürme der Zeit zu überstehen. Der Erbauer, dessen Name schon lange in Vergessenheit geraten war, hatte nur ein oder zwei Jahre darin gelebt, danach stand das große, häßliche Gebäude zum Verkauf.

Das weitläufige Grundstück, mit Gemüse- und Blumenbeeten, Schweine- und Hühnerpferchen, einem Obstgarten und Tennisplätzen, befand sich dank Mr. Whitehead, dem englischen Gärtner, der dafür die Verantwortung trug, in tadellosem Zustand. In den hübschen gemauerten Ställen standen eine Reihe von Wagen, die sich alle in exzellentem Zustand befanden. Die häßlichen viktorianischen Möbel waren so gut wie neu, der Marmor der Kaminsimse stammte direkt aus Italien und die dicken Teppiche aus Axminster. Die Öllampen auf der Zedernholztreppe wurden von klassischen Statuen getragen, in dem großen Salon stand sogar ein Klavier, und es gab einen rechteckigen Turm, den man über eine schmale, gewundene Treppe erklimmen konnte und auf dem am Geburtstag der Königin Victoria die englische Flagge gehißt wurde. Mrs. Appleyard, die im Besitz von durchaus bemerkenswerten Ersparnissen und Empfehlungsschreiben für einige der bekanntesten australischen Familien gerade aus England angekommen war, fand das Herrenhaus, das ein ganzes Stück zurückgesetzt von der Bendigo Road hinter einer niedrigen Steinmauer stand, sofort beeindruckend. Ihre braunen, glänzenden Augen, die immer nach einem guten Geschäft Ausschau hielten, erkannten in diesem wunderlichen Anwesen sogleich den richtigen Ort für eine exklusive und teure Erziehungsanstalt – besser noch ein College – für junge Damen. Zur Freude des Immobilienmaklers, der ihr das Anwesen zeigte, kaufte sie es – einschließlich des Gärtners – mit allem, was dazugehörte, unter Einschluß des üblichen Nachlasses für Barzahlung, auf der Stelle und zog ein.

Ob die Direktorin von Appleyard College (wie dieses obskure Objekt sogleich in goldenen Buchstaben auf einer hübschen Tafel an dem großen schmiedeeisernen Tor benannt wurde) irgendwelche Erfahrungen auf schulischem Gebiet hatte, wurde nie hinterfragt. Das war auch nicht nötig. Mit ihren ergrauten, hochtoupierten Haaren und ihrer imposanten Figur, diszipliniert und sich völlig unter Kontrolle habend, die Kamee mit dem Porträt ihres verstorbenen Mannes flach auf ihrer voluminösen Brust liegend, sah die stattliche Fremde genauso aus, wie die Eltern es von einer englischen Direktorin erwarteten. Und da allgemein bekannt ist, daß das Auftreten bei jeder Art von Geschäft, ob es nun um Kasperletheater oder den Handel an der Börse geht, entscheidend ist, war das College vom ersten Tag seines Bestehens an ein Erfolg, und nach einem Jahr warf es einen ordentlichen Gewinn ab. All dies ereignete sich fast sechs Jahre, bevor dieser Bericht beginnt.

Der heilige Valentin machte beim Gewähren seiner Gunst keine Unterschiede, und so waren an diesem Morgen nicht nur die Jungen und Schönen damit beschäftigt, die Kuverts mit den Karten zu öffnen. Wie üblich war eine Schublade in Mirandas Kommode mit Unterpfanden der Zuneigung gefüllt, die sie mit einem Spitzenband zusammengebunden hatte, auch der selbstgefertigte Liebesgruß des kleinen Jonny, mit einer Reihe von handgemalten Küssen versehen, der von ihrem Vater, mit liebevoller Hand adressiert, aus Queensland gekommen war, fand seinen Platz auf dem Marmorsims. Edith Horton, häßlich wie ein Frosch, hatte selbstgefällig elf Karten präsentiert, und sogar die kleine Miß Lumley hatte beim Frühstück eine Karte vorgezeigt, auf der eine sehr merkwürdig dreinblickende Taube abgebildet war und die den Schriftzug trug: ICH BETE EUCH EWIG AN. Ein Gruß, der wahrscheinlich von ihrem finsteren, wortkargen Bruder kam, der seine Schwester letztes Semester hier besucht hatte. Wer sonst, so fragten sich die heranwachsenden Mädchen, würde die kurzsichtige Gouvernante anbeten, die ewig in ihrem braunen Stoffkleid und den flachen Schuhen herumlief?

»Er ist stolz auf sie«, sagte Miranda in ihrer sanften

Art. »Ich habe beobachtet, wie er sich in der Eingangshalle von ihr verabschiedet hat.«

»Aber, liebste Miranda, Reg Lumley ist so eine schreckliche Kreatur!« lachte Irma und schüttelte ihre pechschwarzen Locken, wobei sie sich fragte, warum der Strohhut der Schuluniform so unkleidsam war. Die junge Erbin war mit ihren siebzehn Jahren eine strahlende Schönheit und frei von Neid oder Besitzdenken. Sie erwartete von Menschen und Dingen, daß sie schön seien, und heftete sich einen Strauß aus Wildblumen mit der gleichen Selbstverständlichkeit an ihre Jacke wie eine teure Diamantbrosche. Manchmal verschaffte ihr einfach ein Blick in Mirandas ruhiges, ovales Gesicht, umrahmt von den glatten hellblonden Haaren, einen kurzen, intensiven Moment der Freude. Die »liebste« Miranda schaute jetzt traumverloren auf den sonnenbeschienenen Garten. »Was für ein wunderbarer Tag! Ich kann es kaum erwarten, bis wir draußen auf dem Land sind!«

»Hört euch das an, Mädchen! Jeder, der das hört, muß ja denken, Appleyard College liegt in den Slums von Melbourne!«

»Wälder«, fuhr Miranda fort, »mit Farnen und Vögeln ... genau wie bei uns zu Hause.« »Und Spinnen«, warf Marion ein. »Ich wünschte, mir hätte jemand eine Landkarte vom Hanging Rock zum Valentinstag geschenkt, die könnte ich dann mit zu dem Picknick nehmen.« Irma war immer wieder von den ausgefallenen Bemerkungen Marion Quades überrascht und wollte nun wissen, wer sich bei einem Picknick mit Landkarten beschäftigen sollte.

»Ich«, antwortete Marion ernsthaft. »Ich will immer genau wissen, wo ich bin.« Dafür bekannt, daß sie schon in der Wiege die Weisheit mit Löffeln gefressen habe, hatte Marion Quade ein Großteil ihrer siebzehn Lebensjahre mit Lernen verbracht. Es wunderte niemanden, daß sie mit ihren schmalen, intelligenten Zügen, der empfindsamen Nase, die immer den Eindruck erweckte, etwas lang Erwartetes zu wittern, und den dünnen, flinken Beinen an einen Windhund erinnerte.

Die Mädchen begannen damit, über ihre Valentinsgaben zu sprechen.

»Jemand hat die Unverschämtheit besessen, Miß McCraw eine Karte aus Millimeterpapier, beschrieben mit Zahlen, zu schicken«, sagte Rosamunde.

Hinter dieser Aktion stand der Hausbursche Tom, der eine Idee von Minnie, dem Hausmädchen, aufgegriffen hatte und sich einen Spaß machen wollte. Die fünfundvierzig Jahre alte Predigerin der höheren Mathematik hatte mit spröder Anerkennung die Karte entgegengenommen, denn Zahlen waren in den Augen von Greta McCraw um ein ganzes Stück besser als Rosen und Treueschwüre. Der Blick auf ein Stück Papier, das mit Zahlenkolonnen bedeckt war, verschaffte ihr eine geheime Freude; ein Gefühl der Macht, denn sie wußte, daß mit ein, zwei Strichen diese Zahlen neu geordnet, dividiert, multipliziert und zu geheimnisvollen neuen Ergebnissen zusammengeführt werden konnten. Toms Valentinsgruß war, obwohl er es nie erfuhr, ein voller Erfolg. Minnie hatte er eine Karte geschenkt, auf der ein blutendes Herz, umgeben von Rosen, abgebildet war, was eindeutig auf das letzte Stadium einer ernsthaften Verliebtheit hindeutete. Minnie war begeistert, genauso wie die Mademoiselle über einen alten französischen Druck, der eine einzelne Rose darstellte. So erinnerte der heilige Valentin die Bewohner von Appleyard College an die Schönheit und Vielfalt der Liebe.

Mademoiselle de Poitiers, die Tanz und französische Konversation unterrichtete und gleichzeitig auch die Kleidung der Zöglinge überwachte, hastete im Fieber freudiger Erwartung umher. Genau wie die ihr anvertrauten Mädchen trug sie ein einfaches Musselinkleid, dem sie durch Hinzufügen eines breiten Schales als Gürtel und eines schattenspendenden Strohhuts einen

Hauch von Eleganz verliehen hatte. Nur ein paar Jahre älter als die ältesten Schülerinnen, war sie ebenso wie diese begeistert von der Aussicht, einen ganzen langen Sommertag der erdrückenden Routine des Schulalltags entfliehen zu können. So huschte sie zwischen den Mädchen hierhin und dorthin, um sie für die Abfahrt auf der vorderen Veranda zu versammeln.

»Dépêchez-vous, mes enfants, dépêchez vous. Tais-toi, Irma«, zirpte die zarte, kanarienvogelgleiche Stimme von Mademoiselle, bei der la petite Irma sich alles erlauben konnte. Die sinnlichen kleinen Brüste des Mädchens, ihre Grübchen, die vollen roten Lippen, die schelmischen dunklen Augen und die dichten schwarzen Lokken waren ein dauernder Quell ästhetischen Genusses. Manchmal schaute die Französin, die in unmittelbarer Nähe der großen europäischen Gemäldesammlungen aufgewachsen war, in dem schäbigen Klassenzimmer von ihrem Pult auf und sah Irma vor dem Hintergrund von Kirschen und Ananas, Cherubinen und goldenen Krügen, umgeben von eleganten jungen Männern in Samt und Seide.

»... Tais-toi, Irma ... Miß McCraw vient d'arriver.«

Eine hagere weibliche Gestalt in einem rostbraunen langen Mantel trat aus dem Toilettenhäuschen, einem Plumpsklo, das man über einen angelegten Weg, der von Begonien gesäumt war, erreichte. Die Gouvernante ging in ihrem gewohnt gemessenen Schritt, unberührt wie eine Königin und mit fast hoheitlicher Würde. Niemand hatte sie je in Eile oder ohne ihre stahlgefaßte Brille gesehen.

Greta McCraw hatte aus reinem Pflichtgefühl die Aufgabe übernommen, mit Unterstützung von Mademoiselle, die Aufsicht bei dem heutigen Picknick zu führen. Als brillante Mathematikerin, viel zu brillant für ihre armselig bezahlte Arbeit am College, hätte sie eine Fünfpfundnote dafür gegeben, diesen wertvollen Ferientag, egal wie schön er auch sein mochte, in ihrem

Zimmer über neuen Herausforderungen der Mathematik zuzubringen. Sie war eine hochaufgeschossene Frau mit gelblicher Haut, und ihr stumpfes, grau werdendes Haar erhob sich wie ein zerrupftes Vogelnest auf ihrem Kopf. Obwohl sie schon seit dreißig Jahren hier lebte, war sie von der Schönheit der australischen Landschaft immer unbeeindruckt geblieben. Das Wetter bedeutete ihr nichts, sie kümmerte sich weder um Mode noch um die sich endlos hinziehenden Eukalyptusbäume oder das trockene, gelbe Gras, aus dem sie sich genausowenig machte wie aus dem Nebel und den Bergen ihrer Heimat Schottland, als sie noch ein Mädchen war. Die Zöglinge waren an ihre seltsame Kleidung gewohnt und machten keine Scherze mehr darüber, und so blieb auch ihre Wahl für das heutige Picknick ohne Kommentar – der hinlänglich bekannte Hut, den sie zu den Kirchgängen trug, Stiefel mit schwarzen Schnürbändern, dazu der rostbraune Mantel, in dem ihr knochiger Körper wie eines ihrer geometrischen Dreiecke wirkte, und ein paar wirklich schäbige rostbraune Glacéhandschuhe.

Im Gegensatz dazu war Mademoiselle eine bewunderte Sachverständige in Modefragen. Sie wurde minutenlang gemustert und dann, einschließlich ihres Türkisrings und der weißen Seidenhandschuhe, ehrenvoll akzeptiert.

»Trotzdem«, sagte Blanche, »bin ich erstaunt, daß sie Edith mit diesen komischen blauen Bändern hat gehen lassen. Schaut euch Edith dort drüben überhaupt einmal an.«

Ein vierzehnjähriges Mädchen mit blassem Gesicht und der Figur eines zu prall gestopften Kissens stand ein paar Meter entfernt und starrte zu einem Fenster im ersten Stock hinauf. Miranda strich ihr glattes blondes Haar zurück, lächelte und winkte zu dem kleinen, prägnanten Gesicht hinauf, das traurig auf die quirligen Mädchen unter sich blickte. »Das ist nicht recht«, bemerkte Irma ebenso lächelnd und winkend, »das Kind ist schließlich erst dreizehn. Ich hätte nicht gedacht, daß Mrs. A so gemein sein würde.«

Miranda seufzte. »Arme kleine Sara – sie hatte sich so auf das Picknick gefreut.«

Weil sie gestern nicht in der Lage gewesen war, ›Das Wrack der Hesperus‹ zu rezitieren, war die kleine Sara Waybourne mit Stubenarrest bestraft worden. Später dann würde sie den schönen Sommernachmittag damit verbringen, im Klassenzimmer zu sitzen und das verhaßte Meisterwerk auswendig zu lernen. Trotz seiner erst kurzen Geschichte war das College schon hinlänglich bekannt für seine Disziplin, das perfekte Betragen und die Beherrschung der englischen Literatur.

Jetzt ruderte eine immens beeindruckende Gestalt in grauem Seidentaft, gleich einer Galeone unter vollen Segeln, auf die überdachte und mit einem Geländer versehene Veranda. Auf der sich sanft hebenden und senkenden Brust bewegte sich eine Kamee mit dem Porträt eines Herrn mit Backenbart, umrahmt von Granaten und Gold, im Takt der kräftigen Lungen, die in eine Festung aus Stahlstäben und steifem Baumwollstoff eingeschlossen waren, auf und ab.

»Guten Morgen, Mädchen«, ertönte die hoheitsvoll säuselnde Stimme, die eigens aus Kensington in England herübergekommen war.

»Guten Morgen, Mrs. Appleyard«, erklang es im Chor von den ehrfürchtig im Halbkreis vor der Eingangstür angetretenen Mädchen.

»Sind wir alle versammelt, Mademoiselle? Gut. Nun, meine jungen Damen, das Wetter meint es wirklich gut mit unserem Picknick am Hanging Rock. Da der Tag ziemlich warm zu werden verspricht, habe ich Mademoiselle angewiesen, daß Sie Ihre Handschuhe ablegen dürfen, sobald die Kutsche Woodend passiert hat. Der Lunch wird auf dem Picknickplatz in der Nähe des Hanging Rock eingenommen werden. Lassen Sie mich noch einmal darauf hinweisen, daß die Felsen überaus gefährlich sind und es Ihnen deshalb verboten ist, sich aus Entdeckerfreude irgendwelchen kindischen Dummheiten hinzugeben. Das gilt auch für die flachen Bereiche der Felsformation. Außerdem ist diese Felsformation ein geologisches Kleinod, über das Sie am Montagmorgen einen kurzen Aufsatz schreiben werden. Auch möchte ich Sie daran erinnern, daß dieser Ort bekannt ist für seine vielfältigen Arten von Giftschlangen und giftigen Ameisen. Ich glaube, das war alles. Genießen Sie den Tag und versuchen Sie sich so zu verhalten, daß es dem College zur Ehre gereicht. Miß McCraw, Mademoiselle, ich erwarte Sie gegen acht Uhr zu einem leichten Abendessen zurück.«

Der überdachte Wagen von den Hussey Livery Ställen in Lower Macedon, der von fünf prächtigen Pferden gezogen wurde, war schon mit Mr. Hussey auf dem Kutschbock vor dem Tor des Colleges vorgefahren. Seit dem großen Eröffnungstag, als die Eltern von Melbourne mit dem Zug kamen, um auf dem Rasen Champagner zu trinken, übernahm Mr. Hussey persönlich die Aufgabe, das »College« bei allen wichtigen Anlässen persönlich zu fahren. Mit seinen netten, klugen blauen Augen und seinen Wangen, die immer glänzten wie die Rosenbeete in Mount Macedon, kam er mit allen im ganzen Bezirk gut aus. Sogar Mrs. Appleyard nannte ihn ihren »guten Mann« und fand Gefallen daran, ihn gnädig in ihr Arbeitszimmer auf ein Gläschen Sherry zu bitten.

»Ruhig, Seemann .... Hoh, Gräfin ... Belmonte, ich werde dir ordentlich eins überziehen müssen ...« Die fünf gut abgerichteten Pferde standen da wie Statuen, trotzdem gehörte das mit zum Spiel, denn Mr. Hussey hatte, wie alle Kutscher, ein ausgeprägtes Gefühl für ein bißchen Schau.

»Achten Sie auf Ihre Handschuhe, Miß McCraw, das Rad ist staubig ...« Schon vor langer Zeit hatte er es aufgegeben, weiblichen Passagieren die grundlegenden Regeln beim Besteigen eines seiner Wagen beizubringen.

Endlich hatte eine jede, einschließlich der beiden Gouvernanten, nach ihren besonderen Vorlieben und Abneigungen Platz genommen. Die drei ältesten Mädchen, Miranda, Irma und Marion Quade, die unzertrennlich waren, hatten sich vorne auf dem Kutschbock neben den Kutscher gesetzt, ein Umstand, der Mr. Hussey sehr erfreute. Alle drei waren hübsche, intelligente Mädchen.

»Danke, Mr. Hussey – Sie können jetzt losfahren«, bestimmte Miß McCraw irgendwo von hinten, plötzlich erschrocken über ihre Verantwortung, die so gar nichts mit Mathematik zu tun hatte.

Dann waren sie weg. Das College war schon außer Sichtweite, nur den Turm konnte man noch zwischen den Bäumen hindurch sehen, während sie auf der Straße Melbourne – Bendigo dahinrollten und zusammen mit den feinen roten Staubkörnern durchgerüttelt wurden.

»Beweg dich, Seemann, du faules Stück ... Prinz, Belmonte, zurück in die Spur ...«

Die ersten ein, zwei Meilen war die Gegend hinreichend von den Wanderungen in strengen Zweierreihen bekannt. Die Fahrgäste wußten, ohne hinzusehen, nur zu gut, wie der verkrüppelte, lichte Wald aussah, der sich zu beiden Seiten der Straße dahinzog, um dann und wann einer kleinen, gerodeten Lichtung Platz zu machen. Das weiße Bauernhaus der Comptons, dessen Quittenbäume das College mit Gelee und Marmelade versorgten, und die Gruppe von Weiden am Wegrand, bei denen die Gouvernante, die bei dem jeweiligen Ausflug die Aufsicht führte, auf jeden Fall Rast einlegen würde, um dann zurückzukehren. Es war das gleiche wie mit dem Geschichtslehrbuch, wo die Klasse immer zu der Hinrichtung von König Georg IV. zurückblätterte, bevor man im nächsten Semester mit Edward III. weitermachen würde ... Nun, da man unbekümmert die Weiden in ihrem satten, sommerlichen Grün hinter sich gelassen hatte, breitete sich ein Gefühl von Abenteuer aus, und die Mädchen versuchten durch die zusammengebundenen Planen zu spähen, die von dem Segeltuchverdeck herunterhingen. Nachdem die Straße eine sanfte Biegung gemacht hatte, sah man auf dem dunkelbraunen Boden vereinzelte Stellen frischen Grüns, ab und an eine Gruppe von blaugrünen Pinien, und manchmal war auch ein kurzer Blick auf den Mount Macedon möglich, an dessen südlichen Abhängen, dort, wo die romantischen Sommerhäuser weit entfernte Freuden der Erwachsenenwelt verhießen, wie üblich kleine, weiße Wolken hingen.

Im Appleyard College stand SCHWEIGEN IST GOLD überall in den Korridoren geschrieben und wurde oft genug eingefordert. Die weiche, stetige Fortbewegung des Wagens aber vermittelte ein wunderbares Gefühl der Freiheit, und sogar die warme, staubige Luft, die den Passagieren ins Gesicht blies, tat ihren Teil dazu, sie zu zwitschernden, plappernden Wellensittichen werden zu lassen.

Auf dem Kutschbock thronten die drei ältesten Mädchen neben Mr. Hussey und redeten in sprunghafter Glückseligkeit von Träumen, Stickarbeiten, Warzen, Feuerwerken und den kommenden Osterferien. Mr. Hussey, der einen Großteil seiner Arbeitszeit damit verbrachte, den unterschiedlichsten Gesprächen zuzuhören, hielt seinen Blick auf die Straße gerichtet und sagte nichts dazu.

»Mr. Hussey«, fragte Miranda, »wußten Sie, daß heute Valentinstag ist?«

»Nun, Miß Miranda, das kann ich nicht behaupten. Ich weiß nicht viel über Heilige. Wofür ist dieser denn verantwortlich?«

»Mademoiselle behauptet, er ist der Schutzpatron der Liebenden«, erklärte Irma. »Er ist ein Schatz – er schickt den Leuten wundervolle Karten mit Glitter und echten Spitzen – möchten Sie ein Bonbon?«

»Nicht, wenn ich fahre, trotzdem vielen Dank.« Doch zumindest hatte Mr. Hussey jetzt Gelegenheit, in das

Gespräch einzugreifen. Letzten Samstag war er beim Pferderennen gewesen, und da hatte ein Pferd gewonnen, das Irmas Vater gehörte. »Wie war der Name des Pferdes, und über welche Distanz ging das Rennen?« wollte Marion Quade wissen. Sie war eigentlich gar nicht an Pferden interessiert, doch es gefiel ihr, jede noch so kleine Information aufzugreifen, wie ihr verstorbener Vater, ein hochgeachteter Konsul Ihrer Majestät, es getan hatte.

Edith Horton, die es haßte, von allem ausgeschlossen zu sein, und darauf bedacht war, daß jeder die Zierbänder an ihrem Kleid zu sehen bekam, lehnte sich jetzt über Mirandas Schulter nach vorne, um Mr. Hussey zu fragen, warum er sein großes braunes Pferd Gräfin genannt hatte. Mr. Hussey, der unter seinen Fahrgästen durchaus seine Lieblinge hatte, war auf einmal sehr einsilbig. »Wenn es um Namen geht, Miß, warum hat man *Sie* Edith genannt?«

»Weil Edith der Name meiner Großmutter ist«, antwortete sie affektiert. »Nur daß Pferde keine Großmütter in unserem Sinn haben.«

»Doch, die haben sie!« Mr. Hussey drehte sich von dem dummen Kind weg.

Der Morgen wurde immer wärmer. Die Sonne brannte auf das glänzende schwarze Verdeck der Kutsche, das inzwischen mit feinem roten Sand bedeckt war, der auch durch die lose zusammengebundenen seitlichen Planen drang und sich in die Augen und die Haare setzte.

»Und das nehmen wir alles zu unserem Vergnügen auf uns«, murmelte Greta McCraw von hinten, »auf daß wir schon bald der Gnade von Giftschlangen und giftigen Ameisen ausgeliefert sind. Wie dumm menschliche Wesen doch sein können!« Genauso unnütz war es, bei all dem Geschnatter der Schülerinnen, ihr Buch aus der Tasche zu nehmen.

Die Straße zum Hanging Rock machte kurz hinter dem Ort Woodend einen scharfen Rechtsknick. An dieser

Stelle hielt Mr. Hussey vor dem besten Hotel der Gegend an, um den Pferden eine Rast zu gönnen und ihnen Wasser zu geben, bevor sie den letzten Teil der Fahrt in Angriff nehmen würden. Unter dem Verdeck war die Hitze kaum noch zu ertragen, und es kam einem Freudenfest gleich, die obligaten Handschuhe ausziehen zu dürfen.

»Dürfen wir auch die Hüte abnehmen, Mademoiselle?« fragte Irma, deren pechschwarze Locken wie ein Sturzbach unter der Krempe des Schulstrohhuts hervorflossen. Mademoiselle lächelte und blickte zu Miß McCraw, die ihr konzentriert und aufrecht gegenüber saß. Allerdings waren ihre Augen geschlossen, und zwei kleine Hände in rostbraunen Glacéhandschuhen waren fest in ihrem Schoß verschränkt.

»Auf keinen Fall. Wir befinden uns auf einem Ausflug, und es ist nicht einzusehen, daß wir wie ein Haufen Zigeunerinnen herumlaufen.« So nahm die Welt der reinen, unverfälschten Vernunft wieder Einzug.

Das gleichmäßige Getrappel der Pferdehufe und die stickige Luft machten die Fahrgäste schläfrig. Es war gerade elf Uhr und noch hinreichend Zeit, den Picknickplatz rechtzeitig zum Lunch zu erreichen, deshalb trafen die beiden Gouvernanten eine Entscheidung, die darin bestand, Mr. Hussey anzuweisen, den Wagen an einem genehmen Platz abseits der Straße anzuhalten. Im Schatten eines alten, weißborkigen Eukalyptusbaums wurde der zinkausgekleidete Weidenkorb, in dem die Milch und die Limonade wunderbar kühl blieben, vom Wagen geladen und ausgepackt, die Hüte wurden ohne weiteren Kommentar abgenommen und Biskuits herumgereicht.

»Es ist schon lange her, seit ich so ein Zeug getrunken habe«, sagte Mr. Hussey und nahm einen Schluck Limonade. »Ich trink' keine harten Sachen mehr, wenn ich einen so wichtigen Tag wie diesen habe.«

Miranda war aufgestanden und hatte einen Becher mit Limonade erhoben.

»Auf Sankt Valentin!«

»Sankt Valentin!«

Alle, Mr. Hussey eingeschlossen, erhoben ihre Becher, und der liebenswerte Name erklang über die staubige Straße. Sogar Greta McCraw, der es egal gewesen wäre, ob man auf Tom von Bedlam oder den Schah von Persien angestoßen hätte, und die nur den Sphärenklängen in ihrem eigenen Kopf lauschte, brachte ihren leeren Becher an ihre bleichen Lippen.

»Und jetzt«, meinte Mr. Hussey, »wenn Ihr Heiliger nichts dagegen hat, Miß Miranda, denke ich, wir machen uns besser auf den Weg.«

»Menschen«, beichtete Miß McCraw einer Elster, die zu ihren Füßen die Krümel von Biskuits aufpickte, »sind besessen von der Idee völlig überflüssiger Bewegung. Niemand, außer einem Idioten, ist zur Abwechslung einmal bereit, sich ganz still zu verhalten!« Daraufhin kletterte sie widerstrebend zurück auf ihren Platz im Wagen.

Der Korb wurde wieder verstaut, die Fahrgäste abgezählt, damit niemand zurückbliebe, die Trittleiter wurde unter die Bodenbretter geschoben, und dann waren sie erneut auf der Straße, fuhren durch den silbernen Halbschatten junger, gerade gewachsener Bäume, wobei die Pferde durch Streifen goldenen Lichts preschten, das sich auf ihren angespannten Rücken und den dunklen, schwitzenden Leibern brach. Die fünf mal vier Hufe bewegten sich fast unhörbar auf dem weichen Boden der Landstraße. Kein Mensch begegnete ihnen, kein Vogelgezwitscher störte die sonnengetränkte Stille, die Blätter mit grauen Spitzen der jungen Bäume hingen leblos in der Mittagshitze. Die lachenden, schnatternden Mädchen in dem warmen, schattigen Gefährt verstummten unbewußt, bis sie wieder im vollen Sonnenlicht waren.

»Es muß schon fast zwölf Uhr sein«, sagte Mr. Hussey zu seinen Fahrgästen, wobei er nicht auf seine Uhr, sondern zur Sonne hinaufschaute. »Bis jetzt ist es nicht schlecht gelaufen, meine Damen. Ich habe Ihrer Chefin

Stein und Bein geschworen, daß Sie um acht Uhr wieder im College sind.« Das Wort ›College‹ war wie ein eisiger Lufthauch in der Hitze unter dem Wagendach, und niemand antwortete darauf. Ausnahmsweise nahm Greta McCraw an der allgemeinen Unterhaltung teil, was sie sogar im Lehrerzimmer nur selten tat. »Es gibt absolut keinen Grund, warum wir zu spät kommen sollen, selbst wenn wir noch eine Stunde länger am Hanging Rock bleiben würden. Mr. Hussey weiß genausogut wie ich, daß zwei Seiten eines Dreiecks zusammen länger sind als die dritte. Heute morgen sind wir zwei Seiten eines Dreiecks abgefahren ... Habe ich recht, Mr. Hussey?«

Der Kutscher nickte ziemlich verwirrt seine Zustimmung. Miß McCraw war schon ein komischer Kauz.

»Sehr gut, nun – Sie brauchen heute nachmittag nur Ihre Route zu ändern und an der dritten Seite des Dreiecks entlangzufahren. In diesem Fall, da wir bei Woodend im rechten Winkel auf diese Straße abgebogen sind, muß sich die Rückfahrt entlang der Hypotenuse erstrecken.«

Das war nun wirklich zuviel für Mr. Husseys praktische Denkweise. »Ich habe keine Ahnung von Hypnose, meine Dame, aber wenn Sie an den Weg über Camels Hump denken«, er deutete mit seiner Peitsche zur Macedon Range hinüber, wo Camels Hump sich deutlich gegen den Himmel abhob, »der ist ein ganzes Stück länger als der, den wir gefahren sind, Mathematik hin oder her. Vielleicht interessiert es Sie, daß es dort noch nicht mal eine richtige Straße gibt – nur so etwas wie einen schlechten Weg über den Bergrücken.«

»Ich habe *nicht* an Camels Hump gedacht, Mr. Hussey. Aber trotzdem vielen Dank für Ihre Belehrung. Da ich nur wenig von Pferden und Straßen verstehe, muß ich leider die Theorie bemühen. Marion, können Sie mich da vorne hören? Sie verstehen, was ich sagen will, hoffe ich doch?« Marion Quade, die einzige in der Klasse, die Pythagoras spielend meisterte, war ihre bevorzugte

Schülerin in dem Sinne, wie ein Wilder, der ein paar Worte in der Sprache eines schiffbrüchigen Seemanns versteht, ein bevorzugter Wilder ist.

Während dieses Gesprächs hatte sich die Aussicht dahingehend verändert, daß auf einmal der Hanging Rock atemberaubend ins Gesichtsfeld trat. Direkt in Fahrtrichtung ragte ganz plötzlich die graue Vulkangesteinsmasse breit und zerklüftet wie eine Festung aus der leeren, gelben Ebene. Die drei Mädchen auf dem Kutschbock konnten die senkrechten Linien der Felswände sehen, unterbrochen von dunkelroten Schatten, Ansammlungen von graugrünen Büschen und hervorstehende Felsnasen, die selbst aus dieser Entfernung beeindruckend und faszinierend erschienen. Die Kammlinie war eine zerklüftete Felsenreihe, bar jeglicher Vegetation, die das Blau des Himmels zerschnitt. Der Kutscher deutete beiläufig mit seiner langen Peitsche auf dieses absonderliche Ding. »Da ist er, meine Damen ... nur noch eineinhalb Meilen entfernt!«

Mr. Hussey hatte eine Menge von beeindruckenden Informationen und Zahlen parat. »Über einhundertsiebzig Meter hoch ... vulkanischen Ursprungs ... mehrere verschiedene Monolithen ... Tausende von Jahren alt. Entschuldigung, Miß McCraw, ich sollte wohl sagen Millionen.«

»Der Berg kommt zum Propheten. Der Hanging Rock zu Mr. Hussey.« Die ziemlich sonderbare Lehrerin lächelte ihn an; ein geheimnisvoll verschrobenes Lächeln, das für Mr. Hussey noch weniger Sinn als ihre Worte ergab. Mademoiselle, deren Blick sich kurz mit dem des verwirrten Mannes traf, konnte sich gerade noch davor zurückhalten, ihm zuzuzwinkern. Die arme Greta wurde wirklich von Tag zu Tag sonderbarer!

Der Wagen bog scharf nach rechts ab, wurde schneller, und vom Kutschbock dröhnte eine Stimme, aus der die reine Fürsorge sprach. »Ich denke, meine Damen, daß Sie jetzt schon auf Ihr Lunch warten. Ich, für meinen

Teil, bin in der richtigen Stimmung für die Hähnchenpastete, von der ich schon so viel gehört habe.«

Die Mädchen plapperten wieder durcheinander, und nicht nur Ediths Gedanken beschäftigten sich mit der Pastete. Köpfe reckten sich durch die Planen, um noch einen Blick auf den Hanging Rock zu werfen, der mit den Biegungen der Straße im Gesichtsfeld auftauchte und wieder verschwand. Für die drei Mädchen vorne war er manchmal so nahe, daß sie die zwei großen Felsen, die knapp unter der Kammlinie lagen, erkennen konnten, dann wieder wurde die Sicht von den Büschen und den hohen Bäumen im Vordergrund verdeckt.

Auf den sogenannten Picknickplatz am Fuße des Hanging Rock kam man durch ein schiefhängendes Holzgatter, das jetzt geschlossen war. Miranda – durch Übung auf den Besitzungen ihrer Familie hatte sie einige Erfahrung im Öffnen von Gattertoren – war ungefragt vom Kutschbock gestiegen und hantierte geschickt unter den beifälligen Blicken von Mr. Hussey an dem festgezurrten hölzernen Riegel. Mr. Hussey bemerkte die sicheren Griffe der schmalen Hände und wie sie die schwere Last des Tores geschickt mit einer Hüfte abstützte. Sobald das Tor in seinen rostigen Angeln weit genug geöffnet war, um der Kutsche eine sichere Durchfahrt zu gewähren, erhob sich ein Schwarm grüner und blauer Papageien kreischend von einem überhängenden Baum und flog über die flache Graslandschaft Richtung Süden zum Mount Macedon.

»Auf jetzt, Seemann … Gräfin, mach schon … Belmonte, was soll das denn werden …? Verdammt, Miß Miranda, man hat den Eindruck, die haben noch nie bunte Papageien gesehen.« Und so lenkte Mr. Hussey in bester Festtagsstimmung mit der gleichen glücklichen Selbstgewißheit, mit der er täglich die kleinen Türen von den Macedon Livery Ställen und die seines Hinterhofes öffnete, seine fünf Braunen aus der sicheren, bekannten Gegenwart in eine unbestimmte Zukunft.

Zweites Kapitel

Im Bereich des Picknickplatzes beschränkte sich der menschliche Eingriff in die Natur auf eine Reihe von Kreisen aus flachen Steinen, die als Feuerstellen dienten, und ein Toilettenhäuschen im Stil einer japanischen Pagode. Jetzt, im Hochsommer, floß der Bach träge durch das hohe, trockene Gras, verschwand dann und wann fast ganz, um als flacher Tümpel wieder aufzutauchen. Der Lunch war auf großen weißen Tischtüchern ausgebreitet worden, die durch den Schatten von zwei oder drei ausladenden Eukalyptusbäumen vor der brennenden Sonne geschützt waren. Zusätzlich zu der Hähnchenpastete gab es noch, was bei einem australischen Picknick nicht wegzudenken ist: Wackelpeter, Biskuitkuchen und gekochte Bananen; darüber hinaus hatte die Köchin noch einen mit Zuckerguß verzierten Kuchen in Herzform mitgeschickt, für den Tom extra eine Backform aus einem Stück Blech hergestellt hatte. Mr. Hussey hatte über dem Feuer aus Borke und Blättern zwei Riesenkannen Tee gekocht und genoß jetzt im Schatten der Kutsche, von wo aus er seine an einem schattigen Platz angebundenen Pferde im Auge behalten konnte, seine Pfeife.

Die einzigen anderen Besucher des Picknickplatzes waren eine Gruppe von drei oder vier Personen, die etwas entfernt unter einigen Mangroven am anderen Ende des Baches lagerten, wo ein großer Brauner und ein kleineres weißes Araberpferd neben einem offenen Wagen aus ihren Futtersäcken fraßen.

»Wie schrecklich still es hier draußen ist«, stellte Edith fest, während sie sich reichlich von der Schlagsahne bediente. »Wie kann man nur Vergnügen daran finden, auf dem Land zu leben? Außer natürlich, wenn man schrecklich arm ist.«

»Wenn jeder in Australien so denken würde wie du, dann hättest du keine Chance, dich mit Sahne fett zu fressen«, stellte Marion fest.

»Mit Ausnahme der Leute mit dem Wagen dort drüben könnten wir die einzigen lebenden Wesen auf der ganzen Welt sein«, sagte Edith und löschte leichthin die gesamte Tierwelt mit einem Streich aus.

Die sonnigen Flecken und schattigen Wälder, die für Edith so still und leblos waren, waren in Wirklichkeit erfüllt von ungehörtem Rascheln, Zwitschern, Scharren, Kratzen und dem leichten Luftzug ungesehener Flügel. Blätter, Blumen und Gräser sprossen und bebten unter dem Baldachin von Licht; die Schatten der Wolken machten Platz für die goldenen Pollen, die über dem Tümpel tanzten, wo Käfer auf dem Wasser dahinglitten und jagten. Auf den Felsen und im Gras durchquerten emsige Ameisen bei ihrer nie endenden Suche nach Nahrung kleine Saharas aus trockenem Sand und Dschungel aus keimendem Gras. Hier, mitten zwischen den riesigen menschlichen Körpern, lagen vom Himmel geschickte Krümel, Samen, kleine Stücke von kandiertem Ingwer – fremd, exotisch, aber eine akzeptable Beute. Ein Bataillon von Honigameisen, fast an der Aufgabe scheiternd, war geschäftig dabei, ein Stück Zuckerguß des Kuchens in Richtung einer ihrer unterirdischen Vorratskammern zu bringen, die sich in gefährlicher Nähe von Blanches blondem Kopf befand, der auf einem Felsen ruhte. Eidechsen nahmen auf den heißesten Steinen ein Sonnenbad, ein schwerfälliger, schwer gepanzerter Käfer fiel in den trockenen Gräsern auf den Rücken und strampelte hilflos mit den Beinen, fette weiße Maden und flache graue Raupen zogen die dunkle Sicherheit verrottender Baumrinde vor. Träge Schlangen lagen zusammengerollt in ihren versteckten Löchern und warteten auf die Dämmerung, wenn sie aus den hohlen Baumstämmen hervorkommen würden, um am Bach zu trinken, während in den verborgenen Tiefen der Büsche die Vögel darauf warteten, daß die Hitze des Tages verginge.

Durch Korsetts, die den Bauch zusammenschnürten, voluminöse Petticoats, Baumwollstrümpfe und Halbstiefel von den natürlichen Elementen wie der Erde, der Luft und dem Sonnenlicht getrennt, lagen die Mädchen mit vollen Bäuchen im Schatten und waren genau solche Fremdkörper in ihrer Umgebung wie Bilder in einem Fotoalbum, auf denen sich die Abgebildeten verloren vor einem Hintergrund aus dunklen Felsen und unnatürlichen Bäumen postierten.

Nachdem der Hunger gestillt war und man die ungewohnten Leckereien bis zum letzten Bissen genossen hatte, die Teller und Tassen in dem kleinen Tümpel ausgespült waren, suchten die Mädchen einen gemütlichen Platz, wo sie sich für den Rest des noch verbleibenden Nachmittags amüsieren konnten. Einige gingen in Zweier- oder Dreiergruppen los, allerdings unter der strengen Maßgabe, sich nicht aus der Sichtweite des Wagens zu entfernen, andere lagen satt und schläfrig im Sonnenlicht und träumten vor sich hin. Rosamunde beschäftigte sich mit einer Handarbeit, Blanche war schon eingeschlafen. Zwei fleißige Schwestern, die aus Neuseeland stammten, fertigten Bleistiftzeichnungen von Miß McCraw an, die schließlich ihre Handschuhe doch noch ausgezogen hatte, nachdem sie abwesend versucht hatte, eine Banane zu essen, was in einem Desaster geendet hatte. Wie sie so stocksteif, ihre Adlernase in ein Buch vergraben und mit ihrer stahlgefaßten Brille, dasaß, war es fast schon zu einfach, sie zu karikieren. Neben ihr lag Mademoiselle lang ausgestreckt, das blonde Haar über das Gesicht ausgebreitet, im Gras. Irma hatte sich das perlmutt besetzte Taschenmesser geborgt und schälte jetzt eine Aprikose mit einer Hingabe, die Kleopatras Bankett würdig gewesen wäre.

»Warum nur, Miranda«, flüsterte Irma, »ist so ein wunderschönes Geschöpf eine Gouvernante – es gibt doch viel unausstehlichere Menschen auf der Welt? Ach, da kommt Mr. Hussey, es ist eine Schande, sie jetzt zu wecken.«

»Ich schlafe nicht, ma petite, ich habe nur vor mich hingeträumt«, meldete sich die junge Gouvernante und stützte ihren Kopf auf den Ellenbogen, wobei sie abwesend lächelte. »Was gibt es, Mr. Hussey?«

»Es tut mir leid, daß ich Sie stören muß, Miß, doch ich will sicherstellen, daß wir nicht später als fünf Uhr hier abfahren. Eher früher, wenn meine Pferde dann soweit sind.«

»Selbstverständlich. Ganz wie Sie wollen. Ich werde dafür sorgen, daß die jungen Damen jederzeit fertig sind, sobald Sie es wünschen. Wieviel Uhr ist es jetzt?«

»Das wollte ich Sie gerade fragen, Miß. Meine alte Zwiebel ist, so wie es aussieht, um zwölf Uhr stehengeblieben. Ausgerechnet heute.«

Zufälligerweise befand sich Mademoiselles kleine französische Uhr in Bendigo zur Reparatur.

»Bei Moosoo Montpelier, Miß?«

»Ich denke, das war der Name des Uhrmachers.«

»Am Golden Square? Da haben Sie, wenn ich das sagen darf, eine gute Wahl getroffen.«

Ein schwaches, aber unübersehbares Erröten stand im Widerspruch zu dem reservierten »Tatsächlich« der jungen französischen Dame. Wie auch immer, Mr. Hussey hatte sich an Moosoo Montpelier festgebissen, und es erschien unmöglich, daß er dieses Thema wieder fallenlassen wollte, genausowenig wie ein Hund seinen Knochen wieder losläßt.

»Ich sage Ihnen, Miß, Moosoo Montpelier ist, genau wie sein Vater früher, einer der besten in dieser Branche in ganz Australien. Und ein ehrenwerter Mann dazu. Sie hätten keinen besseren finden können.«

»Nun, ich verstehe. Miranda, Sie tragen doch Ihre schöne, kleine diamantbesetzte Uhr. Können Sie uns sagen, wie spät es ist?«

»Es tut mir leid, Mademoiselle, ich trage sie nicht mehr. Ich konnte das Ticken den ganzen Tag lang so direkt über meinem Herzen nicht mehr ertragen.«

»Wenn ich so eine Uhr hätte«, bemerkte Irma, »dann würde ich sie nicht einmal beim Waschen ablegen. Sie etwa, Mr. Hussey?«

Mit einer abrupten, widerwilligen Bewegung schloß Miß McCraw ihr Buch, griff mit zwei ihrer knochigen Finger in die Falten ihres rostbraunen Mantels und zog eine altertümliche goldene Taschenuhr an einer Uhrkette hervor. »Ist um zwölf Uhr stehengeblieben. So etwas ist noch nie passiert. Sie gehörte meinem Vater.«

Mr. Hussey konnte nichts anderes tun, als wissend auf den Schatten des Hanging Rock zu blicken, der seit dem Lunch beständig über den Boden auf den Picknickplatz zugekrochen war.

»Soll ich noch einmal Teewasser aufsetzen, bevor wir zurückfahren? So etwa in einer Stunde?«

»In einer Stunde«, sagte Marion Quade und zog ein Blatt Millimeterpapier und ein Lineal hervor. »Wenn noch genügend Zeit ist, dann würde ich gerne ein paar Messungen am Fuß des Felsens vornehmen.« Weil beide, Miranda und Irma, einen genaueren Blick auf den Felsen werfen wollten, baten sie um die Erlaubnis, bevor es Tee geben würde, bis zu dem flacheren Anstieg gehen zu dürfen. Nach einem kurzen Moment des Zögerns wurde ihnen dies von Mademoiselle, da sich Miß McCraw schon wieder in ihr Buch vergraben hatte, gewährt.

»Wie weit ist das Luftlinie entfernt, Miranda?«

»Nur ein paar hundert Meter«, antwortete Marion Quade. »Doch wir müssen an dem Bach entlanglaufen, was etwas weiter ist.«

»Kann ich mitkommen?« fragte Edith und stand unter heftigem Gähnen auf. »Zu Mittag habe ich so viel Kuchen gegessen, daß ich kaum noch die Augen offenhalten kann.«

Die beiden Mädchen schauten Miranda fragend an, und schließlich erlaubten sie Edith, sich ihnen anzuschließen.

»Machen Sie sich keine Sorgen, liebste Mademoiselle«, lächelte Miranda sie an. »Wir werden bald wieder zurück sein.«

Die Gouvernante blickte den vier Mädchen nach, die in Richtung des Baches davongingen. Miranda an der Spitze; sie glitt durch das hohe Gras, wobei es den Saum ihres hellen Rockes streifte; Marion und Irma folgten ihr Arm in Arm, und Edith stolperte hinterher. Als sie die schilfbewachsene Stelle erreichten, wo der Bach einen Knick machte, blieb Miranda stehen, drehte ihren Kopf mit dem schimmernden blonden Haar und lächelte huldvoll zu Mademoiselle zurück, die das Lächeln zurückgab und winkte. Sie stand da, lächelnd und winkend, bis die vier Mädchen hinter der Biegung verschwunden waren.

»Mon Dieu!« stöhnte sie in das weite Blau des Himmels, »jetzt verstehe ich ...«

»Was verstehen Sie jetzt?« fragte Greta McCraw, plötzlich aufgeschreckt über den Rand ihres Buches blikkend, wie es nun einmal ihre unberechenbare Art war. Die Französin, der selten, auch nicht in Englisch, die Worte fehlten, fand sich in verlegener Sprachlosigkeit wieder. Es war einfach unmöglich, anderen Leuten, besonders Miß McCraw, ihre erregende Entdeckung zu schildern, daß Miranda einem Engel von Botticelli aus den Uffizien glich ... es war unmöglich zu erklären. Ja, selbst einen klaren Gedanken an Dinge zu fassen, die wirklich eine Rolle spielten, war an einem Sommernachmittag wie diesem nicht möglich. Zum Beispiel an die Liebe; nur vor ein paar Minuten hatte der Gedanke an

Louis' Hand, wie sie erfahren die kleine Sèvres-Uhr aufzog, Mademoiselle fast ohnmächtig werden lassen. Sie legte sich wieder in das warme, duftende Gras und beobachtete, wie sich der Schatten der tiefhängenden Äste von dem Korb mit den Getränken wegbewegte. Schon bald würde er im gleißenden Sonnenlicht stehen, und sie würde aufstehen müssen, um ihn wieder in den Schatten zu stellen. Die vier Mädchen mußten jetzt schon zehn Minuten oder gar länger unterwegs sein. Unnütz, eine Uhr zu Rate zu ziehen. Die wunderbar einschläfernde Schwüle des Nachmittags gab ihr zu verstehen, daß dies die Zeit sei, in der die Menschen aller hektischen Aktivität überdrüssig werden, vor sich hindösen und träumen, gerade so, wie sie es jetzt tat. Im Appleyard College mußten die Schülerinnen beim Nachmittagsunterricht unentwegt ermahnt werden, aufrecht zu sitzen und aufzupassen. Als sie ein Auge öffnete, sah sie, daß die beiden fleißigen Schwestern drüben an dem Tümpel ihre Skizzenblocks weggelegt hatten und eingeschlafen waren. Rosamunde war über ihrer Handarbeit eingenickt. Mit einer großen Willensanstrengung zwang sich Mademoiselle dazu, die neunzehn Mädchen, die sich in ihrer Obhut befanden, durchzuzählen. Alle, außer Edith und die drei ältesten Schülerinnen, befanden sich in Rufweite. Sie schloß die Augen und gewährte sich den Luxus, einen unterbrochenen Traum weiterzuträumen.

Währenddessen folgten die vier Mädchen dem gewundenen Bachlauf weiter aufwärts. Von seiner versteckten Quelle zwischen Farngestrüpp und Unterholz am Fuße des Felsens erreichte der Bach den flachen Picknickplatz als fast nicht wahrnehmbares Rinnsal, dann wurde er plötzlich für ein paar hundert Meter tiefer und klarer, floß lebhaft über die runden Steine und verbreiterte sich dann zu einem kleinen Teich, der von kräftigem, grünem Gras gesäumt war. Ohne Zweifel war dies der Grund, warum die Gesellschaft mit dem offenen Wagen diese

Stelle für ihr Picknick ausgesucht hatte. Ein kräftiger älterer Mann mit einem Backenbart, der einen Tropenhelm in sein rotes Gesicht geschoben hatte, lag mit über dem Bauch, der in einen roten Kummerbund gehüllt war, gekreuzten Armen fest schlafend da. Nahe dabei saß, mit dem Rücken an einen Baum gelehnt und mit einer Reihe von Kissen aus dem Wagen versorgt, eine kleine Frau in einem schönen Seidenkleid, die sich mit einem Palmzweig Kühlung zufächerte. Ein schlanker, ziemlich junger Mann, eher ein sehr junger Mann in englischen Reithosen, war ganz in eine Zeitschrift vertieft, während ein weiterer, ungefähr im gleichen Alter oder höchstens ein bißchen älter, der so kräftig und sonnengebräunt war wie der andere schmal und bleich, damit beschäftigt war, die Sektgläser im Teich zu spülen. Seine Schirmmütze und die blaue Jacke mit den silbernen Knöpfen hatte er achtlos über einen Busch geworfen, so daß man sein dichtes dunkles Haar und zwei goldbraune kräftige Unterarme sehen konnte, auf denen Nixen tätowiert waren.

Obgleich die vier Mädchen den endlos erscheinenden Biegungen des eigensinnigen Bachlaufs folgten und nun schon auf gleicher Höhe mit der kleinen Picknickgesellschaft waren, blieb der Hanging Rock immer noch in quälender Weise hinter den hohen Bäumen versteckt.

»Wir müssen jetzt endlich eine Stelle finden, wo wir den Bach überqueren können«, meinte Miranda und blickte sich angestrengt um, »oder wir werden nichts von dem Felsen zu sehen bekommen, bevor wir umkehren müssen.«

Bevor der Bach in den Teich floß, wurde er breiter. Marion Quade nahm ihren Zollstock. »Über einen Meter breit und keine Trittsteine.«

»Ich bin dafür, daß wir es mit einem Sprung versuchen und das beste hoffen«, sagte Irma und raffte ihre Röcke hoch.

»Schaffst du das, Edith?« fragte Miranda.

»Das weiß ich nicht. Ich will keine nassen Füße bekommen.«

»Warum nicht?« wollte Marion Quade wissen.

»Ich könnte eine Lungenentzündung bekommen und sterben. Dann haben eure Hänseleien ein Ende, und ihr werdet es bedauern.«

Der klare, schnellfließende Bach wurde ohne Fehltritt überquert, ganz zur offensichtlichen Bewunderung des jungen Pferdeknechtes, der den Auftritt der Mädchen mit einem leisen, aber durchdringenden Pfiff kommentiert hatte. Sobald die Mädchen außer Hörweite waren und in Richtung der südlichen Flanke des Felsens gingen, legte der junge Mann in den Reithosen die *Illustrated London News* zur Seite und schlenderte zum Teich hinunter.

»Kann ich beim Gläserspülen helfen?«

»Nein, nicht nötig. Ich spüle sie nur kurz aus, so daß die Köchin mich nicht anfährt, wenn wir zurückkommen.«

»Nun ... ich verstehe. Tut mir leid, daß ich nicht viel Ahnung vom Abwaschen habe. Hör mal, Albert, ich hoffe, es stört dich nicht, wenn ich das jetzt sage, aber es wäre mir lieb gewesen, wenn du das nicht getan hättest.«

»Was getan, Mr. Michael?«

»Den Mädchen nachgepfiffen, als sie über den Bach gesprungen sind.«

»Das hier ist ein freies Land, soweit ich weiß. Was ist an einem Pfiff Schlimmes?«

»Nur, daß du ein netter Kerl bist«, entgegnete der andere, »und hübsche Mädchen es nicht angenehm finden, wenn ihnen Kerle hinterherpfeifen, die sie nicht kennen.«

Albert grinste. »Glauben Sie das nur nicht. Die Mädels sind alle gleich, wenn es um Männer geht. Haben Sie bemerkt, daß die vom Appleyard College kommen?«

»Was soll das, Albert. Ich bin erst seit einigen Wochen

in Australien, woher sollte *ich* wissen, wer sie sind? Tatsache ist, daß ich sie nur einen Moment gesehen habe, als ich dich pfeifen hörte und aufblickte.«

»Nun, dann glauben Sie mir mal«, meinte Albert, »und ich bin schon ganz schön herumgekommen. Es ist immer das gleiche, ob sie von einem verdammten College kommen oder aus dem Waisenhaus in Ballarat, wo meine Schwester und ich großgeworden sind.«

»Tut mir leid, ich habe nicht gewußt, daß du ein Waisenkind bist«, erklärte Michael verhalten.

»So gut wie. Nachdem meine Mutter mit einem Kerl aus Sydney verschwunden war und mein Vater sich auch aus dem Staub gemacht hatte, steckten sie uns beide in das verdammte Waisenhaus.«

»Ein Waisenhaus?« wiederholte der andere, der das Gefühl hatte, einer Schilderung des Lebens auf der Teufelsinsel aus erster Hand zuzuhören. »Erzähl, wenn es dir nichts ausmacht, wie ist es, wenn man an einem solchen Ort aufwächst.«

»Lausig.« Albert war mit dem Gläserspülen fertig und verstaute die Silberbecher des Colonels sicher in dem dazugehörigen Lederetui.

»Mein Gott, wie abscheulich!«

»Nun, es war eigentlich recht sauber. Keine Läuse oder solches Viehzeug, außer wenn so ein kleines, armes Schwein von einem Kind damit eingeliefert wurde. Dann holte die Vorsteherin ihre verdammt große Schere heraus und schnitt ihm das ganze Haar ab.«

Michael war deutlich von der Schilderung des Waisenhauses fasziniert. »Erzähl weiter, ich will mehr darüber wissen. Konntest du dich oft mit deiner Schwester treffen?«

»Nun, wissen Sie, als ich dort war, waren alle Fenster vergittert. Die Jungs in einem Klassenzimmer, Mädchen in einem anderen. Mein Gott, seit ewigen Jahren habe ich schon nicht mehr an das verdammte Dreckloch gedacht.«

»Sprich nicht so laut. Wenn meine Tante dich fluchen hört, wird sie meinen Onkel dazu bringen, dich wegzujagen.«

»Er nicht!« meinte Albert grinsend. »Der Colonel weiß, daß ich sehr gut für seine Pferde sorge und nicht von seinem Whisky trinke. Nun, zumindest nicht oft. Um die Wahrheit zu sagen, ich halte den Gestank von dem Zeug nicht aus. Das französische Sprudelzeug von Ihrem Onkel, das ist das richtige für mich. Schmeckt gut und ist bekömmlich für den Magen.«

Alberts Weltklugheit war grenzenlos. Michael erstarrte vor Bewunderung.

»Ich meine, Albert, können wir nicht dieses Mr.-Michael-Getue vergessen? Das paßt so gar nicht nach Australien und überhaupt, nenn mich einfach Mike. Aber nur, wenn meine Tante nicht zuhört.«

»Ganz wie du willst! Mike? Ist das die Kurzform für den Ehrenwerten Michael Fitzhubert, wie es in deinem Briefkopf steht? Meine Herren. Was für ein Bandwurm! Ich würde meinen Namen nicht erkennen, wenn ich ihn gedruckt sähe.«

Für den jungen Engländer, dessen eigener alter Name ein wertvoller persönlicher Besitz war, der ihm überallhin folgte, so wie die schweinslederne Reisetasche und seine gut gefüllte Brieftasche, war dies eine überraschende Betrachtungsweise, und er brauchte einige Minuten, sie zu begreifen, während der Pferdeknecht zu seinem Erstaunen fortfuhr: »Mein Vater hat dann und wann seinen Namen geändert, wenn er wieder mal mit dem Rücken an der Wand stand. Ich habe vergessen, welchen Namen sie für uns im Waisenhaus eingetragen haben. Es kümmert mich auch verdammt wenig. Nach meiner Ansicht ist ein verdammter Name so gut wie ein anderer.«

»Ich unterhalte mich gerne mit dir, Albert. Irgendwie schaffst du es immer, mich zum Nachdenken zu bringen.«

»Nachdenken ist schon in Ordnung, wenn man Zeit dafür hat«, entgegnete der andere, während er nach seiner Jacke griff. »Ich spanne jetzt besser Old Glory ein, sonst tobt deine Tante. Sie will zeitig wieder zurück.«

»Dann mach mal. Ich vertrete mir noch ein bißchen die Beine, bevor wir abfahren.«

Albert schaute der schlanken, knabenhaften Gestalt nach, wie sie graziös über den Bach sprang und in Richtung des Felsens verschwand.

»Die Beine vertreten, so? Ich geh' jede Wette ein, daß er noch einen Blick auf die Mädels werfen will. Ach, die kleine Schönheit mit den schwarzen Locken.« Er ging zurück zu seinen Pferden und begann die Tassen und Teller in den Picknickkorb aus Stroh zu verstauen.

Die vier Mädchen waren schon außer Sicht, als Michael aus dem Baumgürtel hinaustrat. Er blickte an den senkrechten Felswänden hinauf und fragte sich, wie weit sie wohl gehen würden, bevor sie umkehren mußten. Der Hanging Rock war nach Alberts Meinung selbst für erfahrene Kletterer eine große Herausforderung. Wenn Albert recht hatte und sie nur Schulmädchen im gleichen Alter wie seine Schwester zu Hause in England waren, wie kam es dann, daß es ihnen erlaubt war, so spät an einem Sommernachmittag allein herumzulaufen? Er erinnerte sich daran, daß er jetzt in Australien war: Australien, wo alles möglich schien. In England war alles schon von jemand anderem vorher getan worden, häufig sogar von den eigenen Vorfahren, immer und immer wieder. Er setzte sich auf einen Baumstamm, hörte, wie Alberts Stimme durch die Bäume nach ihm rief, und wußte auf einmal, daß dies das Land war, in dem er, Michael Fitzhubert, leben wollte. Wie war ihr Name, der Name des großen, blassen Mädchens mit dem blonden Haar, das über das Wasser geglitten war wie die weißen Schwäne auf dem See seines Onkels?

Drittes Kapitel

Kaum hatten die vier Mädchen den Bach überquert, erhob sich der Hanging Rock jenseits eines kleinen Grasabhangs klar und deutlich vor ihren Augen. Miranda war die erste, die des Anblicks gewahr wurde.

»Nein, nicht da, Edith! Nicht da zwischen deinen Füßen. Schau da hoch, zum Himmel.«

Mike erinnerte sich später daran, wie Miranda stehengeblieben war und dies über ihre Schulter dem kleinen fetten Mädchen zugerufen hatte, das hinter ihnen her trödelte.

Das plötzliche Auftauchen der hoch aufschießenden Felswände beschwor eine Stille herauf, deren kraftvolle Präsenz sogar Edith verstummen ließ. Dieses brillante Schauspiel lag im glänzenden Licht bereit für ihre Erkundung, so, als hätten höhere Mächte in Verbindung mit der Direktorin des Appleyard College es extra für sie arrangiert. An dem steilen südlichen Abbruch enthüllte das Spiel von goldenem Licht und tiefen violetten Schatten eine ineinander verschobene Ansammlung von hohen, senkrechten Platten, einige davon glatt wie riesige Grabsteine, andere verwittert und zerklüftet von den prähistorischen Architekten Wind und Wasser, Eis und Feuer. Mächtige Blöcke, die einstmals rotglühend aus der kochenden Erde ausgestoßen worden waren, lagen nun kalt und abgeschliffen im Schatten des Waldes.

Gegenüber solch monumentaler Erscheinungen der Natur fühlt sich der menschliche Geist erschreckend hilflos. Wer kann abschätzen, wie viele oder wie wenige der verborgenen Kleinodien wirklich von den vier Augenpaaren, die in purem Staunen auf den Hanging Rock gerichtet waren, erkannt wurden? Bemerkt Marion Quade die horizontalen Felssimse, die im Mittelteil die senkrechten Kamine durchschnitten und deren geologische Formation in dem am Montag zu schreibenden Aufsatz erwähnt werden muß? Ist sich Edith der zarten, sternförmigen Blumen bewußt, die sie mit ihren trampelnden Füßen zertritt, während Irma das Aufblitzen eines roten Papageienflügels für eine Flamme zwischen den Blättern hält? Und Miranda, deren Füße wie von selbst ihren Weg durch die Farne zu finden scheinen, während ihr Kopf den glitzernden Felsspitzen zugewendet ist, hat sie inzwischen das Gefühl, mehr zu sein als der staunende Betrachter eines Naturwunders? Eine jede, gefangen in der abgeschlossenen Welt der persönlichen Wahrnehmung, gingen die Mädchen schweigend hintereinander in Richtung der unteren Abhänge, ohne die Kraft und Anspannung zu bemerken, mit der die erstarrte Masse des Felsens in der ächzenden Erde verankert war. Das Knacken und Zittern, die Luftbewegungen und Winde waren nur den klugen kleinen Fledermäusen bekannt, die kopfunter in den feuchten Höhlen hingen. Keine von ihnen sah oder hörte die Schlange, die ihre kupferne Spur über die Steine zog. Auch nicht die panische Flucht der Spinnen, Raupen und Asseln aus den Blättern und verfaulten Baumstämmen. In diesem Bereich des Felsens gab es keine Wege. Oder, wenn es einmal welche gegeben hatte, dann waren diese schon längst wieder zugewuchert. Es war schon eine lange Zeit her, seit irgendein Lebewesen, außer einem zufällig vorbeikommenden Kaninchen oder einem Wallaby, über diesen ausgetrockneten Körper gelaufen war.

Marion war die erste, die das Gespinst des Schweigens zerriß. »Diese Felsblöcke. Sie müssen eine Million Jahre alt sein.«

»Eine Million. Oh, wie furchteinflößend!« bemerkte Edith. »Miranda! Hast du das gehört?«

Wenn man vierzehn Jahre alt war, dann klang Millionen von Jahren schon fast unanständig. Miranda strahlte ein ruhiges, stilles Vergnügen aus und lächelte Edith gnädig an.

»Miranda! Sag, daß es nicht wahr ist«, quengelte Edith.

»Mein Papa holte einmal eine Million aus einer Mine in Brasilien«, warf Irma ein. »Da schenkte er meiner Mutter einen Rubinring.«

»Bei Geld ist das was anderes«, stellte Edith richtig fest.

»Ob es Edith paßt oder nicht«, brachte es Marion auf den Punkt, »ihr kleiner, fetter Körper besteht aus Millionen und Abermillionen von Zellen.«

Edith hielt sich die Ohren zu. »Hör auf, Marion! Ich möchte nichts von solchen Sachen hören.«

»Und außerdem, du kleine Gans, hast du schon Millionen von Sekunden gelebt!«

Edith war bleich geworden. »Hör auf! Mir wird ganz schwindlig.«

»Komm, Marion, zieh sie nicht auf«, glättete Miranda die Wogen, als sie bemerkte, daß die sonst nicht aus der Ruhe zu bringende Edith wirklich verletzt war. »Das arme Kind ist übermüdet.«

»Ja«, stimmte ihr Edith zu, »und diese blöden Farne zerkratzen meine Beine. Warum können wir uns nicht auf den Baumstamm da setzen und den häßlichen Felsen von hier aus betrachten?«

»Weil«, antwortete ihr Marion Quade, »du darauf bestanden hast, mit uns zu kommen, und wir drei älteren einen genaueren Blick auf den Hanging Rock werfen wollen, bevor wir nach Hause gehen.«

»Hier ist es gräßlich. Ich habe nicht gedacht, daß es so gräßlich sein würde, sonst wäre ich gar nicht mitgekommen«, hatte Edith zu klagen begonnen.

»Ich war immer der Meinung, daß sie ein dummes

Kind ist, doch jetzt habe ich den Beweis«, dachte Marion laut nach. Sie sagte das in einer Art, wie sie eine bewiesene Tatsache über ein gleichschenkliges Dreieck von sich gegeben hätte. Marion empfand nicht wirklichen Haß, nur das brennende Verlangen nach Wahrheit in jeder Beziehung.

»Kümmere dich nicht darum, Edith«, lenkte Irma ein. »Bald bist du wieder zurück, kannst noch etwas von dem wunderbaren Valentinskuchen essen und bist wieder glücklich.«

Das war eine einfache Lösung, nicht nur für Ediths momentane Klagen, sondern für alle Sorgen der Welt. Selbst als sie noch klein war, war Irma Leopolds sehnlichster Wunsch, daß alle Menschen mit dem, was sie sich wünschten, glücklich wären. Manchmal wurde dies, wenn sie Mademoiselle ansah, wie sie heute Nachmittag schlafend im Gras gelegen hatte, zu einer fast unerträglichen Sehnsucht. Später würde das dann seinen Ausdruck in exorbitanten Gaben finden, die aus ihrem überschäumenden Herzen und einem ebensolchen Vermögen kamen, was ohne Zweifel vom Himmel, aber nicht von ihren Beratern anerkannt werden würde. Großzügige Spenden in Tausenden von aussichtslosen Fällen: Leprakranke, bankrotte Theatergruppen, Missionsstationen, Priester, tuberkulöse Prostituierte, Heilige, lahme Hunde und Schmarotzer auf der ganzen Welt.

»Ich glaube, irgendwo da oben müßte ein Weg sein«, sagte Miranda. »Ich erinnere mich, daß mir mein Vater einmal ein Bild von Menschen in altertümlicher Kleidung, die ein Picknick hier veranstaltet haben, gezeigt hat. Ich wünschte, ich wüßte, aus welchem Blickwinkel es gemalt war.« (Das Bild, an das sich Miranda erinnerte, heißt »Picnic at Hanging Rock«, 1875, von William Ford und hängt jetzt in der National Gallery of Victoria.)

»Vielleicht sind sie von der anderen Seite zu dem Felsen gekommen«, meinte Marion und holte ihren Bleistift hervor. »In jenen Tagen sind sie wahrscheinlich von Mount Macedon her gekommen. Was ich sehen will, sind diese unheimlichen Felsbrocken, die dort oben herumliegen und die wir heute morgen vom Wagen aus gesehen haben.«

»Wir können nicht viel weiter gehen«, warf Miranda ein. »Denkt daran, Mädchen, ich habe Mademoiselle versprochen, daß wir nicht zu lange wegbleiben.«

Mit jedem Schritt wurde der Anblick durch zinnengleiche Felsspitzen und flechtenbewachsene Steine mehr und mehr verzaubert. Hier schimmerte ein Rhododendron durch die staubig silbernen Blätter des Unterholzes, dort, in einer dunklen Spalte zwischen zwei Felsblöcken, wiegte sich eine Bartflechte wie ein grüner Schleier.

»Nun, laßt uns wenigstens nachsehen, wie es hinter diesem ersten kleinen Anstieg aussieht«, sagte Irma und hob ihre vielen Röcke. »Wer auch immer die Frauenmode im Jahre neunzehnhundert entworfen hat, der sollte dazu gezwungen werden, mit drei Lagen Petticoats durch Farngestrüpp zu laufen.«

Das Gestrüpp wich bald einem Gürtel von niedrigem Bewuchs, der an einer hüfthohen Felsbarriere endete. Miranda war als erste aus dem Unterholz heraus und kniete auf der Barriere, um den anderen mit sicherer Hand, die Ben Hussey an diesem Morgen beim Öffnen des Tores bewundert hatte, hinaufzuhelfen. (»Im Alter von fünf Jahren«, so erinnerte sich ihr Vater gern, »schwang unsere Miranda sich wie ein Cowboy aufs Pferd.« »Ja«, würde ihre Mutter dann ergänzen, »und betrat mein Wohnzimmer mit hoch erhobenem Kopf, wie eine kleine Königin.«)

Die Mädchen befanden sich auf einem fast kreisförmigen Plateau, das von Steinen, Felsbrocken und ein paar kleinen Bäumen umgeben war. Irma entdeckte sogleich eine Art Guckloch in einem der Felsen und schaute fasziniert auf den Picknickplatz, der sich zu ihren Füßen befand. Wie durch ein starkes Fernglas vergrößert lag die Szenerie zwischen den Bäumen klar vor ihnen. Der Wagen und Mr. Hussey, der mit seinen Pferden beschäftigt war, der Rauch, der von einem kleinen Feuer aufstieg, die Mädchen, die sich in ihren luftigen Kleidern hin und her bewegten, und Mademoiselles aufgespannter Sonnenschirm, der wie eine blasse, blaue Blume neben dem Teich lag.

Die Mädchen beschlossen, ein paar Minuten auszuruhen, bevor der Rückweg zum Bach angetreten werden sollte.

»Wenn wir doch die ganze Nacht hierbleiben und den Mond aufgehen sehen könnten«, meinte Irma. »Jetzt schau nicht so ernst, Miranda, Liebling. Wir haben nicht oft Gelegenheit, uns außerhalb der Schule zu vergnügen.«

»Und ohne von dieser kleinen Ratte Lumley beobachtet und ausspioniert zu werden«, ergänzte Marion.

»Blanche behauptet, sie wüßte ganz genau, daß sich Miß Lumley ihre Zähne nur am Sonntag putzt«, fiel Edith ein.

»Blanche ist eine unausstehliche Schnüfflerin«, entgegnete Marion, »genau wie du.«

»Blanche sagt, daß Sara Gedichte schreibt«, fuhr Edith unbeeindruckt fort. »Auf dem Klo, verstehst du? Sie hat eins auf dem Boden gefunden. Es handelt von Miranda.«

»Kann ich mir nicht vorstellen«, meinte Marion.

»Sie ist eine Waise«, gab Miranda sanft zu bedenken.

»Sara erinnert mich an ein Rehkitz, das Papa einmal mit nach Hause brachte«, sagte Irma. »Die gleichen angstvollen Augen. Ich habe mich wochenlang um das Kitz gekümmert, aber Mutter sagte, es würde nie in Gefangenschaft überleben.«

»Und überlebte es?« fragten die anderen.

»Es starb. Mutter sagte, es war *verdammt*.«

»*Verdammt?*« wiederholte Edith. »Was soll das bedeuten, Irma?«

»Verdammt zu sterben, natürlich! Wie der Junge, der

›auf dem brennenden Deck stand und nur den Tod fand, trala ...‹ Den Rest habe ich vergessen.«

»O, wie schrecklich! Glaubt ihr, daß ich auch *verdammt* bin, Mädchen? Ich fühle mich nicht besonders gut. Glaubt ihr, daß der Junge auch Bauchschmerzen hatte, wie ich?«

»Ganz bestimmt, wenn er auch zuviel Hähnchenpastete zu Mittag gegessen hatte«, entgegnete Marion. »Edith, wenn du nur einmal deinen Mund halten könntest.«

Ein paar Tränen liefen über Ediths feiste Wangen. Woran lag es nur, fragte sich Irma, daß Gott einige Menschen so dumm und unausstehlich schuf und andere so schön und lieb wie Miranda; die liebenswerte Miranda, die sich jetzt hinabbeugte, um mit ihrer kühlen Hand über die brennende Stirn des kleinen Mädchens zu streichen. Eine unerklärliche, zärtliche Liebe füllte Irmas Herz bis zum Überlaufen, so wie es manchmal durch den Genuß von Papas französischem Champagner oder durch das melancholische Rufen der Tauben an einem Frühlingsnachmittag über sie kam. Eine Liebe, die Marion einschloß, die mit abschätzigem Lächeln darauf wartete, daß Miranda endlich mit Ediths Unsinn fertig wäre. Tränen füllten Irmas Augen, aber es waren keine sorgenvollen. Es gab keinen Grund zu weinen. Nur zu lieben. Sie erhob sich von dem Felsen, auf dem sie im Schatten gelegen hatte, wobei sie ihre Locken fliegen ließ, und begann zu tanzen. Oder eher über die warmen weichen Steine zu gleiten. Alle außer Edith hatten ihre Schuhe und Strümpfe ausgezogen. Irma tanzte barfuß wie eine Ballerina, wobei die kleinen rosa Zehen kaum den Boden berührten, ihre Locken und die Bänder ihres Kleides flogen, den Blick dabei in weite Ferne gerichtet. Sie war wieder im Covent Garden, wohin sie ihre Großmutter im Alter von sechs Jahren mitgenommen hatte, warf den Bewunderern im Rang Kußhändchen zu und Blumen aus ihrem Strauß in die Logen. Zum Schluß machte sie einen tiefen Knicks vor der Loge der Königin, die sich auf halber Höhe in einem Eukalyptusbaum befand. Edith, die mit dem Rücken an einem Felsblock lag, deutete auf Miranda und Marion, die den nächsten kleinen Felsabsatz hinaufkletterten.

»Irma. Schau dir die an. Wo wollen die denn, in aller Welt, ohne Schuhe hin?« Zu Ediths Verärgerung lachte Irma nur.

»Die müssen verrückt sein«, meinte Edith mürrisch.

Eine solch ausgelassene Verrücktheit würde immer jenseits des Verstehens von Menschen wie Edith sein, die schon früh in ihrem Leben an wollene Bettsocken und Galoschen gewöhnt wurden. Als sie in Irmas Richtung blickte, um moralische Unterstützung zu erhalten, stellte Edith entsetzt fest, daß auch sie ihre Schuhe und Strümpfe aufgenommen und um ihre Hüfte gebunden hatte.

Miranda war ein kleines Stück vor den anderen, als die vier Mädchen sich ihren Weg durch das Unterholz bahnten, während Edith hinterher stolperte. Sie konnte Mirandas glattes blondes Haar offen über den vertrauenerweckenden Schultern schwingen sehen, während sie Stück für Stück das staubige Grün hinaufstieg. So ging es, bis auch die letzten Büsche vor einer kleinen Felskante, auf der das letzte Sonnenlicht lag, hinter ihnen blieben. Die Schatten wurden, wie schon an Millionen von Sommerabenden am Hanging Rock, auf den Felsspitzen und Kanten länger.

Das halbkreisförmige Plateau, das die Mädchen jetzt betraten, war von ähnlicher Art wie das weiter unten. Es war gesäumt von Felsen und herumliegenden Steinen. Die Farnbüschel, die bewegungslos im fahlen Licht standen, warfen keinen Schatten auf den Teppich aus trockenem, grünem Moos. Die Ebene im Tal war in weiter Ferne gerade noch zu sehen. Irma schaute zwischen den Felsen hindurch und konnte das Glitzern des

Wassers und die kleinen Gestalten durch Schwaden von rötlichem Nebel oder Dunst erkennen.

»Was für einen Sinn hat es, wenn die Menschen dort unten herumlaufen wie die Ameisen?«

Marion blickte über ihre Schulter. »Eine erstaunliche Anzahl von menschlichen Wesen hat kein Ziel. Trotzdem ist es möglich, daß sie eine ihnen unbekannte, wichtige Aufgabe erfüllen.«

Irma war nicht in Stimmung, sich eine von Marions Vorlesungen anzuhören. Die Ameisen und ihr Verhalten wurden kommentarlos fallengelassen. Irma war für einen Moment beunruhigt von einem seltsamen Geräusch, das von der Ebene heraufdrang. Es hörte sich an wie Trommeln.

Miranda war die erste, die den Monolith bemerkte, der vor ihnen aufragte. Ein einzelner, verwitterter Stein, der aussah wie ein überdimensionales Ei, das am Rand eines steilen Abhangs hingesetzt worden war. Marion, die sofort ihren Bleistift und das Notizbuch hervorgezogen hatte, ließ beides in das Farn fallen und gähnte. Plötzlich von einer übermächtigen Müdigkeit überwältigt, sanken alle vier Mädchen auf eine schräg ansteigende Felsenplatte in den Schatten des Monolithen und fielen in einen so tiefen Schlaf, daß eine Eidechse, die aus einer Felsspalte hervorgekrochen kam, sich ohne Furcht in Marions Armbeuge legte.

Eine Prozession von seltsam aussehenden Käfern in bronzenen Panzern krabbelte gemütlich über Mirandas Knöchel, als sie aufwachte und ihnen zusah, wie sie sich beeilten, in die Sicherheit eines losen Borkenstücks zu kommen. Im fahlen Dämmerlicht konnte man jede Einzelheit klar und deutlich erkennen. Ein großes, unordentliches Nest hing in der Astgabel eines verkrüppelten Baumes, wobei man jede Feder, jeden Zweig, der von unermüdlichen Krallen und Schnäbeln hineingewoben war, erkennen konnte. Alles, wenn man es nur genau genug betrachtete, war schön und vollkommen:

das zerrupfte Nest; Marions Musselinröcke lagen da wie eine Muschel, Irmas Löckchen umrahmten ihr Gesicht wie wertvolle metallene Spiralen, selbst Edith, gerötet und kindlich, sah hübsch aus im Schlaf. Sie wachte auf, nörgelte und rieb sich die rotgeränderten Augen.

»Wo bin ich? O Miranda, ich fühle mich schrecklich!«

Die anderen waren jetzt hellwach und standen auf.

»Miranda«, sagte Edith erneut, »ich fühle mich ganz schrecklich! Wann gehen wir zurück?«

Miranda blickte sie so seltsam an, fast als würde sie sie gar nicht wahrnehmen. Als Edith ihre Frage etwas lauter wiederholte, drehte sich Miranda einfach um und ging den Hang hinauf, und die anderen beiden Mädchen folgten ihr in kleinem Abstand. Nun, es war kaum ein Gehen, eher glitten sie barfuß über die Steine, als wären sie auf einem Teppich und nicht auf diesen schrecklichen alten Felsen, dachte Edith.

»Miranda«, rief sie wieder. »Miranda!«

In der atemlosen Stille schien es, als gehöre ihre Stimme jemand anderem, ein weit entferntes, rauhes Krächzen, das sich zwischen den Felsen verlor.

»Kommt zurück, kommt alle zurück! Geht nicht dort hinauf. Kommt zurück!«

Sie merkte, wie sie hustete und ihr die Kehle von dem Spitzenkragen zugeschnürt wurde. »Miranda!« Der Schrei kam aus ihrer geknebelten Kehle wie ein Flüstern. Zu ihrem Entsetzen bewegten sich alle drei Mädchen schnell aus ihrem Gesichtsfeld hinaus hinter den Monolithen.

»Miranda! Komm zurück!« Sie machte ein paar unsichere Schritte in Richtung des Hangs und sah als letztes einen weißen Ärmel, wie er die Büsche zur Seite schob.

»Miranda ...!« Es erfolgte keine Antwort. Eine schreckliche Stille schloß sich um sie, und Edith begann jetzt ziemlich laut zu schreien. Wenn ihre entsetzten

Schreie von jemand anderem als einem Wallaby, das in einer Gruppe junger Bäume ein paar Meter entfernt saß, gehört worden wären, dann wäre dieses Picknick am Hanging Rock vielleicht so verlaufen wie viele Picknicke an einem Sommertag. Doch *niemand* vernahm sie. Das Wallaby sprang erschreckt auf und hüpfte davon, als sich Edith umdrehte, blind in das Unterholz rannte und stolpernd und schreiend in Richtung der Ebene lief.

Viertes Kapitel

Mrs. Appleyard erwachte am Tage des Picknicks gegen vier Uhr nachmittags aus einem langen, erholsamen Nickerchen auf dem Sofa des Salons. Sie hatte, wie häufig, von ihrem verstorbenen Ehemann geträumt. Diesmal waren sie am Pier von Bournemouth entlanggegangen, wo eine Reihe von Vergnügungs- und Fischerbooten vertäut lag.

»Laß uns eine Segelpartie machen, meine Liebe«, sagte Arthur. Ein englisches Messingbett mit einer altertümlichen Kastenmatratze tanzte auf den Wellen. »Laß uns hinüberschwimmen«, schlug Arthur vor, nahm ihren Arm und sprang mit ihr ins Meer. Zu ihrer Überraschung und Freude stellte sie fest, daß sie hervorragend schwamm und wie ein Fisch durch das Wasser schoß, ohne die Arme oder Beine dazu benützen zu müssen. Sie hatten gerade das Bett erreicht und wollten an Bord klettern, als das Geräusch von Whitehead, der mit dem Rasenmäher unterhalb des Fensters beschäftigt war, ihren angenehmen Traum beendete. Welche Freude ihr Arthur an dem bemerkenswerten Luxus hier in Appleyard College gehabt hätte. Er hatte sie immer, wie sie sich selbstgefällig erinnerte, sein Finanzgenie genannt. Das College warf einen guten Ertrag ab. Ein paar Minuten später, immer noch bester Laune und entschlossen, an diesem schönen Ferientag großzügig zu sein, trat sie in die Tür zum Klassenzimmer.

»*Nun,* Sara, ich hoffe, du hast das Gedicht gelernt,

damit du für den Rest des Nachmittags in den Garten gehen kannst. Minnie soll dir Tee und Kuchen bringen.«

Das rappeldürre Mädchen mit den großen Augen hatte sich automatisch hinter seinem Pult erhoben, als die Direktorin eingetreten war, und trat jetzt nervös von einem seiner schwarzbestrumpften, spindeldürren Beine auf das andere.

»*Nun?* Stell dich bitte gerade hin, wenn du mit mir redest, und nimm die Schultern zurück. Du wirst einen schrecklich krummen Rücken bekommen. Nun denn. Hast du die Verse im Kopf?«

»Es hat keinen Zweck, Mrs. Appleyard. Ich kann das nicht auswendig lernen.«

»Was soll das heißen, ich *kann nicht?* Ich nehme an, daß du die Zeit seit dem Mittagessen hier allein mit deinem Lehrbuch zugebracht hast?«

»Ich habe es *versucht*«, erklärte das Kind und fuhr sich mit der Hand über die Augen. »Aber es ist so blöd. Ich meine, wenn ein Sinn darin wäre, dann könnte ich es viel besser lernen.«

»Sinn? Du kleine Ignorantin. Augenscheinlich weißt du nicht, daß Mrs. Felicia Heymans als eine der besten englischen Dichterinnen gilt.«

Sara runzelte ungläubig ihre Stirn bezüglich des Genius von Mrs. Heymans. Ein wirklich schwieriges Kind.

»Ich kenne ein anderes Gedicht auswendig. Es hat viele Strophen. Viel mehr als ›Die Hesperus‹. Kann ich auch das aufsagen?«

»Hm ... Wie heißt das Gedicht?«

»Eine Ode an Sankt Valentin.« Für einen Moment leuchtete das kleine Gesicht auf und sah fast hübsch aus.

»Das klingt nicht sehr bekannt«, meinte die Direktorin vorsichtig. (Man konnte in einer Stellung wie der ihren nicht vorsichtig genug sein, denn bei vielen Zitaten stellte sich heraus, daß sie von Shakespeare oder

Tennyson stammten.) »Wo hast du es gelesen, Sara, diese, hm, Ode?«

»Ich habe es nicht gelesen. Ich habe es geschrieben.«

»Du hast es *geschrieben?* Nein, ich möchte es nicht hören, vielen Dank. Wenn es dir auch seltsam erscheint, ich ziehe Mrs. Heymans vor. Gib mir dein Buch und rezitiere mir das Gedicht, soweit du es gelernt hast.«

»Ich habe Ihnen doch gesagt, daß ich dieses dumme Zeug nicht lernen kann, auch wenn ich eine Woche hier sitzen würde.«

»Dann mußt du dich eben ein bißchen länger bemühen«, meinte die Direktorin und reichte Sara das Lehrbuch, wobei sie äußerlich ganz ruhig und beherrscht erschien, aber innerlich dieses dumme Kind mit den zusammengekniffenen Lippen verfluchte. »Ich werde dich jetzt allein lassen, Sara, und erwarte von dir, daß du es bis zum letzten Wort kannst, wenn ich Miß Lumley in einer halben Stunde herschicke. Wenn das nicht der Fall ist, muß ich dich leider zu Bett schicken, und du darfst nicht warten, bis die anderen für das Abendessen von dem Picknick zurück sind.«

Die Tür des Klassenzimmers wurde geschlossen, der Schlüssel drehte sich im Schloß, und die haßerfüllte Atmosphäre verflüchtigte sich aus dem Raum.

Draußen, im sanftgrünen Garten jenseits des Klassenzimmers, glühten die Dahlienbeete in der Spätnachmittagssonne wie ein Feuer. Am Hanging Rock würden Mademoiselle und Miranda unter den Bäumen Tee ausschenken. Den Kopf auf die tintengetränkte Klappe des Pults gelegt, brach die kleine Sara in heftiges Schluchzen aus.

»Ich hasse sie ... ich hasse sie ... O, Bertie, Bertie, wo bist du? Lieber Gott, wo bist du nur? Wenn du wirklich über alles Bescheid weißt, wie es in der Bibel steht, warum kommst du dann nicht her und bringst mich weg von hier? Miranda sagt immer, ich soll die Leute nicht hassen, auch wenn sie böse sind. Ich kann es nicht ändern, liebste Miranda, ich hasse sie! Ich hasse sie!« Das Pult schabte über die Dielenbretter, als Mrs. Heymans in Richtung der verschlossenen Tür flog.

Die Sonne war in einer Sinfonie aus Rosa und Orange hinter dem Turm des College untergegangen. Mrs. Appleyard hatte eine kräftige Abendmahlzeit, die ihr auf einem Tablett in ihrem Arbeitszimmer serviert wurde, zu sich genommen: kaltes Huhn, Stilton-Käse und eine Schokoladenmousse. Es bestand kein Zweifel, daß das Essen am College exzellent war. Sara war mit verweinten Augen und ohne etwas bereut zu haben mit einem Teller kalten Hammelfleisches und einem Glas Milch zu Bett geschickt worden. In der von einer Lampe erhellten Küche spielten die Köchin und einige der Hausmädchen, alle mit einem Häubchen auf dem Kopf und einer Schürze umgebunden, an dem rauhen Holztisch Karten. Sie waren für die jeden Augenblick erwartete Rückkehr der Picknickgesellschaft gerüstet.

Langsam brach die Nacht herein, und es wurde dunkler. In dem großen, nahezu leeren Haus herrschte Stille, und Dunkelheit hielt Einzug, selbst nachdem Minnie die Lampen auf der Zedernholztreppe angezündet hatte, wo Venus, die eine Hand strategisch günstig auf ihrem marmornen Unterleib plaziert, durch das Fenster der Eingangshalle zu ihrem Pendant blickte, das über dem fahlen Rasen aufging. Es war ein paar Minuten nach acht. Mrs. Appleyard, die in ihrem Arbeitszimmer Patiencen legte, lauschte mit einem Ohr nach dem Geräusch des Wagens auf dem Kiesweg. Sie hatte beschlossen, Mr. Hussey auf ein Glas Brandy hereinzubitten, denn nachdem der Bischof von Bendigo am College gespeist hatte, war noch genügend in der Karaffe geblieben.

Da sich Mr. Hussey über die Jahre hinweg als absolut zuverlässig und pünktlich erwiesen hatte, erhob sich die Direktorin, als die große Standuhr auf der Treppe halb neun schlug, von ihrem Kartentisch und zog an dem samtenen Klingelzug, der in der Küche eine Glocke ertönen ließ. Sofort meldete sich Minnie mit stark gerötetem Gesicht. Mrs. Appleyard, vor der das Hausmädchen in respektvollem Abstand stehen geblieben war, bemerkte verärgert, daß die Haube des Mädchens verknittert war.

»Ist Tom noch hier, Minnie?«

»Das weiß ich nicht, Madame, ich werde die Köchin fragen«, antwortete Minnie, die ihren geliebten Tom zuletzt vor einer halben Stunde in Unterhosen auf dem Bett in ihrer Dachkammer hatte liegen sehen.

»Nun, sieh zu, daß du ihn findest, und wenn du ihn gefunden hast, dann schicke ihn sofort zu mir.«

Nach zwei oder drei weiteren Rundgängen von Miß Milligan zog Mrs. Appleyard, die sich gewöhnlich beim Patiencenlegen nicht die Schwäche leistete, auf die Karten zu schimpfen, einen dringend benötigten Herzbuben, worauf sie aufstand und sich auf den Kiesplatz vor der Veranda begab, wo eine Kerosinlampe an einer Metallkette hin und her schwang. Vor dem wolkenlosen, dunkelblauen Himmel schimmerten die Schieferdächer des Colleges wie Silber. In einem der oberen Räume brannte hinter einer heruntergelassenen Jalousie ein einsames Licht. Dora Lumley, die frei hatte, lag auf dem Bett und las.

Der Geruch von Tieren und vertrockneten Petunien hing überwältigend in der bewegungslosen Luft. Zumindest war die Nacht klar, und Mr. Hussey war ein anerkannt guter Kutscher. Trotzdem wünschte sie, man würde Tom endlich auftreiben, wenn auch nur, damit er ihr mit dem gesunden Menschenverstand eines Iren bestätigte, daß sie sich über die Verspätung von einer Stunde, die der Wagen jetzt hatte, keine Sorgen zu machen bräuchte. Mrs. Appleyard ging zurück in ihr Arbeitszimmer und begann eine neue Patience, nur um sofort wieder aufzustehen und ihre goldene Uhr mit der Standuhr zu vergleichen. Als diese halb zehn schlug, klingelte Mrs. Appleyard erneut nach Minnie und erfuhr von ihr, daß Tom im Wagenschuppen ein heißes Bad nahm und ›sofort‹ bei ihr sein würde. Weitere zehn Minuten verstrichen.

Schließlich näherte sich das Donnern von Hufen auf der Straße ungefähr eine halbe Meile entfernt, jetzt überquerten sie den Drainagetunnel, man konnte Lichter sehen, die sich zwischen den dunklen Bäumen bewegten. Ein Chor verwirrter Stimmen erklang, als das Gefährt auf der flachen Straße an Geschwindigkeit gewann und das Gatter des Collegegeländes in schnellem Trott passierte. Eine Wagenladung von Nachtschwärmern, die aus Woodend zurückkamen. Im gleichen Moment erschien Tom, der die Kutsche auch gehört hatte, in Hausschuhen und einem sauberen Hemd in der Tür. Wenn Mrs. Appleyard jemanden in ihrem näheren Umkreis leiden konnte, dann war es der immer gut aufgelegte Tom. Es spielte keine Rolle, was man ihm auftrug, vom Leeren der Schweinetröge bis zum Spielen eines Liedes auf der Mundharmonika für die Hausmädchen, oder ob die Zeichenlehrerin nach Woodend zum Bahnhof gebracht werden mußte, Tom erledigte das alles mit gleicher Fröhlichkeit.

»Ja, Madame? Sie haben nach mir verlangt, hat Minnie mir gesagt?«

Im hellen Licht der Veranda hatten die gefurchten Wangen von Mrs. Appleyard eine käsige Farbe. »Tom«, sagte sie und schaute ihm direkt ins Gesicht, als ob sie mit ihren stechenden Augen eine Antwort aus ihm herauspressen könnte, »haben Sie nicht bemerkt, daß Mr. Hussey eine wirklich schockierende Verspätung hat?«

»Stimmt das, Madame?«

»Heute morgen hat er mir hoch und heilig versprochen, daß er um acht Uhr zurück sein würde. Jetzt ist es halb elf. Wie lange, meinen Sie, braucht man vom Hanging Rock bis hierher?«

»Nun, es ist ein ganzes Stück von hier ...«

»Denken Sie bitte genau nach. Sie kennen die Straßen.«

»Sagen wir drei und eine halbe Stunde, dann sind Sie auf der sicheren Seite.«

»Genau. Hussey hatte vor, den Picknickplatz kurz nach vier Uhr zu verlassen. Direkt nach dem Tee.« Die sorgfältig modulierte Stimme der Collegedirektorin klang auf einmal rauh. »Stehen Sie nicht herum und schauen mich wie ein Idiot an! Was glauben Sie, ist passiert?«

In seinem irischen Singsang, der schon viele weibliche Herzen, außer dem seiner Minnie, erobert hatte, beruhigte Tom sie. Wenn das verwirrte Gesicht nur in etwa zum Küssen eingeladen hätte, wäre er bereit gewesen, einen anteilnehmenden Kuß auf die schlaffen Wangen zu drücken, die sich so nahe bei seiner frischgewaschenen Nase befanden.

»Jetzt machen Sie sich mal keine Sorgen, Madame. Er hat fünf hervorragende Pferde vor dem Wagen, und er selbst ist der beste Kutscher südlich von Bendigo.«

»Meinen Sie nicht, daß ich das alles auch weiß? Die Frage ist, haben sie einen Unfall gehabt?«

»Einen Unfall, Madame? Nun ja, daran habe ich überhaupt noch nicht gedacht, es ist so ein schöner Abend und überhaupt.«

»Sie sind ein noch größerer Trottel, als ich geglaubt habe! Ich habe keine Ahnung von Pferden, aber sie können sich *aufbäumen*. Verstehen Sie, Tom? Pferde können sich aufbäumen. In Gottes Namen, sagen Sie etwas!«

Es war eine Sache für Tom, in der Küche herumzustehen und Nettigkeiten auszuteilen. Etwas ganz anderes aber war es, hier auf der vorderen Veranda mit der Direktorin zu stehen, die ihm mit dem schwarzen Schatten, den sie auf die Wand hinter sich warf, doppelt so groß als üblich erschien.

»Sie sah aus, als wollte sie mich gleich fressen«, erzählte er später Minnie, »und das Schlimmste dabei war, daß mir mein Gefühl sagte, die arme Frau hat recht.«

Mit großer Anteilnahme legte er seine Hand auf eines ihrer in graue Seide gehüllten Handgelenke, an dem sich ein schwerer Armreif mit einem blutroten Herzen befand. »Gehen Sie hinein und setzen sich einen Moment hin. Minnie kann Ihnen eine Tasse Tee bringen.«

»Hören Sie! Was ist das? Gott sei dank, jetzt kann ich sie deutlich hören!«

So war es; zu guter Letzt erklangen die Hufe und das Knirschen der Räder auf der Straße, zwei Lichter tauchten auf, als der Wagen langsam vor dem Eingang des Collegegebäudes zum Stehen kam.

»Halt, Seemann, Gräfin, ruhig da.« Mr. Hussey hielt seine Pferde mit einer fast kaum noch vernehmbaren, heiseren Stimme an. Aus dem dunklen Rachen des Wagens stolperten die Fahrgäste eine nach der anderen hinaus in das Licht der Wagenlampen und verteilten sich auf dem Kiesweg. Einige weinten, andere waren todmüde, alle ohne Hüte, verwirrt und orientierungslos. Tom war beim ersten Anzeichen der sich nähernden Kutsche die Auffahrt hinuntergelaufen und hatte die Direktorin auf der Veranda zurückgelassen, wo sie versuchte, ihr Zittern zu unterdrücken und eine ehrfurchtgebietende Haltung einzunehmen. Die erste, die die flachen Stufen in ihre Richtung hinaufwankte, war die Französin, aschfahl im Gesicht.

»Mademoiselle, was hat das alles zu bedeuten?«

»Mrs. Appleyard, es ist etwas Schreckliches passiert.«

»Ein Unfall? Reden Sie! Ich will die Wahrheit wissen.«

»Es ist alles so schrecklich ... Ich weiß nicht, wo ich anfangen soll.«

»Fassen Sie sich. Wenn wir hysterisch werden, kommen wir nicht weiter. Und wo ist, in Gottes Namen, Miß McCraw?«

»Wir haben sie zurückgelassen ... Am Hanging Rock.«

»Sie zurückgelassen? Hat Miß McCraw ihren Verstand verloren?«

Mr. Hussey drängte sich zwischen die schluchzenden, verwirrt dreinblickenden Mädchen hindurch.

»Mrs. Appleyard, kann ich mit Ihnen unter vier Augen sprechen? Ich glaube, die junge französische Dame wird ohnmächtig.«

Er hatte recht. Mademoiselle, erschöpft von den Anstrengungen und Aufregungen des Tages, brach auf dem Teppich der Eingangshalle zusammen. Aus den Personalunterkünften kamen Minnie und die Köchin, die sich schon lange für die Nachtruhe fertig gemacht hatten, durch die grünbespannte Tür unter der Treppe, auf der Miß Lumley in einem scharlachroten Morgenmantel und Lockenwicklern im Haar, eine Kerze in der Hand, herunterschritt. Riechsalz und Brandy wurden geholt, und mit Toms Hilfe wurde die Gouvernante in ihr Zimmer gebracht.

»Mein Gott, diese armen Dinger«, sagte die Köchin, »sie sehen völlig fertig aus. Was kann nur bei dem Picknick passiert sein? Auf, Minnie, und frag nicht erst lange die Madame, wir geben ihnen einen Teller heiße Suppe.«

»Miß Lumley, bringen Sie die Mädchen sofort ins Bett. Minnie wird Ihnen dabei helfen. Nun, Mr. Hussey.« Die Tür zu Mrs. Appleyards Wohnzimmer schloß sich hinter ihrem breiten, immer noch hoch aufgerichteten, traurigen Rücken.

»Wenn ich einen Schluck haben könnte, Madame, bevor ich beginne.«

»Sie können, ich sehe, daß Sie erschöpft sind. Nun denn, erzählen Sie mir so kurz und genau wie möglich, was passiert ist.«

»Mein Gott, Madame, wenn ich das nur *könnte*. Sehen Sie, das ist das Schlimmste daran. Niemand *weiß,* was passiert ist. Drei Ihrer jungen Damen und Miß McCraw werden am Hanging Rock vermißt.«

Auszug aus Ben Husseys Bericht, so wie er ihn dem Polizisten Bumpher aus Woodend am Morgen des Sonntag des fünfzehnten Februar auf der Polizeistation gegeben hat..

Nachdem die beiden Lehrerinnen und ich selbst festgestellt hatten, daß keiner von uns die genaue Zeit hatte, denn sowohl meine als auch Miß McCraws Uhr waren auf der Fahrt stehengeblieben, wurde beschlossen, daß wir den Picknickplatz so bald wie möglich nach dem Lunch wieder verlassen sollten, da Mrs. Appleyard uns nicht später als acht Uhr im College zurückerwartete. Die französische Gouvernante bestimmte, daß, nachdem ich meine Pferde wieder eingespannt hätte, Tee und Kuchen gereicht würden, da doch noch eine ziemlich lange Fahrt vor uns läge. Ich würde sagen, zu diesem Zeitpunkt war es ungefähr halb vier, was ich aufgrund der Schatten auf den Felsen annahm.

Sobald meine Kessel über dem Feuer kochten, ging ich zu den beiden aufsichtsführenden Damen und sagte, daß der Tee fertig sei. Die ältere Lehrerin, die ich zuletzt lesend unter einem Baum sitzend gesehen hatte, war nicht mehr da. Tatsache ist, daß ich sie nie mehr wiedergesehen habe. Die französische Dame war sehr bestürzt und fragte mich, ob ich bemerkt hätte, wie sich Miß McCraw vom Lager entfernte, was ich verneinte. Sie teilte mir mit: »Keins der Mädchen hat gesehen, wohin sie gegangen ist. Ich kann nicht verstehen, daß sie nicht rechtzeitig zurück ist, Miß McCraw ist so eine verläßliche Person.« Ich fragte, ob alle anderen hier wären und zur Abfahrt bereit. Sie antwortete: »Alle, bis auf vier. Mit meiner Erlaubnis unternehmen sie einen kleinen Spaziergang am Bach entlang, um einen etwas genaueren Blick auf den Hanging Rock zu werfen. Alle, außer Edith Horton, sind ältere

Schülerinnen und sehr zuverlässig.« Die drei fehlenden Mädchen haben während der Fahrt zu dem Picknickplatz bei mir vorne auf dem Kutschbock gesessen, und ich kenne sie ganz gut. Es waren Miß Miranda (ich habe nie ihren Familiennamen erfahren), Miß Irma Leopold und Miß Marion Quade. Zu diesem Zeitpunkt war ich eigentlich nicht wirklich besorgt, nur ein bißchen verstimmt wegen der Verspätung beim Aufbruch. Ich kenne diese Gegend ziemlich gut, und schon bald hatte ich die Mädchen in Zweiergruppen eingeteilt, damit sie in der Ebene rund um den Bach nach ihnen suchen. Dabei sollten sie beständig deren Namen rufen. Eine Stunde oder so war wohl vergangen, als auf einmal das Mädchen Edith Horton aus dem Unterholz nahe dem südwestlichen Anstieg des Felsens gerannt kam. Sie lachte und weinte, und ihr Kleid war in Fetzen gerissen. Ich dachte, sie wäre hysterisch geworden. Sie erklärte, daß sie die anderen drei Mädchen »irgendwo dort oben« zurückgelassen hätte, wobei sie auf den Felsen deutete, doch es machte den Anschein, daß sie keine Ahnung hatte, in welcher Richtung. Wir haben sie immer wieder gefragt, sie aufgefordert, nachzudenken und sich zu erinnern, welchen Weg sie genommen hätten, aber das einzige, was wir aus ihr herausbekamen, war, daß sie Angst bekommen hatte und den ganzen Weg den Hügel hinuntergerannt war. Glücklicherweise habe ich für den Notfall immer ein bißchen Brandy bei mir. Wir gaben ihr einen Schluck, wickelten sie in meinen Kutschermantel, und Miß Rosamunde, eine der älteren Schülerinnen, führte sie zur Kutsche, damit sie sich hinlegen konnte, während wir mit der Suche fortfuhren. Ich rief die restlichen Mädchen zusammen und zählte sie durch. Jetzt schwärmten wir weiter auseinander, bis zum Fuß des Felsens am südlichen Anstieg, um Edith Hortons Spuren nachzugehen, aber auf dem steinigen Untergrund war nichts mehr festzustellen. Ohne Vergrößerungsglas war nichts, was an einen Fußabdruck erinnern könnte, zu erkennen. Keiner der Büsche schien in Mitleidenschaft gezogen bis auf jene, die ein paar Meter vor der Stelle standen, an der Edith ins freie Gelände gekommen und in Richtung auf unser Lager am Bach gelaufen war. Für spätere Untersuchungen markierten wir diese Öffnung zwischen den Bäumen mit einigen Stöcken. In der Zwischenzeit waren zwei der älteren Mädchen den Bach hinuntergegangen in der Absicht, die andere Picknickgesellschaft, die schon da war, bevor wir ankamen, also vor dem Lunch, zu befragen, aber sie hatten ihr Feuer ausgemacht und waren aufgebrochen, wahrscheinlich während ich meine Pferde versorgt habe. Es waren vier Personen in einem offenen Wagen gewesen. Ich glaube, es war der von Colonel Fitzhubert, aber ich habe mit niemandem aus der Gesellschaft gesprochen. Einige der Mädchen sagten, sie hätten früh am Nachmittag den Wagen davonfahren sehen, und ein junger Kerl wäre auf einem Araber hinterhergeritten. Wir haben einige Stunden weitergesucht und nach den Mädchen gerufen. Ich konnte einfach nicht glauben, daß drei oder vier vernünftige Personen in einem abgegrenzten Bereich so schnell spurlos verschwinden können. Auch jetzt ist mir das noch genauso ein Rätsel wie gestern abend.

Da selbst die untersten und einfach zu erreichenden Ebenen des Felsens extrem gefährlich sind, besonders für unerfahrene Mädchen in langen Sommerkleidern, hatte ich Angst, sie außerhalb meiner Sichtweite suchen zu lassen, weil sie ihrerseits in Höhlen oder Felsabstürzen hätten verlorengehen können. Nach meiner Kenntnis führt an dieser Stelle nur ein fast zugewachsener Pfad zum Gipfel, den

aller Wahrscheinlichkeit nach die vermißten Personen nicht genommen haben, da ich die Stelle, von der er ausgeht, genau untersucht habe. Es gab dort keine Anzeichen von abgeknicktem Unterholz, Fußspuren oder ähnlichem, weder dort noch sonstwo.
Als es später und auch dunkler wurde – wir hatten keine andere Möglichkeit, die Zeit abzuschätzen außer an der untergehenden Sonne –, zündeten wir eine Reihe von Feuern entlang des Baches an, so daß diese aus verschiedenen Blickwinkeln von jedem gesehen werden konnten, der sich auf dieser Seite des Hanging Rock befand. Wir riefen weiter, so laut wir konnten, einzeln und im Chor. Ich nahm die beiden Wasserkessel und schlug mit einem Brecheisen darauf, das ich für Notfälle immer im Wagen habe.
Zu diesem Zeitpunkt waren die französische Dame und ich mit unserer Weisheit am Ende und mußten entscheiden, ob wir zurück nach Woodend fahren oder weitersuchen sollten. Wir hatten nur die beiden Öllampen am Wagen und meine Sturmlampe, die nur ein paar Quadratmeter ausleuchtete. Wenn sich die vermißten Personen immer noch irgendwo in den Felsen befanden, was ich inzwischen bezweifelte, so waren sie ohne Streichhölzer, um ein Feuer zu machen, in großer Gefahr, wenn sie nicht so vernünftig waren, sich eng beisammen in eine Höhle zu setzen und auf den Sonnenaufgang zu warten. Die französische Dame und einige der Mädchen wurden etwas hysterisch, was nicht verwunderlich war. Keiner von uns hatte seit dem Lunch mehr als eine Tasse Tee zu sich genommen. Wir waren zu besorgt, um darauf zu achten. Wir hatten noch etwas Limonade und Biskuits, und ich beschloß, die Suche für diese Nacht abzubrechen und die Ausflügler zurück zum College zu bringen.
Ich weiß wirklich nicht, ob ich richtig gehandelt

habe, aber ich übernehme die volle Verantwortung für meine Entscheidung. Ich kenne die drei vermißten Mädchen ziemlich gut und meine, wenn nicht allen drei gleichzeitig etwas zugestoßen ist, was ich für unwahrscheinlich halte, dann wird Miß Miranda, die sich sehr gut im Busch auskennt, ihren kühlen Kopf bewahrt und einen sicheren Platz für die Nacht gesucht haben. In bezug auf die Lehrerin kann ich nur hoffen, daß sie zu ihrem eigenen Besten nicht allein irgendwohin gegangen ist. Mathematische Kenntnisse helfen dort draußen im Busch nicht viel.

Nachdem wir auf dem Weg nach Hause bei der Polizeistation in Woodend Halt gemacht und den diensthabenden Beamten kurz über die Vorfälle am Hanging Rock informiert hatten, fuhren wir ohne weiteren Aufenthalt zum Appleyard College. Ich habe vergessen zu erwähnen, daß ich die öffentlichen Toiletten (Damen und Herren), die sich auf dem Picknickplatz auf halbem Wege zwischen dem Bach und dem Fuß des Felsens befinden, genau untersucht habe. Es waren keine Fußspuren oder andere Hinweise einer kürzlichen Benutzung festzustellen.

Fünftes Kapitel

Für die Bewohner von Appleyard College war Sonntag, der fünfzehnte Februar, ein Tag alptraumhafter Ungewißheit; halb Traum, halb Realität, und je nachdem schwankte die Stimmung zwischen hochgesteckten Hoffnungen und tiefsten Befürchtungen.

Die Direktorin erschien nach einer Nacht, die sie, auf die Wand ihres Schlafzimmers starrend, in endlos erscheinender Erwartung des nächsten Tages zugebracht hatte, zu ihrer üblichen Zeit, und es gab kein Haar in ihrer Frisur, das nicht an seinem Platz war. Ihre erste Handlung an diesem Morgen war sicherzustellen, daß nichts von den gestrigen Ereignissen außerhalb der Collegemauern bekannt wurde. Die drei kleinen Wagen, die normalerweise die Zöglinge und Gouvernanten zu den verschiedenen Gottesdiensten brachten, waren noch gestern abend, bevor sich Mr. Hussey verabschiedet hatte, abbestellt worden. Nach Mrs. Appleyards Meinung waren Kirchen nichts anderes als Brutstätten von Gerüchten an einem schönen Sonntagmorgen. Gott sei Dank war Ben Hussey ein einfühlsamer Mensch, der bis auf seinen vertraulichen Bericht, der sich schon in den Händen des örtlichen Polizeireviers befand, niemandem etwas erzählen würde. Im College war bis auf weiteres äußerstes Stillschweigen über die Vorfälle angesagt. Ehrlicherweise muß angemerkt werden, daß dies von dem Teil der Schülerinnen und des Personals beherzigt wurde, die nach den Ereignissen der letzten

Nacht noch aufstehen konnten und in der Lage waren, miteinander zu reden, denn letztendlich lag die Hälfte der Teilnehmerinnen des Picknicks unter Schock und total erschöpft in ihren Betten. Wie dem auch sei, wir haben den Verdacht, daß Tom und Minnie, die als Klatschbasen bekannt waren, und möglicherweise auch die Köchin – sie alle hatten am Sonntagnachmittag privaten Besuch empfangen – nicht ganz so verschwiegen waren. Daß vielleicht auch Miß Dora Lumley an der Hintertür ein paar Worte mit Tommy Compton gewechselt hat, der die sonntägliche Milch brachte. Es wurde nach Doktor McKenzie geschickt, der bald nach dem Frühstück eintraf. Er war ein schon älterer Landarzt von unbegrenzter Weisheit, der die Situation mit einem scharfsinnigen Blick durch seine goldgefaßte Brille erkannte und für Montag einen freien Tag anordnete, dazu leichte Kost und milde Beruhigungsmittel. Mademoiselle hütete mit einer Migräne das Bett. Der alte Arzt tätschelte ihre hübsche Hand, die auf der Bettdecke lag, träufelte ein paar Tropfen Eau de Cologne auf ihre heiße Stirn und meinte sanft: »Ganz ruhig, meine liebe, junge Dame. Ich hoffe, Sie sind nicht so dumm, sich für diese unglückliche Angelegenheit verantwortlich zu machen? Es kann sich durchaus als ein Sturm im Wasserglas herausstellen, hören Sie?«

»Mon Dieu, Doktor, ich bete, daß Sie recht behalten.«

»Niemand«, beschwichtigte sie der Arzt, »kann für das Schicksal verantwortlich gemacht werden.«

Bei Edith Horton, die zum einzigen Mal in ihrem Leben so etwas wie eine Heldin war, stellte Doktor McKenzie, dank ihrer Schreierei, was bei einem Mädchen ihres Alters die normale Reaktion der Natur auf Hysterie war, eine gute körperliche Verfassung fest, trotzdem war er etwas verwirrt von dem Umstand, daß sie sich nicht mehr daran erinnerte, was sie dazu gebracht hatte, allein und zu Tode erschreckt, den Felsen hinunterzulaufen. Edith mochte Doktor McKenzie, doch wer tat das nicht, und es schien, daß sie, soweit es ihre beschränkte Intelligenz erlaubte, versuchte zu helfen. Es war möglich, so dachte der Doktor, als er nach Hause fuhr, daß sich das Kind den Kopf an einem Felsen gestoßen hatte, was in dieser rauhen Landschaft leicht möglich war, und unter einer leichten Gehirnerschütterung litt.

Mrs. Appleyard hatte den größten Teil des Sonntags allein in ihrem Arbeitszimmer verbracht, später dann folgte eine Unterhaltung mit Constable Bumpher aus Woodend, der einen nicht allzu hellen jungen Polizisten mitgebracht hatte, der Notizen bei diesem relativ unwichtigen Fall machen sollte, der Bumphers Meinung nach spätestens Sonntagabend geklärt wäre. Die Stadtmenschen verliefen sich immer wieder in den Weiten des Busches und sorgten dafür, daß freundliche Menschen sonntagmorgens aus ihren Betten mußten, um sie zu suchen. Wie auch immer, es hatte den Anschein, daß die Anhaltspunkte in der Angelegenheit der drei vermißten Schulmädchen und ihrer Gouvernante mehr als vage waren, und auch Ben Husseys Geschichte wiederholte nur Vorgänge, die sattsam bekannt waren. Bumpher hatte sich darum gekümmert, daß die beiden jungen Männer, die am Samstag am Hanging Rock gepicknickt hatten und bis jetzt die letzten waren, die die vermißten Mädchen beim Überqueren des Baches gesehen hatten, der Polizei für weitere Auskünfte am Montag zur Verfügung standen, wenn man bis dahin die Vermißten nicht schon gefunden hätte. Die einzige Person, die Bumpher an diesem Morgen, wenn möglich, ein paar Minuten sprechen wollte, war das Mädchen Edith Horton, das ja mit den drei Vermißten für mehrere Stunden zusammengewesen war, bevor es in panischem Schrecken zum Picknickplatz zurückgekehrt war. Bezüglich Edith, die mit roten Augen und einem dazu passenden Kaschmirmorgenmantel in das Arbeitszimmer gebracht wurde, blieb zu sagen, daß sie sich als eine ungenaue und absolut untaugliche Informationsquelle erwies. Weder der Polizist noch die Direktorin brachten etwas Konstruktiveres als ein paar Schluchzer und dumme Verneinungen aus ihr heraus. Vielleicht hätte ja der junge Polizist mehr Erfolg gehabt, aber er erhielt keine Gelegenheit dazu, und Edith wurde wieder zurück in ihr Bett geschickt.

»Es ist nichts Greifbares da«, meinte Bumpher und dankte für ein Glas Brandy mit Wasser. »Meiner Meinung nach, Madame, wird sich die ganze Sache innerhalb weniger Stunden aufklären. Sie haben keine Vorstellung, wieviel Leute sich verlaufen, wenn sie nur ein paar Meter vom Weg abweichen.«

»Ich wollte«, gab Mrs. Appleyard zurück, »ich könnte Ihnen zustimmen. Meine Schulälteste, Miranda, ist im Busch geboren und aufgewachsen, und bezüglich der Gouvernante, Miß McCraw ...«

Inzwischen war klar, daß niemand beobachtet hatte, wie Miß McCraw die Picknickgesellschaft nach dem Lunch verlassen hatte. Auch mußte sie aus unbekannten Gründen plötzlich die Entscheidung getroffen haben, ihren Platz unter dem Baum, wo sie gelesen hatte, zu verlassen und den vier Mädchen zum Hanging Rock zu folgen.

»Außer«, stellte der Polizist fest, »die Dame hatte ihre privaten Gründe. Einen Freund oder Freunde zu treffen; zum Beispiel außerhalb des Eingangsgatters?«

»Ganz bestimmt nicht. Miß Greta McCraw, die schon seit einigen Jahren bei mir angestellt ist, hat meines Wissens nach nicht einen einzigen Freund, zumindest nicht auf dieser Hälfte der Erdkugel.«

Ihr Buch sowie die Glacéhandschuhe waren von Rosamunde, einer der älteren Schülerinnen, an der Stelle gefunden worden, wo Miß McCraw gesessen hatte. Sowohl Mrs. Appleyard als auch der Polizist stimmten, ohne daß dies direkt ausgesprochen worden wäre, darin überein, daß, egal wie gut die Mathematiklehrerin auch mit »Zahlen umgehen« konnte, wie es Bumpher ausdrückte, sie dumm genug war, sich wie jeder andere zu verlaufen. Selbst Archimedes, so kam man überein, hätte den falschen Weg nehmen können, wenn er mit seinen Gedanken bei höheren Dingen gewesen wäre. All dies schrieb der junge Polizist, schwer atmend und beständig seinen Bleistift anleckend, auf. (Später dann, als die Teilnehmer an dem Ausflug über ihre Hinfahrt zum Picknick kurz befragt wurden, hatten mehrere Zeugen, einschließlich der Mademoiselle, bestätigt, daß Miß McCraw ausführlich über Dreiecke und Abkürzungen gesprochen und dem Kutscher sogar einen Rückweg auf einer nahezu unpassierbaren Strecke vorgeschlagen hatte.)

Von der örtlichen Polizeidienststelle war eine systematische Suche auf dem Picknickgelände und dem umliegenden Bereich des Hanging Rock, der noch zu erklettern war, in Gang gesetzt worden. Einer der erstaunlichsten Umstände war schon von Mr. Hussey berichtet worden, nämlich das totale Fehlen von Spuren, außer einigen geknickten Farnen und abgerissenen Blättern an einigen Büschen auf den flachen Anstiegen im östlichen Teil des Felsens. Am Montag, falls sich bis dahin die geheimnisvollen Ereignisse noch nicht aufgeklärt haben sollten, würde ein einheimischer Fährtensucher aus Gippsland eintreffen, und – auf Drängen von Colonel Fitzhubert – ein Bluthund, für den einige Kleidungsstücke der vermißten Personen von Miß Lumley gekennzeichnet und der Polizei bei Bedarf ausgehändigt werden würden. Eine Reihe von Ortsansässigen, unter anderem Michael Fitzhubert und Albert Crundall, unterstützten die Polizei schon dabei, an jener Stelle das Unterholz genau abzusuchen. Neuigkeiten verbreiten sich im australischen Busch genauso schnell wie in der Stadt, und am Sonntagabend gab es kein Haus im Umkreis von fünfzig Meilen vom Hanging Rock, in dem das mysteriöse Verschwinden vom Samstag nicht beim

Abendessen Gesprächsgegenstand war. Wie immer bei solchen besonders interessanten Angelegenheiten waren jene, welche weder aus erster noch aus zweiter Hand etwas wußten, diejenigen, die ihrer Meinung am vehementesten Ausdruck verliehen, und über Nacht verwandelten sich diese Meinungen in festgeschriebene Tatsachen.

Wenn Sonntag, der fünfzehnte, am College schon ein Alptraum gewesen war, war Montag, der sechzehnte, falls überhaupt möglich, noch schlimmer. Es begann damit, daß um sechs Uhr morgens die Türklingel von einem jungen Reporter auf einem Fahrrad mit platten Reifen, der von einer Melbourner Zeitung kam, betätigt wurde, und der, nachdem die Köchin ihn mit einem Frühstück in der Küche wieder aufgebaut hatte, ohne Auskünfte zur Bahnstation zurückgeschickt wurde. Dieser unglückliche Junge war der erste von vielen, vielen ungebetenen Besuchern, die noch kommen sollten. Die massive Zedernholztür, die normalerweise nur sehr selten bei offiziellen Anlässen benutzt wurde, wurde jetzt vom Morgen bis in die Nacht unentwegt für die unterschiedlichsten Besucher geöffnet und geschlossen. Einige von ihnen kamen in den besten Absichten, andere waren ziemlich impertinent, dazu gehörten ein paar männliche und weibliche Hyänen, die ganz offensichtlich vom Geruch von Blut und Skandal angezogen worden waren. Niemand von diesen Leuten wurde vorgelassen. Selbst der Geistliche aus Macedon und seine nette kleine Frau, beide schrecklich aufgeregt, aber erfüllt von dem Verlangen, in Zeiten der Not zu helfen, wurden, wie jeder andere, mit einem schroffen »Niemand zu Hause« weggeschickt.

Die Mahlzeiten wurden mit der gewohnten Präzision eines Uhrwerks serviert, doch nur ein paar der normalerweise immer hungrigen jungen Damen, die sich zum Mittagessen niederließen, taten mehr, als in dem Hammelfleisch und dem Apfelkuchen herumzustochern. Die älteren Schülerinnen standen in kleinen Gruppen flüsternd zusammen. Edith und Blanche schluchzten und schlichen, zum erstenmal, ohne ermahnt zu werden, in krummer Haltung Arm in Arm herum; die Schwestern aus Neuseeland murmelten endlos ausgeschmückte Erinnerungen an Erdbeben und andere Schrecknisse vor sich hin. Sara Waybourne, die den ganzen Samstagabend wachgelegen und auf die Rückkehr Mirandas vom Picknick gewartet hatte, damit sie von ihr wie üblich einen Gutenachtkuß bekäme, wie es immer, egal wie spät, der Fall war, huschte ruhelos wie ein kleiner Geist von einem Raum zum nächsten, bis Miß Lumley, deren Kopf wie eine Glocke dröhnte, ihr ein Laken gab, das sie bis zur Teezeit gesäumt haben sollte. Miß Lumley selbst und die junge Nadelarbeitslehrerin, wenn sie nicht Anweisungen der Direktorin überbringen oder anderen brotlosen Beschäftigungen nachgehen mußten, mokierten sich darüber, daß sie »ausgenutzt« würden, ein bekannter Ausspruch, der auf jede Autorität, vom Allmächtigen abwärts, zutraf. Das Aufsatzthema über den Hanging Rock, das immer noch mit Kreide als Hauptunterrichtspunkt in Englischer Literatur für Montag, den sechzehnten Februar, halb zwölf, auf der Tafel stand, wurde nicht mehr erwähnt. Schließlich ging die Sonne hinter dem leuchtenden Dahlienbeet unter, die Hortensien glänzten in der Abenddämmerung wie Saphire, und die Statuen auf der Treppe hielten ihre fahlen Kerzen in das warme, blaue Licht. So endete der zweite niederschmetternde Tag.

Am Dienstagmorgen, dem siebzehnten, hatten die beiden jungen Männer, die die vermißten Mädchen am Samstagnachmittag zuletzt gesehen hatten, ihre jeweiligen Aussagen gegenüber der örtlichen Polizei gemacht. Albert Crundall auf der Polizeistation in Woodend und der Ehrenwerte Michael Fitzhubert im Arbeitszimmer seines Onkels auf Lake View. Beide hatten ihre völlige Unkenntnis über den weiteren Weg zum Ausdruck gebracht, den die vier Mädchen genommen hatten, nachdem sie den Bach überquerten und in Richtung des unteren Bereichs des Hanging Rock gegangen waren. Michael mit brechender Stimme und niedergeschlagenen Augen, die so aussahen, als hätten sie sich seit Sonntagmorgen, als Albert von Manassas Laden mit der Neuigkeit über die verschwundenen Mädchen angeritten gekommen war, ganz in ihre Höhlen zurückgezogen. Der Constable Bumpher hatte sich am Schreibtisch des Colonels niedergelassen, ihm gegenüber saß Michael steif auf einem hochlehnigen Stuhl.

»Ich denke«, sagte der Polizist, nachdem die üblichen Formalitäten erledigt waren, »wir fangen am besten mit ein paar Fragen an, um einen allgemeinen Überblick zu erhalten, wie man so sagt.«

Der junge Herr Fitzhubert, mit seinem schüchternen Lächeln und seinen guten englischen Manieren, war augenscheinlich ein zurückhaltender Mensch.

»Nun, als Sie die Mädchen beim Überqueren des Baches sahen, haben Sie da eine von ihnen erkannt?«

»Wie sollte ich? Ich bin erst seit drei Wochen in Australien und habe noch keine Bekanntschaft mit jungen Mädchen gemacht.«

»Ich verstehe. Haben Sie sich mit irgendeinem dieser Mädchen unterhalten; bevor oder nachdem sie auf der anderen Seite des Baches waren?«

»Ganz bestimmt nicht! Ich habe Ihnen schon gesagt, Constable, daß ich sie nicht einmal vom Sehen kannte.«

Auf diese unschuldige Antwort hin erlaubte sich der Polizist ein trockenes Grinsen und fügte im Geiste hinzu: »Teufel auch! Mit dem Aussehen und all dem Geld?« Laut fragte er: »Wie ist es mit Crundall? *Sprach* er mit einem der Mädchen?«

»Nein. Er starrte sie nur an und pfiff ihnen nach.«

»Was haben Ihre Tante und Ihr Onkel währenddessen gemacht?«

»Soweit ich mich erinnern kann, dösten sie vor sich

hin. Wir hatten zum Essen Champagner getrunken, und ich nehme an, daß sie davon schläfrig waren.«

»Wie macht sich der Champagner bei *Ihnen* bemerkbar?« wollte der Polizist mit erhobenem Bleistift wissen.

»Soweit ich weiß, überhaupt nicht. Ich trinke nie viel, und wenn, dann normalerweise Wein, wissen Sie, zu Hause in England.«

»Nun dann, Sie waren also ganz klar im Kopf und saßen mit einem Buch unter einem Baum, als Sie die Mädchen den Bach überqueren sahen. Nun erzählen Sie von diesem Moment an weiter. Versuchen Sie sich an jedes kleine Detail zu erinnern, auch wenn es Ihnen unwichtig erscheint. Sie wissen, daß dies eine absolut freiwillige Aussage Ihrerseits ist?«

»Ich beobachtete, wie sie den Bach überquerten ...« Er schluckte und fuhr dann mit fast unhörbarer Stimme fort. »Jede machte es auf eine andere Art.«

»Sprechen Sie bitte lauter. Was heißt das, auf eine andere Art. Mit einem Seil? Auf einem Baumstamm?«

»Mein Gott, nein! Ich meine nur, einige von ihnen waren beweglicher, verstehen Sie – graziöser.«

Wie dem auch sei, Bumpher war in diesem Moment nicht an Grazie interessiert.

»Egal«, fuhr der junge Mann fort, »sobald sie außer Hörweite waren, stand ich auf und ging zu Albert, der ein paar Gläser im Bach spülte, um mit ihm zu sprechen. Wir unterhielten uns ein bißchen, vielleicht zehn Minuten, und dann sagte ich, daß ich noch einen kleinen Spaziergang machen wollte, bevor wir nach Hause gingen.«

»Wie spät war es da?«

»Ich habe nicht auf die Uhr gesehen, aber ich wußte, daß mein Onkel nicht später als vier Uhr weg wollte. Ich ging in Richtung des Hanging Rock. Dort, wo der Anstieg beginnt, war Farngestrüpp und Unterholz, und die Mädchen waren schon außer Sicht. Ich erinnere mich, wie ich mir überlegt habe, daß das Unterholz zu dicht sei, um darin in leichten Sommerkleidern herumzulaufen, und erwartete, die Mädchen jeden Moment herunterkommen zu sehen. Ich setzte mich für ein paar Minuten auf einen umgefallenen Baumstamm. Als Albert rief, ging ich sofort zum Teich zurück, bestieg meinen Araber und ritt nach Hause, dabei blieb ich die meiste Zeit hinter dem Wagen meines Onkel. Mehr fällt mir nicht ein. Reicht Ihnen das?«

»Das war sehr freundlich von Ihnen. Danke, Mr. Fitzhubert. Vielleicht brauchen wir Sie später noch einmal.«

Michael stöhnte innerlich auf. Die kurze Befragung kam einer Nervenbehandlung an einem Zahn ziemlich nahe. »Da ist noch eine Sache, die ich noch einmal überprüfen will, bevor wir es niederschreiben«, bemerkte der Polizist. »Sie haben erklärt, Sie hätten *drei* Mädchen den Bach überqueren gesehen. Stimmt das?«

»Tut mir leid. Sie haben recht, es waren vier Mädchen.«

Bumphers Bleistift fuhr wieder in die Höhe. »Warum, glauben Sie, ist Ihnen entfallen, daß es vier Mädchen waren?«

»Weil ich die kleine Dicke vergessen habe, nehme ich an.«

»Also haben Sie die anderen drei sehr genau angesehen, ja?«

»Nein, habe ich nicht.« (Gott hilf mir, es ist die Wahrheit. Ich hatte nur Augen für *sie*). »Ich nehme an, daß Sie sich erinnern könnten, wenn da noch eine ältere Dame dabeigewesen wäre?«

»Natürlich würde ich das«, erklärte Michael, verwirrt dreinblickend. »Da war niemand mehr. Nur die vier Mädchen.«

Während sich dies ereignete, machte Albert in Woodend seine Aussage bei Jim Grant, jenem jungen Polizisten, der zusammen mit Bumpher am Sonntagmorgen im Appleyard College gewesen war. Anders als Michael war Albert gar nicht erfreut, denn er kannte die Tricks und Schlichen genau, die ein Polizist mit einer absolut unschuldigen Bemerkung anstellen konnte, und außerdem hatte er mit dem jungen Grant schon einmal oberflächliche Bekanntschaft gemacht, als es um einen sonntäglichen Hahnenkampf gegangen war.

»Ich sage dir, Jim«, erklärte er, »ich hab' die Mädels nur kurz gesehen.«

»Du kriegst nochmal Ärger, wenn du mich im Dienst duzt«, entgegnete der andere, dem vor Zorn der Schweiß auf der Stirn stand. »Mit mir ist nicht gut Kirschen essen. Nun denn. Wie viele Mädchen hast du gesehen, die den Bach überquerten?«

»In Ordnung, verdammt nochmal, Mr. Grant. Es waren vier.«

»Es gibt auch keinen Grund zu fluchen. Ich erfülle nur meine Pflicht.«

»Ich nehme an, Sie wissen«, sagte der Pferdeknecht, wobei er eine Tüte mit Karamelbonbons herausholte und sich eines demonstrativ in einen hohlen Zahn schob, »daß die Aussage, die ich hier der Polizei mache, freiwillig, gratis, ganz umsonst ist. Ich mache das nur aus Gefälligkeit, das sollten Sie nicht vergessen, Mr. Grant.«

Jim widerstand dem Friedensangebot eines Karamelbonbons und fuhr fort. »Was hast du gemacht, nachdem Mr. Fitzhubert in Richtung des Hanging Rock losgegangen war?«

»Der Colonel ist aufgewacht und hat rumgebrüllt, es wäre Zeit aufzubrechen, und ich bin hinter Mr. Michael hergegangen, und Sie können mir den Kopf abreißen, wenn er da nicht auf 'nem Baumstamm gesessen hat, und die Mädels waren nicht in Sicht.«

»Wie weit war der Baumstamm ungefähr von dem Teich entfernt?«

»Hör zu, Jim, du weißt es so gut wie ich. Die verdammte Polizei und alle anderen kennen die Stelle. Ich habe sie selbst am Sonntag Mr. Bumpher gezeigt.«

»In Ordnung, ich halte nur die Fakten fest – erzähl weiter.«

»Egal, Michael schwang sich auf den Araber, den ihn sein Onkel reiten läßt, und ritt nach Hause nach Lake View.«

»Das schöne Tier! Manche Leute haben wirklich Glück! Mann, Albert, kannst du diesen ehrenwerten Wie-auch-Immer nicht dazu bringen, ihn mir mal zu leihen, damit ich mich damit in Gisborne zeige? Es gibt in fünfzig Meilen Umkreis nichts Schöneres als diesen Araber. Keine Sorge, ich will gar nicht den Sattel und das Zaumzeug haben. Nur ein Spazierritt am Nachmittag. Der Colonel weiß, daß ich bei Pferden keine schlechte Hand habe.«

»Wenn du glaubst, ich bin den ganzen Weg von Lake View hierhergekommen, um einen Ritt auf dem Araber für dich herauszuleiern«, entgegnete Albert und stand auf. »Keine Fragen mehr? Dann bin ich schon weg.«

»He, warte einen Moment. Es *gibt* noch eine«, rief Jim und griff nach der Jacke des anderen. »Als Mr. Fitzhubert sich auf sein Pferd geschwungen hatte, sagst du, er sei den ganzen Weg zusammen mit dem Wagen nach Lake View geritten? Hast du ihn tatsächlich die ganze Zeit im Auge gehabt?«

»Ich habe in meinem verdammten Kopf hinten keine Augen. Einen Teil des Weges ritt er hinter uns, damit wir nicht den Staub schlucken mußten, den er aufwirbelte, dann wieder war er vor uns. Das hing von der Straße ab. Mehr kann ich nicht dazu sagen, außer, daß wir zur gleichen Zeit am Eingangstor von Lake View ankamen.«

»Wann war das, deiner Meinung nach?«

»Es muß so um halb acht gewesen sein. Ich erinnere mich, daß die Köchin schon mein Essen auf dem Herd hatte.«

»Danke, Mr. Crundall.« Der junge Polizist klappte mit einem offiziellen Anstrich sein Notizbuch zu. »Diese Befragung wird ausführlich niedergeschrieben werden und Ihnen dann zur Unterschrift vorgelegt. Sie können jetzt gehen.«

Diese Erlaubnis war überflüssig. Albert warf schon die Zügel über den Kopf eines braunen Pferdes, das in einem Wiesenstück auf der anderen Seite der Straße angebunden war.

Seit drei aufeinanderfolgenden Morgen verfolgte die australische Öffentlichkeit bei Eiern und Speck gierig die aufregenden Einzelheiten des Collegegeheimnisses, das inzwischen der Presse bekannt war. Obwohl keine weiteren Tatsachen ans Tageslicht gekommen waren und es keinerlei neue Hinweise gab, so daß die Situation noch dieselbe war, seit die Mädchen und die Gouvernante am Samstagabend von Ben Hussey vermißt gemeldet worden waren, mußte die Öffentlichkeit doch gefüttert werden. Aus diesem Grund waren die Berichte am Mittwoch mit der Fotografie vom Stammsitz Haddingham Hall des Ehrenwerten Michael (gleichzeitig war darauf seine Schwester zu sehen, die auf der Terrasse mit einem Spaniel spielte) und natürlich mit einem Bild der schönen Irma Leopold sowie einem Hinweis auf ihr Millionenvermögen gewürzt worden. Bumpher war natürlich weit davon entfernt, diese Entwicklung gutzuheißen. Nachdem er mit seinem Freund, dem Polizisten Lugg, vom Revier in der Russel Street in Melbourne, gesprochen hatte, hatte er beschlossen, einen weiteren Versuch zu unternehmen, von der Schülerin Edith Horton so etwas wie einen konkreten Hinweis zu erhalten. Gegen acht Uhr am Morgen des Mittwoch, des achtzehnten, brach ein weiterer, schöner Tag mit einer milden Brise an, und Bumpher traf, zusammen mit dem jungen Jim als Unterstützung, in einem zweispännigen Buggy beim Appleyard College ein mit dem Vorsatz, Edith Horton und die französische Gouvernante zum Hanging Rock zu bringen.

Mrs. Appleyard konnte, obwohl dieses Vorhaben etwas Unanständiges in sich trug, kaum etwas dagegen sagen. Die Polizei, meinte Bumpher, tat ihr Möglichstes, das Geheimnis aufzuklären, und sowohl seiner Meinung als auch nach Meinung des Kollegen Lugg war es unablässig, daß Edith als eine Hauptzeugin mit dem Ort des Geschehens konfrontiert würde, um ihrem Gedächtnis auf die Sprünge zu helfen. Die Direktorin, sich Ediths beschränkter Intelligenz und unbeschränkter Starrsinnigkeit bewußt – dazu kam noch die Möglichkeit einer leichten Gehirnerschütterung –, sah die Expedition als reine Zeitverschwendung an und teilte dies Bumpher auch mit, der rundheraus widersprach. Trotz seiner nicht gerade einnehmenden Art war Bumpher in seinem Beruf kein Dummkopf und hatte große Erfahrung mit den unterschiedlichen Reaktionen, die Leute bei einer Befragung durch die Polizei zeigten.

»Alles, was wir erreichen wollen, ist«, erklärte er Mrs. Appleyard, »daß sich das Mädchen daran erinnert, was es so schrecklich aus der Bahn geworfen hat. Ich weiß von Leuten mit Gedächtnisverlust, die zu hervorragenden Zeugen wurden, nachdem man sie dorthin zurückgebracht hatte, wo sozusagen alles anfing. Wir versuchen es einfach und lassen es ganz ruhig angehen.«

Und so kam es dazu, daß der Constable ganz entspannt die Fahrt, bei der die nette und mit ihrem Sonnenhut schön anzusehende Mademoiselle neben ihm saß, genießen konnte; ja, er hatte ihr sogar, während die Pferde gewechselt wurden, einen Brandy mit Soda und Edith und dem jungen Jim eine Limonade im Hotel von Woodend spendiert.

Jetzt standen sie genau an der Stelle auf dem Picknickplatz, an der Edith und die drei Mädchen am Nachmittag des Valentinstags den Bach überquert hatten. Auf die Sonnenseite des Hanging Rock, die geradeaus vor ihnen lag, warfen die Zweige der Bäume verwirrende Schattenmuster. Wie blaue Bänder, dachte Mademoiselle und fragte sich, wie etwas so Schönes eine Ausgeburt des Bösen sein konnte.

»Jetzt nun, Miß Edith.« Der Polizist lächelte und strahlte über und über väterliche Geduld aus. »In welche Richtung, würden Sie sagen, sind Sie an jenem Tag hier von dieser Stelle aus gegangen?«

»Kann ich nicht. Ich habe Ihnen schon gesagt, daß für mich ein Eukalyptusbaum wie der andere aussieht.«

»Edith, Chérie«, griff die Mademoiselle ein, »vielleicht kannst du dem Polizisten sagen, über was ihr geplappert habt? Ich bin sicher, sie *haben* geplappert, Mr. Bumpher.«

»Das ist gut«, entgegnete der Polizist. »Ein guter Einfall. Miß Edith, hat jemand vorgeschlagen, wohin man gehen sollte?«

»Marion Quade hat mich aufgezogen. Marion kann manchmal sehr eklig sein. Sie sagte, diese Felsspitzen dort oben wären Millionen Jahre alt.«

»Die Gipfel. Also seid ihr in Richtung des Gipfels gelaufen?«

»Ich denke schon. Mir taten die Füße weh, und ich habe nicht genau aufgepaßt. Ich wollte mich auf einen Baumstamm setzen, anstatt weiterzulaufen, aber die anderen ließen das nicht zu.«

Bumpher schaute Mademoiselle hoffnungsvoll an. Es lag eine Reihe von Baumstämmen und heruntergefallenen Ästen herum, aber immerhin war das ein konkreter Hinweis, mit dem man arbeiten konnte.

»Nun, da Sie sich an den Baumstamm erinnern, Miß Edith, fällt Ihnen da noch etwas ein? Schauen Sie sich um und überlegen Sie, ob es noch etwas gibt, was Ihnen bekannt vorkommt. Baumstümpfe, Farne, ein merkwürdig geformter Fels?«

»Nein«, antwortete Edith. »Nichts.«

»Gut, machen Sie sich keine Gedanken«, meinte der Polizist und nahm sich vor, nach dem Essen einen weiteren Versuch zu unternehmen. »Wo möchten Sie Ihren Lunch einnehmen, Mademoiselle?«

Jim wurde zurück zum Buggy geschickt, um das

Lunchpaket zu holen. Sie hatten es sich gerade im Gras bequem gemacht, als Edith von sich aus zu sprechen begann.

»Mr. Bumpher! Da *ist* etwas, an das ich mich zu erinnern glaube.«

»Prima, und was ist das?«

»Eine Wolke. Eine komisch geformte Wolke.«

»Eine Wolke? Prima! Nur daß Wolken unglücklicherweise die Angewohnheit haben, sich am Himmel von einer Stelle zur anderen zu bewegen, Sie verstehen?«

»Das ist mir schon klar«, bemerkte Edith, plötzlich ganz erwachsen wirkend. »Nur diese war von schrecklich roter Farbe, ich erinnere mich daran, weil ich nach oben schaute und sie durch einige Zweige hindurch sah.« Vorsichtig nahm sie einen großen Bissen vom Schinkensandwich. »Es war kurz nachdem ich an Miß McCraw vorbei war.«

Bumphers eigenes Sandwich fiel unbeachtet zu Boden. »Miß McCraw? Verdammt noch mal! Sie haben uns nie gesagt, daß Sie Miß McCraw getroffen haben! Jim, holen Sie Ihr Notizbuch heraus. Ich weiß nicht, ob Ihnen das klar ist, Miß Edith, was Sie mir eben erzählt haben, ist sehr wichtig.«

»Darum habe ich es Ihnen ja gesagt«, meinte Edith selbstgefällig.

»Wann ist Ihre Lehrerin zu Ihnen und den anderen drei Mädchen gestoßen? Denken Sie bitte genau nach!«

»Sie ist nicht meine Lehrerin«, erklärte Edith und biß wieder von ihrem Sandwich ab. »Meine Mama will nicht, daß ich höhere Mathematik mache. Sie sagt, ein Mädchen gehört ins Haus.«

Irgendwie schaffte es Bumpher, ein verbindliches Grinsen aufzusetzen. »Ganz richtig. Eine sehr vernünftige Frau, Ihre Mutter. Jetzt erzählen Sie bitte weiter von Miß McCraw. Wo war sie, als Sie plötzlich hochschauten und sie sahen? In der Nähe? Oder weit entfernt?«

»Sie schien mir ein ganzes Stück entfernt zu sein.«

»Hundert Meter oder fünfzig Meter?«

»Ich weiß nicht, ich bin nicht gut im Schätzen. Ich habe Ihnen doch gesagt, daß ich sie nur weit entfernt sah, zwischen den Bäumen hindurch, als ich zurück zum Bach rannte.«

»Sie rannten selbstverständlich den Berg hinunter?«

»Natürlich.«

»Und Miß McCraw ging den Berg hinauf, in die entgegengesetzte Richtung. War es so?«

Zu seinem Mißfallen begann die Zeugin herumzuzappeln und zu kichern. »Mein Gott! Sie sah vielleicht lustig aus.«

»Wieso?« wollte Bumpher wissen. »Schreiben Sie mit, Jim. Wieso sah sie lustig aus?«

»Das sage ich lieber nicht.«

»Bitte sagen Sie es uns, Edith«, schmeichelte Mademoiselle. »Sie sind Mr. Bumpher eine so große Hilfe.«

»Ihr Rock«, hob Edith an und stopfte sich dann die Ecke ihres Taschentuchs in den Mund.

»Was war mit ihrem Rock?«

Edith fing wieder an zu kichern. »Es ist zu unanständig, als daß man es in einer gemischten Gesellschaft laut aussprechen könnte.«

Bumpher beugte sich in ihre Richtung, als wollte er mit seinen klaren blauen Augen ein Loch in ihren Schädel bohren.

»Machen Sie sich keine Sorgen um mich. Ich bin alt genug, Ihr Vater zu sein! Denken Sie daran.«

Edith flüsterte etwas in das aufmerksame, kleine, rosa Ohr der Mademoiselle.

»Sie sagt, Constable, daß Miß McCraw keinen Rock getragen hat, nur les pantalons.«

»Unterhosen«, erklärte der Polizist dem jungen Jim. »Nun denn, Miß Edith. Sind Sie sicher, daß die Frau, die Sie in einiger Entfernung den Hügel hinaufgehen sahen, wirklich Miß McCraw war?«

»Ja, sicher.«

»War es nicht schwer, sie ohne ihre Kleidung zu erkennen?«

»Überhaupt nicht. Keine der anderen Lehrerinnen hat so eine ausgefallene Figur. Irma Leopold hat einmal zu mir gesagt: ›Die McCraw hat eine Figur genau wie ein Bügeleisen.‹«

Und dies war das letzte und einzige Stück an gesicherter Information, das man aus Edith Horton herausbekam, sowohl am Mittwoch, dem achtzehnten Februar, als auch bei jeder anderen Gelegenheit.

Sobald der Buggy des Polizisten aus der Auffahrt auf die Hauptstraße gebogen war, hatte Mrs. Appleyard die Tür ihres Arbeitszimmers verschlossen und sich resolut an ihrem Schreibtisch niedergelassen. Das wurde langsam zur Gewohnheit. Obwohl sie aufrecht, schweigsam, äußerlich unbeeindruckt ihren Geschäften nachging, war ihr doch das aufkommende Gemurmel fragender Stimmen aus der Welt um sie herum bewußt. Die Stimmen von Miesmachern, Angestellten, Hellsehern, Journalisten, Freunden, Verwandten und Eltern. Die Eltern waren natürlich die Schlimmsten. Man konnte ihre Briefe nicht einfach in den Papierkorb werfen, wie die Briefe, in denen angeboten wurde, die Mädchen mit Hilfe eines besonderen Magneten zu finden und die einen schon frankierten Rückumschlag enthielten. Ihr gesunder Menschenverstand sagte ihr auch, daß es verständlich war, daß selbst die Eltern der Mädchen, die gesund von dem Picknick zurückgekehrt waren, nähere Informationen und Bestätigungen haben wollten. Dies waren die Briefe, die sie stundenlang an ihren Schreibtisch fesselten. Ein falsches Wort in dieser Situation an eine überforderte Mutter konnte eine Lawine von Lügen und Gerüchten auslösen, die nicht einmal mehr durch ein Bollwerk der Wahrheit aufzuhalten war.

Mrs. Appleyard hatte an diesem Morgen die wesentlich unangenehmere und viel gefährlichere Aufgabe zu bewältigen, mit Briefen die Eltern von Miranda, von Irma Leopold, sowie den Vormund von Marion Quade darüber zu informieren, daß die drei Mädchen und eine Gouvernante auf mysteriöse Art am Hanging Rock verschwunden waren. Glücklicherweise, oder besser unglücklicherweise, würde keiner der Briefe seinen Empfänger ohne nennenswerte Verspätung erreichen. Auch würde keiner der Adressaten Zugang zu Veröffentlichungen haben, die die Vorfälle am College betrafen, und zwar aus Gründen, die in Kürze offengelegt werden. Ein weiteres Mal glitten ihre Gedanken zu dem Morgen des Picknicks zurück. Wieder sah sie die ordentlichen Reihen der Mädchen mit Hüten und Handschuhen und die beiden Damen, die alles unter Kontrolle hatten. Nochmals hörte sie ihre eigenen knappen Abschiedsworte auf der Veranda, mit denen sie vor gefährlichen Schlangen und Insekten warnte. Insekten! Was, in Gottes Namen, war an dem Samstagnachmittag passiert? Und warum, warum, warum nur war es den drei ältesten Schülerinnen, die so wichtig für das Prestige und den sozialen Status von Appleyard College waren, widerfahren? Marion Quade, eine brillante Schülerin, obgleich nicht so wohlhabend wie die anderen beiden, stand für akademische Ehrungen, die auf ihre Art genauso wichtig für das College waren. Warum konnte es nicht Edith sein, die vermißt wurde, oder dieser kleine Niemand, Blanche, oder Sara Waybourne? Wie üblich verwirrte sie der Gedanke an Sara Waybourne. Diese großen, runden Augen, in denen ein unausgesprochenes Aufbegehren stand, das bei einem Kind von dreizehn Jahren nicht hinzunehmen war. Wie dem auch sei, ihre Schulgebühren wurden von einem älteren Vormund, dessen Privatadresse nie bekannt wurde, immer pünktlich bezahlt. Diskret und elegant, »eindeutig ein Gentleman«, wie ihr Arthur es ausgedrückt hätte.

Die Erinnerung an ihren Arthur, wie er oft neben ihr gestanden hatte, wenn sie mit einem schwierigen Brief rang, verdrängte die Gedanken an den eleganten Herrn aus ihrem Kopf. Das alles brachte sie nicht weiter. Mit einem Aufstöhnen nahm sie den dünnen Federhalter und fing an zu schreiben. Zuerst den Leopolds, zweifellos die wichtigsten Eltern in den Annalen des College; sagenhaft reich, und sie verkehrten in den besten internationalen Kreisen, doch zur Zeit hielten sie sich in Indien auf, wo Mr. Leopold Polopferde von einem Radscha in Bengalen kaufte. Nach den letzten Briefen, die Irma erhalten hatte, befanden sich ihre Eltern in diesem Moment auf einer märchenhaften Expedition mit Elefanten, Sänften und mit Seide ausgeschlagenen Zelten irgendwo im Himalaya, Adresse, zumindest für die nächsten vierzehn Tage, unbekannt. Schließlich war der Brief, eine außergewöhnliche Mischung aus Mitgefühl und nüchterner Überlegung, zur Zufriedenheit der Schreiberin fertiggestellt. Nicht zuviel Mitgefühl, falls zu dem Zeitpunkt, an dem er dort eintraf, diese unschöne Situation schon zu einem befriedigenden Ende gebracht und Irma wieder in der Schule wäre. Ein weiteres Problem war, ob sie den einheimischen Fährtensucher und den Bluthund erwähnen sollte. Sie konnte Arthurs »Meisterhaft, meine Liebe, meisterhaft« fast hören. Und so, unter Berücksichtigung dessen, was ihr Mann wohl gutgeheißen hätte, war der Brief auch meisterhaft.

Die nächsten in der Reihenfolge der Wichtigkeit waren Mirandas Mutter und Vater, die eine Viehfarm im Hinterland von North Queensland besaßen. Sie gehörten nicht gerade zu den Millionären, verfügten aber über einen soliden Wohlstand und waren eine der bekanntesten australischen Familien aus der Pionierzeit. Vorbildliche Eltern, bei denen man sicher sein konnte, daß sie sich nicht über Kleinigkeiten wie verpaßte Züge oder den Ausbruch der Masern im College aufregen würden, doch in dieser besonderen Situation waren sie so unberechenbar wie alle anderen. Miranda war das einzige Mädchen, die älteste von fünf Geschwistern, und, wie Mrs. Appleyard wußte, der Augapfel ihrer Eltern. Die ganze Familie hatte die Weihnachtsferien in St. Kilda verbracht, war aber vorigen Monat wieder in die exquisite Abgeschiedenheit von Goonawingi zurückgekehrt. Gerade vor ein paar Tagen hatte Miranda zufällig erwähnt, daß die Post für Goonawingi zusammen mit den Lebensmitteln nur alle vier oder fünf Wochen dort eintraf. Wie auch immer, man konnte nie sicher sein, überlegte die Direktorin, während sie auf ihrem Federhalter kaute, ob nicht ein übereifriger Besucher mit der Zeitung vorbeigeritten kam und die Katze aus dem Postsack ließ. Wie allgemein bekannt war, gehörte Mrs. Appleyard nicht zu den weichherzigen Menschen, doch war dies der schwerste Brief, den sie in ihrem ganzen Leben gezwungen war zu schreiben. Als sie den Umschlag, in dem die eng beschriebenen Seiten steckten, zuklebte, hatten sich diese Seiten in die Boten des Untergangs verwandelt.

»Ich entwickle zuviel Phantasie«, sie zuckte mit den Schultern und nahm ein, zwei Schlucke von dem Brandy, der hinter ihr in einem Schrank stand.

Marion Quades offiziell bestellter Vormund war ein Zivilanwalt, der sich bis auf die Zahlungen von Marions Gebühren meistens im Hintergrund hielt. Wenn sie Glück hatte, dann befand er sich gerade auf einem Angelausflug an einem unzugänglichen See in Neuseeland. Wie sich Mrs. Appleyard erinnerte, hatte Marion ihren Vormund vor kurzem als »Tattergreis« bezeichnet. Mit der verzweifelten Hoffnung, daß der Anwalt dieser Charakterisierung gerecht und keine schlafenden Hunde wecken würde, bevor er nicht nähere Informationen hätte, wurde dieser Brief unterschrieben und versiegelt. Und schließlich ein letzter Brief an den achtzigjährigen Vater von Greta McCraw, der, zusammen mit seinem

Hund und der Bibel, auf einer abgelegenen Insel der Hebriden lebte. Der alte Mann würde keine Schwierigkeiten machen oder sich überhaupt auch nur melden, denn seit seine Tochter als Mädchen von achtzehn Jahren nach Australien gekommen war, hatte er ihr keine einzige Zeile geschrieben. Alle vier Briefe wurden frankiert und auf den Tisch in der Halle gelegt, damit sie Tom mit dem Abendzug auf den Weg bringen konnte.

Sechstes Kapitel

Am Donnerstagnachmittag, dem neunzehnten Februar, saßen Michael Fitzhubert und Albert Crundall in freundschaftlichem Schweigen vor einer Flasche Bier in dem einfachen Bootshaus, das an Colonel Fitzhuberts bildschönem See stand. Albert hatte ein oder zwei Stunden frei, und Mike gönnte sich eine kleine Pause von der Gartenparty seiner Tante. Der See war tief und dunkel und trotz der drückenden Hitze des Sommers eiskalt. An einem Ende war er gänzlich von Seerosen überwachsen, deren beigefarbene Blütenkelche die Strahlen der Spätnachmittagssonne einfingen und speicherten. An einer von Seerosen bewachsenen Stelle stand einsam ein weißer Schwan auf einem roten Bein und sandte dann und wann sich konzentrisch ausbreitende Wellen über die Oberfläche des Sees. Auf der gegenüberliegenden Seite vermischten sich Spaliere von Baumfarnen und blau blühenden Hortensien mit der natürlichen Flora, die auf dem Steilhang hinter dem von einer flachen Veranda umgebenen Haus in die Höhe schoß. Davor promenierten die Gäste auf dem Rasen unter Eichen und Ulmen entlang. Zwei Hausmädchen standen hinter einem Klapptisch und reichten Erdbeeren mit Schlagsahne. Es war eine ziemlich elegante Gesellschaft, selbst der Gouverneur war mit Begleitung von seinem nahegelegenen Landsitz, der Sommerresidenz der Gouverneure von Victoria, gekommen; eigens für diesen Anlaß waren ein Lakai und drei Musiker aus

Melbourne angestellt worden, und der französische Champagner floß in Strömen. Man hatte vorher in Erwägung gezogen, den Pferdeknecht in eine enge schwarze Jacke zu stecken und ihn an der Champagnerbar Dienst tun zu lassen, doch Albert hatte darauf gesagt, er sei dazu da, sich um die Pferde zu kümmern.

»Ich bin Pferdeknecht, Sir«, habe ich zu deinem Onkel gesagt, »kein verdammter Kellner.«

»Du siehst wie ein Seemann aus«, lachte Mike, »mit all den Tätowierungen an deinen Armen.«

»Ein Seemann hat sie mir in Sydney verpaßt. Ich wollte, daß er mir auch meine Brust tätowiert, aber ich hatte nicht genug Geld. Mist. Damals war ich gerade fünfzehn.«

Von einer Welt zu hören, in der Jungen im Alter von fünfzehn ihren letzten Schilling dafür ausgaben, für den Rest ihres Lebens entstellt zu sein, brachte Mike dazu, seinen Freund mit einer gewissen Art von Mitgefühl anzusehen. Er war im Alter von fünfzehn fast noch ein Kind gewesen, das einen Schilling pro Woche Taschengeld erhielt und einen weiteren am Sonntagmorgen für die Kollekte.

Seit dem Nachmittag des Picknicks hatte sich zwischen den beiden jungen Männern eine angenehme, zu nichts verpflichtende Freundschaft entwickelt. Wenn man sie so sitzen sah, Albert bequem ausgestreckt mit hochgekrempelten Hemdsärmeln und in Baumwollhosen, Michael steif in einem Anzug, eine Nelke im Knopfloch, gaben sie ein recht eigenartiges Paar ab.

»Mike ist in Ordnung«, hatte Albert seiner Freundin, der Köchin, erzählt. »Er und ich sind Kumpel.« Und in der besten Bedeutung dieses so oft mißbrauchten Wortes waren sie das auch. Albert, der gerade den grauen Zylinder seines Freundes probeweise auf seinen runden, verstrubbelten Kopf gesetzt hatte, sah aus, als käme er gerade von einem Tanzboden, und Mike sah in Alberts breitkrempigem, speckigem Filzhut aus, als wäre er gerade aus den Seiten von *The Magnet* oder *Boys Own*

Paper herausgestiegen, doch das bedeutete alles nichts. Wie der Zufall der Geburt es wollte, war der eine im Alter von zwanzig Jahren kaum des Lesens und Schreibens mächtig und der andere kaum in der Lage, sich zu artikulieren, was zeigt, daß eine gute Ausbildung einem Menschen nicht beibringt zu reden. Wenn sie zusammen waren, dann war sich keiner der beiden jungen Männer seiner Unzulänglichkeiten bewußt, wenn es denn überhaupt welche waren.

Es herrschte das angenehme Gefühl einer tiefgehenden Übereinstimmung, und es gab nicht viel zu sagen. Wenn ein Gespräch aufkam, dann handelte es meist von unwichtigen Dingen, zum Beispiel der verletzten Hinterhand der Stute, die Albert mit einer Paste aus Heilkräutern behandelte, oder des Colonels offensichtlicher Begeisterung für den arbeitsintensiven Rosengarten, der mehr Zeitaufwand beim Jäten erforderte als ein halber Hektar Kartoffeln, und überhaupt, wo lag schon der Sinn in der Rosenzucht? Auch gaben sie nichts auf Standeskonventionen oder andere Arten von Schranken, die sie hätten beachten müssen, wenn man sie darauf aufmerksam gemacht hätte. In einer Freundschaft war das alles viel einfacher. Man kümmerte sich nicht um den augenscheinlichen Unsinn, der zum Beispiel darin bestand, daß Mikes Vater ein konservatives Mitglied im englischen Oberhaus war, während Alberts Vater, als er zuletzt von ihm gehört hatte, ein herumziehender Trunkenbold war, der ständig im Zwist mit den Behörden der Gegend lag. Für Albert war der junge Fitzhubert der ideale Partner, wenn er stundenlang still auf einer umgedrehten Kiste in der Pferdekoppel saß und den Weisheiten und der Lebenserfahrung des anderen lauschte. Einige von Alberts aufregenden Geschichten waren wahr, andere nicht. Aber das spielte keine Rolle. Für Mike waren die nicht endenwollenden Erzählungen des Pferdeknechts eine angenehme Quelle der Information, nicht nur über das Leben im allgemeinen, sondern besonders über Australien. In der Küche von Lake View wurde der Ehrenwerte Michael, Mitglied einer der ältesten und reichsten Familien des Vereinigten Königreichs, normalerweise nur der »arme englische Bursche« genannt, ein Ausdruck des tiefen Mitgefühls für jemanden, der offensichtlich noch so viel zu lernen hatte.

»Verdammt«, meinte die Köchin, von der man annahm, daß sie mindestens fünfundzwanzig Schilling pro Woche verdiente, »ich wollte nicht für eine Wagenladung Gold mit ihm tauschen.«

Im Salon erzählte Mike seinem Onkel und seiner Tante in der Zwischenzeit: »Albert ist ein so netter, guter Kerl. Und so erfahren. Ich kann euch gar nicht sagen, wieviel er von allen möglichen Sachen weiß.«

»Hmm. Das bezweifele ich nicht«, stimmte der Colonel mit einem Augenzwinkern zu. »Ungeschlacht ist er, der junge Crundall, aber kein Depp und ein erstklassiger Mann, wenn es um Pferde geht.«

Seine Frau schnüffelte, als hätte sie schon den Geruch von Heu und Pferdeäpfeln in der Nase. »Ich kann mir nicht vorstellen, daß eine Unterhaltung mit diesem Crundall sehr erquicklich ist.«

An diesem Nachmittag, in der kühlen Ruhe des Bootshauses, fand eine nette kleine Unterhaltung statt, ob nun erquicklich oder nicht, jedenfalls hatte man eine kalte Flasche Bier und einen See, auf den man hinausblicken konnte und auf dem inzwischen ein Muster länger werdender Schatten lag. Aus der Entfernung klang vom Rosengarten, wo die Gesellschaft immer langweiliger und reservierter wurde, »An der schönen blauen Donau« herüber. Die Rosen, die man bis zum Überfluß bewundert hatte, gaben jetzt keinen richtigen Gesprächsstoff mehr ab. Der Colonel hatte sich mit zwei oder drei seiner bevorzugten Freunde, die Gläser mit Scotch und Soda in ihren Händen hielten, unter eine Ulme zurückgezogen, während Mrs. Fitzhubert den Rest der Gesellschaft so gut sie konnte mit Limonade bei der Stange hielt.

»Mist, es ist schon fünf Uhr.« Michael sortierte unwillig seine langen Beine unter dem Tisch. »Ich habe meiner Tante versprochen, Miß Stack den Rosengarten zu zeigen, bevor sie geht.«

»Stack? Ist das die, die Beine wie Champagnerflaschen hat?«

Mike hatte keine Ahnung, wie die Beine der ihm unbekannten Miß Stack aussehen könnten.

»Ich habe gesehen, wie sie heute nachmittag aus dem Wagen des Gouverneurs gestiegen ist. Mann, das erinnert mich daran, daß mir ein Kumpel gesagt hat, die Polizei wäre heute noch einmal mit dem Bluthund draußen am Hanging Rock.«

»Mein Gott!« rief der andere und setzte sich wieder. »Warum? Haben die was Neues gefunden?«

»Reg dich nicht auf! Ich sage dir, wenn die Knaben von der Russell Street, der Abo-Fährtensucher und der verdammte Hund sie nicht finden können, warum sollten wir uns dann verrückt machen? (Wir können genausogut die Flasche austrinken.) Jede Menge andere Leute haben sich bis jetzt im Busch verlaufen, und meiner Meinung nach ist das das traurige Ende.«

Mike starrte auf die glänzende Fläche des Sees, dann sagte er langsam: »Meiner Meinung nach ist das nicht das traurige Ende. Ich wache nachts in Schweiß gebadet auf und frage mich, ob sie noch leben und gerade in diesem Moment irgendwo an diesem teuflischen Felsen verdursten, während wir hier sitzen und kaltes Bier trinken.«

Wenn Michaels jüngere Schwester seine leise, engagierte Stimme, die sich so von seinem üblichen reservierten und kühlen Tonfall unterschied, hätte hören können, hätte sie ihren Bruder nur schwerlich wiedererkannt, dessen Anteilnahme zu Hause, wenn sie denn überhaupt vorhanden war, nur einem älteren Cockerspaniel gehörte.

»Da unterscheiden wir beide uns«, stellte Albert fest. »Wenn du meinen Rat hören willst, je schneller du die Sache vergißt, desto besser.«

»Ich kann das nicht vergessen, niemals.«

Der weiße Schwan, der die ganze Zeit in den Seerosen gestanden hatte, entschloß sich jetzt, erst das eine rote Bein, dann das andere zu strecken, und flog dann über den See auf das gegenüberliegende Ufer zu. Die beiden jungen Männer beobachteten schweigend seinen Flug, bis er im Schilf verschwand.

»Ja, das sind schon schöne Vögel, diese Schwäne«, flüsterte Albert.

»Wunderbar«, bestätigte Mike und war sich zu seinem Leidwesen bewußt, daß eine fremde junge Frau ihn beim Rosengarten erwartete. Mit unmutiger Miene zog er seine in Nadelstreifenhosen gekleideten Beine unter dem einfachen Stuhl hervor, zündete sich eine Zigarette an, erreichte die Tür des Bootshauses, blieb stehen und drehte sich noch einmal um.

»Hör mal«, sagte Albert. »Ich kenn' mich in Musik nicht gut aus, aber ist das nicht ›God Save the Queen‹? Der Gouverneur geht wohl.«

»Ist mir egal, ob er geht. Ich muß dir etwas sagen, aber ich weiß nicht, wie ich anfangen soll.«

Albert hatte ihn noch nie so ernst gesehen.

»Es ist so, daß ich an einem Plan arbeite ...«

»Das hat Zeit«, bemerkte Albert und steckte sich eine Zigarette an. »Du beeilst dich besser, klar? Dein Tantchen macht dir die Hölle heiß, wenn du dort nicht auftauchst.«

»Vergiß meine Tante. Es hat keine Zeit. Es heißt jetzt oder nie. Du kennst den Buschpfad, von dem du mir gestern erzählt hast?«

Albert nickte. »Meinst du den, der auf dieser Seite des Berges in die Ebene führt?«

»Ich gebe zu, es klingt, als ob ich vom wilden Affen gebissen sei, und vielleicht stimmt das auch, aber es ist mir egal. Ich habe beschlossen, selbst den Felsen abzusuchen, und zwar auf meine Art. Ohne Polizei, ohne Bluthunde, nur wir beide. Wenn du mit mir kommst und mich in den Felsen herumführst. Wir können den Araber und Lancer nehmen. Wir könnten gleich morgens losreiten und vor dem Abendessen zurück sein, so daß niemand dumme Fragen stellt. Nun, jetzt ist es heraus. Was hältst du davon?«

»Mein Güte. Blödsinn. Du gehst jetzt zu Fräulein Flaschenbein und zeigst ihr die Rosen. Wir reden ein anderes Mal über die Sache.«

»Ich weiß, was du jetzt denkst«, sagte der andere mit einer Bitternis in der Stimme, die Albert betroffen machte.

»He, wart einen Moment, Mike! Ich hab' nur gemeint ...«

»Du denkst, er ist ein armer Kerl, ein Neuling hier im Busch und so weiter. Zum Teufel, das alles weiß ich, und es spielt keine Rolle. Ich habe dich gerade angelogen mit dem Plan. Es ist kein richtiger *Plan*, eher ein *Gefühl*.«

Albert zog die Augenbrauen hoch, sagte aber nichts dazu.

»Mein ganzes Leben habe ich Sachen gemacht, weil mir andere Leute sagten, ich sollte sie tun. Diesmal werde ich etwas machen, weil *ich* es will – selbst wenn du und alle anderen meinen, ich wäre verrückt.«

»Genau das ist es«, entgegnete Albert, »das mit dem Gefühl ist schon in Ordnung, aber jeder Zentimeter dieses verdammten Felsens ist schon mit der Lupe abgesucht worden. Was, zum Teufel, glaubst du, kannst *du* noch tun?«

»Dann werde ich allein gehen«, meinte Mike verbissen.

»Wer sagt, daß du allein gehst? Sind wir nun Freunde oder nicht?«

»Dann kommst du mit?«

»Natürlich komme ich mit, du Obertrottel – und jetzt Schluß. Wir müssen nicht viel vorbereiten. Wir brauchen nicht mehr als ein bißchen Proviant für uns und Futter für die beiden Pferde. Wann wollen wir los?«

»Morgen, wenn du da weg kannst?«

Morgen war Freitag und Alberts freier Tag, für den schon seit langem ein Besuch bei den Hahnenkämpfen in Woodend geplant war.

»Eigentlich nicht, aber mach dir darüber keine Sorgen. Wie früh können wir aufbrechen?«

Mrs. Fitzhuberts Sonnenschirm aus Spitzen bewegte sich über der Hortensienhecke auf und ab wippend auf sie zu, und man verabredete sich hastig für den folgenden Morgen um halb sechs.

Schließlich lag die Rasenfläche von Lake View verlassen da, die Markisen waren abgebaut und die Klapptische für nächstes Jahr im Schuppen verstaut worden. Ein paar schläfrige Stare krächzten noch in den höchsten Bäumen, als die Lampen mit den rosa Seidenschirmen Mrs. Fitzhuberts Salon in ein rosiges Licht tauchten.

Draußen am Hanging Rock warfen die langen violetten Schatten das Millionen Jahre alte Muster eines Sommerabends über dessen geheimnisvolles Angesicht. Ihre müden, in blaues Tuch gehüllten Rücken diesem außergewöhnlichen Schauspiel von golden glänzenden Felsspitzen, die vor einem türkisen Himmel langsam dunkler wurden, zuwendend, stieg die Gruppe von Polizisten in die bereitstehenden Wagen und wurde eilig in die angenehme Behaglichkeit des Woodend Hotels gebracht. Constable Bumpher hatte nicht als einziger die Nase voll von dem Felsen und seinen Geheimnissen und freute sich auf den Genuß einiger Biere und eines guten, saftigen Steaks.

Trotz des schönen Wetters und der angenehmen Gesellschaft hatte sich der Tag doch als ziemlich ergebnislos erwiesen. In Anbetracht des verspätet von Edith Horton gegebenen Hinweises, wenn man es denn einen Hinweis nennen konnte, war die Suche sofort intensiviert worden. Der Bluthund war erneut herbeigeschafft worden und sollte mit Hilfe von einem Stück Baumwollstoff, der aus Miß McCraws Unterwäsche stammte, die

Spur aufnehmen. Es gab keinen Anlaß, daran zu zweifeln, daß Edith die Mathematiklehrerin wirklich in ihren Baumwollunterhosen den Felsen hatte hinaufgehen sehen. Wie auch immer, diese entfernte, wortlose Begegnung blieb unbestätigt, noch ließ sich jemals beweisen, daß Miß McCraw das verschreckt den Berg hinunterfliehende Mädchen auch wahrgenommen hatte. Einige leichte Beschädigungen der Büsche und kleinen Bäume an der westlichen Seite des Felsens waren erst am Sonntagmorgen bemerkt worden. Man hielt es jetzt für möglich, daß dies auf den Weg hindeuten könnte, den Miß McCraw genommen hatte, als sie den Rest der Gesellschaft nach dem Lunch verließ. So seltsam es war, fast gleichzeitig stellte man auf derselben Ebene an der östlichen Seite des zerklüfteten Felsens, wo die vier Mädchen wahrscheinlich ihren gefährlichen Aufstieg begonnen hatten, bestimmte andere leichte Schäden des Unterholzes fest. Den ganzen Tag lang hatte sich der Bluthund schnüffelnd und stöbernd seinen Weg durch das dichte, staubige Unterholz und über glühendheiße Felsen und Steine gesucht. Der Hund, der sich früher in dieser Woche gleichermaßen unfähig erwiesen hatte, die Spur der drei vermißten Mädchen aufzunehmen, wurde durch die gutmeinende Horde von freiwilligen Helfern, die die Spur einer Hand auf einem Felsblock oder eines Fußes auf frischem Moos schon verwischt hatte, deutlich bei seiner Arbeit behindert. Das Verhalten des Tieres ließ am Donnerstag nachmittag trotzdem falsche Hoffnungen aufkeimen, als es fast zehn Minuten lang mit gesträubtem Fell knurrend auf einem nahezu kreisrunden Plateau aus flachen Felsplatten stand, das sich ein ganzes Stück näher zum Gipfel hin befand, doch eine Untersuchung mit der Lupe offenbarte keine anderen Spuren als die, die die Natur über Hunderttausende von Jahren hinterläßt. Bumpher, der seine dürftigen Notizen im schwächer werdenden Licht des Wagens durchsah, hatte gehofft, Teile oder das ganze purpurne

Seidenkleid der Lehrerin, in einen hohlen Baumstamm oder unter einen Felsen gestopft, zu finden.

»Ich frage mich, was die alte Jungfer damit gemacht hat! Wenn man bedenkt, daß Hunderte von Leuten das Unterholz seit letztem Sonntag abgesucht haben. Ganz zu schweigen von dem Hund.«

In der Zwischenzeit diskutierten Colonel Fitzhubert und sein Neffe, wie alle anderen Bewohner um Mount Macedon herum, den erneuten Einsatz des Bluthundes. Mrs. Fitzhubert, von den Anforderungen der Gastfreundschaft erschöpft, hatte sich zur Ruhe begeben. Der Colonel war von dem Bluthund bitter enttäuscht. Von Anfang an hatte er sein Vertrauen in ihn gesetzt und fühlte sich jetzt durch dessen Unfähigkeit, etwas Brauchbares zu finden, persönlich beleidigt.

»Mein Wort darauf«, bemerkte er zu seinem Neffen über den Eßtisch hinweg, »ich fange an zu glauben, daß diese Sache zu groß ist für Hunde oder auch jeden anderen. Kommenden Samstag ist es schon eine Woche her, seit die Mädchen verschwunden sind. Möchtest du ein Glas Portwein? Die liegen jetzt wahrscheinlich schon mausetot auf dem Grund einer dieser teuflischen Kavernen.«

Der alte Knabe schien von der Sache so tief betroffen, daß Mike in Versuchung kam, ihm seinen Plan, morgen zum Hanging Rock zu reiten, mitzuteilen. Seine Tante würde natürlich tausend Einwände dagegen erheben. Nachdem er sich schweigend mit den Walnüssen beschäftigt hatte, fragte er, ob er am Freitag den Araber den ganzen Tag lang haben könnte.

»Albert hat seinen freien Tag, wie du weißt, und er will mich auf einen ziemlich langen Ausritt mitnehmen.«

»Aber selbstverständlich. Wo wollt ihr denn hin?«

Mike, der schon immer ein schlechter Lügner gewesen war, selbst wenn es nur um Kleinigkeiten ging, murmelte etwas von Camels Hump.

»Wunderbar! Crundall kennt die Gegend hier wie seine Westentasche. Er wird dafür sorgen, daß es ein schöner, gemütlicher Ausritt wird. Wenn da nicht mein Termin mit dem Komitee für die Rosenausstellung morgen nachmittag wäre, würde ich selbst mitkommen.« (Gott sei Dank, daß es die Rosenausstellung gab) »Und sei nicht zu spät zum Abendessen zurück«, ermahnte ihn sein Onkel. »Du weißt, wie leicht sich deine Tante aufregt.«

Mike wußte es und versprach auf Ehre und Gewissen, nicht später als sieben Uhr in Lake View zurückzusein.

»Das erinnert mich daran«, fügte sein Onkel hinzu, »daß wir beide am Samstag zum Lunch und zum Tennis im Landhaus des Gouverneurs erwartet werden.«

»Lunch und Tennis«, wiederholte der Neffe und fragte sich heimlich, wie lange er und Albert wohl bis zu dem Teich auf dem Picknickplatz brauchen würden.

»Nimm dir einen Pfirsich, mein Junge. Oder etwas von diesem gräßlichen Geleezeug. Frauen haben keine Ahnung, wie man einen Haushalt organisiert.«

Mike, der in Gedanken im Mondlicht am Hanging Rock herumgeirrt war, wurde in die harte Realität des lampenbeschienenen Eßtischs zurückgerissen.

»Jeden Sommer das gleiche ... am Abend der Gartengesellschaft deiner Tante ... diese zusammengeworfenen Reste ... Stücke kalten Truthahns ... Gelee ... geben sich als Abendessen aus. Eher schon wie eine Teezeit ... Damals, als wir zum Zelten nach Bombala gingen, hatte ich es persönlich übernommen, die Bediensteten ...«

»Wenn du mich bitte entschuldigst, Onkel«, sagte Mike und erhob sich, »ich werde mich noch vor dem Kaffee zurückziehen. Wir wollen morgen sehr früh los.«

»In Ordnung, mein Junge, viel Vergnügen. Sag lieber der Köchin Bescheid, daß sie dir rechtzeitig Frühstück macht. Es gibt nichts Besseres als Eier mit Speck vor einem Ausritt. Gute Nacht!«

»Gute Nacht, Sir.« Eier, Porridge, wenn man Albert glaubte, dann gab es am Hanging Rock noch nicht einmal Trinkwasser.

Siebtes Kapitel

Einer unruhigen, windigen Nacht am Mount Macedon folgte ein ruhiger, windstiller Morgen, der die Bewohner, unter seidenen Bettüchern schlafend, in ihren Messingbetten fand und sie mit dem Plätschern farngesäumter Flüsse und dem Geruch fast verblühter Petunien weckte. Auf dem See des Colonels öffneten gerade die Seerosen ihre Blütenkelche, als Mike aus dem Fenster seines Zimmers kletterte und den Krocketplatz überquerte, dessen Gras noch feucht war und wo der Pfau seiner Tante gerade sein Frühstück zu sich nahm. Zum erstenmal seit den Ereignissen des letzten Samstags fühlte er sich gut. In solch einer wohlgeordneten Welt stellten der Hanging Rock und die schrecklichen Dinge, die mit ihm zusammenhingen, einen Alptraum dar, den man vergessen konnte. In der Kastanienallee erwachten die Vögel und begannen zu zwitschern, die Hühner gackerten im Hühnerhof. Ein kleiner Hund bellte begeistert, um die ganze Nachbarschaft aufzuwecken, damit diese den neuen Tag begrüßen könne. Eine dünne Rauchfahne erhob sich über der Küche der Fitzhuberts, wo ein Bediensteter das Feuer schürte.

Michael wurde auf einmal bewußt, daß er ohne Frühstück losgegangen war, und er hoffte, daß Albert daran gedacht hätte, etwas zu essen einzupacken. Als er am Stall ankam, war der Pferdeknecht damit beschäftigt, den Sattelgurt bei dem weißen Araber festzuzurren.

»Guten Morgen«, grüßte Michael in seinem angenehmen englischen Tonfall. Ein Engländer der oberen Klasse entbot sein ›Guten Morgen‹ jedem menschlichen Wesen, das ihm vor neun Uhr zwischen der Bond Street in London und dem oberen Nil begegnete. Alberts Antwort war in der gleichen Weise bezeichnend für seine Klasse und das Land, in dem er lebte.

»He! Na du! Hoffentlich warst du so vernünftig, dir eine Tasse Tee zu machen?«

»Spielt keine Rolle«, antwortete Mike, dessen Kenntnisse in der Teezubereitung auf einen Spirituskocher und ein silbernes Teesieb in seinen Räumen in Cambridge beschränkt waren. »Ich habe meine Taschenflasche voll Brandy, und Streichhölzer habe ich auch mitgebracht. Merkst du, langsam *lerne* ich etwas über den Busch. Gab es noch etwas?«

Albert grinste ihn väterlich an. »Da ist nur noch unser Proviant im Wasserkessel, zusammen mit zwei Bechern und einem Taschenmesser; einige saubere Tücher und etwas Jod. Man weiß nie, was wir finden werden, wenn wir erst einmal zu suchen anfangen. Mein Gott, schau nicht so entsetzt drein. Es war schließlich deine Idee. Und zwei Säcke mit Hafer. Schnall den da an deinen Sattel. Ruhig, Lancer. Früh am Morgen ist er immer ein bißchen unruhig, nicht wahr, alter Junge? Fertig? Machen wir uns auf den Weg.«

Draußen an der steilen, braunen Straße war man auch in einigen anderen Haushalten außer Lake View schon auf den Beinen. Rauch kräuselte aus den Schornsteinen, der anzeigte, daß man damit beschäftigt war, die Messingwaschschüsseln mit heißem Wasser zu füllen und den Morgentee zuzubereiten. Die Fitzhuberts und ihre Freunde waren eine schmucke kleine Gemeinschaft, die gut versorgt wurde. Eine Reihe von Ärzten aus der Collins Street, zwei Richter des Obersten Gerichts, ein Anglikanischer Bischof, einige Rechtsanwälte mit ihren tennisspielenden Söhnen und Töchtern, die sich an gutem Essen, schönen Pferden und guten Weinen erfreuten. Sehr angenehme Menschen, für die der momentan wütende Burenkrieg das schrecklichste Geschehen seit der Sintflut und das bevorstehende Jubiläum von Königin Viktoria ein Ereignis war, über das die ganze Welt sprach und das mit Champagner und einem Feuerwerk auf ihren wohlgepflegten Rasenflächen gefeiert werden mußte.

Die beiden jungen Männer auf den Pferden kamen an einem Kerl vorbei, der sich an einer Pumpe vor einem reichverzierten Stall, den Michael als »kunstvoll«, Albert als »blöden Dreck« bezeichnete, gründlich wusch. Ein Milchmann mit Bartstoppeln im Gesicht schob seinen zweirädrigen Karren vor sich her (man hatte dem armen Schwein letzte Woche in Woodend eine Strafe aufgebrummt, weil er Wasser unter die Milch gemischt hatte), ein Hausmädchen wischte die Stufen einer mit einem Geländer versehenen Veranda. Eine mit Kies angelegte Auffahrt, die von meterhohem Rittersporn gesäumt war, wurde passiert, und ein angeketteter Hund bellte sich, unsichtbar hinter einer Hecke von Kletterrosen, die Lungen aus dem Hals.

Die Straße beschrieb einen betörend gemütlichen Weg durch schlafende Gärten, auf denen noch schwer der morgendliche Tau lag und die noch von den Berghängen beschattet wurden. Unberührte Waldstücke reichten hinunter zu tadellosen Tennisplätzen, einem Obstgarten und einer Reihe von Himbeersträuchern. Die überreiche Vegetation der eleganten Gartenanlagen war mit nichts zu vergleichen, was Michael in England je gesehen hatte. Sie strahlten eine herzerfrischende Unschuld aus, eine Art von natürlicher Fröhlichkeit, die sie zu wahren Lustgärten machte und die die unattraktive Architektur der rotgedeckten Häuser, die zwischen Weiden, Ahornbäumen, Eichen und Ulmen standen, aufwog. Der fruchtbare Vulkanboden, auf dem Rosen den ganzen Sommer lang in fast schon tropischer Pracht blühten, wurde von unzähligen Gebirgsbächen bewässert, die sich da und dort zu einer Farngrotte oder einem Goldfischteich verbreiterten, der dann von einer einfachen Brücke überspannt war und an dessen Ufer manchmal ein Pavillon an einem kleinen Wasserfall stand. Mike war von dieser fremden, faszinierenden Landschaft verzaubert, in der Palmen, Rittersporn und Himbeersträucher nebeneinander wuchsen. Kein Wunder, daß sein Onkel nichts davon hielt, am Ende des Sommers wieder nach Melbourne zurückzukehren.

»Kostet eine ganze Stange, hier draußen mit den ganzen anderen hohen Tieren zu leben«, bemerkte Albert. »Schau dir nur das Personal von Lake View an! Ich für die Ställe. Mr. und Mrs. Cutler unten im Gärtnerhaus. Die Köchin und die Mädchen im Herrschaftshaus. Gar nicht zu sprechen von dem verdammten Rosengarten und vier oder fünf verdammt guten Pferden, die sich das ganze Jahr lang den Bauch vollschlagen.«

Mike, der sich nie die Mühe gemacht hatte, über die Finanzen seiner australischen Verwandten nachzudenken, fand es interessanter, über eine getrimmte Ligusterhecke hinweg ein Blumenbeet mit leuchtend gelben und lila Stiefmütterchen zu bewundern. Ihr Duft, der über die Straße zog, paßte irgendwie genau zu den gedämpften Farben des erwachenden Tages.

»Wie heißen diese Dinger da doch?« fragte Albert. »Riechen gut, nicht wahr? Stiefmütterchen, stimmt's? Das waren die Lieblingsblumen meiner Schwester.«

»Das arme Ding. Ich hoffe, sie hat inzwischen einen eigenen Garten.«

»Soweit ich weiß, hat irgend so ein komischer alter Kauz einen Narren an ihr gefressen, aber das ist schon ein paar Jahre her, und es ist alles, was ich jemals von ihr gehört habe. Hab' sie nur einmal gesehen, nachdem sie aus dem Waisenhaus raus war. Sie ist ein braves Kind, soweit, ein bißchen wie ich, läßt sich von niemandem Blödsinn erzählen.«

Während des Gesprächs war Albert mit Lancer nach

rechts in einen schmalen Weg geschwenkt, der auf einer Seite von einem Waldstück, auf der anderen von moosbewachsenen Obstbäumen, zwischen denen Enten im hohen Gras die Pferde scheuen ließen, begrenzt war. An dieser Stelle blieben die bekannten Geräusche und der vertraute Anblick des Dorflebens zurück. Sie traten in das grüne Dunkel des Waldes ein.

»Das spart uns gute fünf Meilen Weg. Es gibt hier einen holprigen Pfad, der uns auf die andere Seite des Berges bringt.«

Den Rest der Strecke, die sich zwischen umgefallenen Bäumen hindurchschlängelte und über sprudelnde Bäche führte, ritten sie wortlos. Außer manchmal einem Vogel oder einem Kaninchen war ein kleines Wallaby, das aus einem Büschel Fingerfarne hüpfte, als Lancer schon fast daraufgetreten war, die einzige lebende Kreatur, die ihnen begegnete. Die beiden Blechbecher in Alberts Gepäck klapperten laut, als sich das große, schwarze Pferd aufbäumte und den Araber, der sich nur ein paar Zentimeter dahinter befand, fast zu Fall brachte.

Albert grinste nach hinten. »Hat vor nichts Angst, der Kerl, außer vor Wallabys. Alles in Ordnung? Ich dachte schon, du hättest dich in den Dreck gesetzt!«

»Um mein erstes Känguruh zu sehen, hätte ich das in Kauf genommen.«

»Das muß ich dir lassen, Mike. Manchmal bist du ja ganz schön unbeholfen, aber mit dem Pferd kannst du umgehen.« Ein beiläufiges Kompliment, trotzdem war es doch nicht weniger willkommen.

Als sie aus dem Wald heraus in eine Gegend mit spärlicherem Baumbewuchs kamen, war der Morgen unter einem drückend heißen Himmel schon weit fortgeschritten. Sie führten ihre Pferde in den Schatten und blickten auf die Ebene, die unter ihnen lag. Der Hanging Rock schwamm direkt vor ihnen völlig abgesondert in einem Meer von fahlem Gras, und im klaren Sonnenschein wirkten seine zerrissenen Klüfte und spitzen

Felsnadeln noch unheimlicher als in den tiefen Gruften von Mikes immer wiederkehrenden Alpträumen.

»Du siehst nicht gut aus, Mike. Mit leerem Magen sollte man nicht so weit reiten. Machen wir uns auf, und sobald wir am Bach sind, gibt es etwas zu essen.«

Seit letztem Samstag war so viel passiert; um so schockierender war es, alles an dem Platz ihres Picknicks, wo Albert die Gläser gespült hatte, unverändert vorzufinden. Die Asche ihres Feuers lag immer noch in dem Kreis verrußter Steine der Feuerstelle, und der Bach gurgelte noch über die Steine, so wie er es schon immer getan hatte. Die Pferde wurden unter derselben Sumpfmangrove angebunden und gefüttert, die Sonne schimmerte durch die Blätter auf das Lunch, das auf Zeitungspapier lag; Scheiben kalten Fleisches und Brot, eine Flasche mit Tomatensoße und ein Kessel mit süßem Tee ohne Milch.

»Bedien dich, Mike, du hast gesagt, du bist hungrig.«

Er war jetzt weit entfernt davon, Hunger zu haben, denn seit dem Anblick des Felsens an diesem Morgen hatte sich in ihm ein Gefühl der Leere ausgebreitet, die viel zu groß war, um mit kaltem Lammfleisch gefüllt werden zu können. Michael legte sich in den kaum kühlenden Schatten zurück und trank Becher auf Becher von dem brühheißen Tee. Sobald Albert seine herzhafte Mahlzeit beendet und die Glut des Feuers mit seinem Stiefel ausgetreten hatte, legte er sich ins Gras und bat Michael, ihn nach zehn Minuten in den Hintern zu treten. Nach ein paar Sekunden war er eingeschlafen und schnarchte. Mike ging los und verharrte an der Stelle, an der die vier Mädchen, jedes auf seine Art, am Samstagnachmittag den Bach überquert hatten. Da hatte die kleine Dunkelhaarige mit den Locken gestanden und einen Moment auf das Wasser hinuntergesehen, bevor sie sprang und lachend ihre Locken schüttelte, die Dünne in der Mitte hatte, ohne einen Moment zu zögern, den Bach überquert und nicht einen Blick zurückgeworfen, die unbewegliche Fette hatte fast auf einem lockeren Stein ihr Gleichgewicht verloren. Miranda, groß und lieblich, schwebte über den Bach wie ein weißer Schwan. Die anderen drei Mädchen waren plappernd und lachend in Richtung des Felsens gegangen, doch nicht Miranda, die für einen Augenblick an dem gegenüberliegenden Ufer verharrte, um sich eine Strähne ihres glatten, blonden Haars, die über ihre Wange gefallen war, aus dem Gesicht zu streichen, so daß Michael zum erstenmal ihr ernstes, schönes Gesicht sehen konnte. Wohin waren sie gegangen? Welche fremden weiblichen Geheimnisse hatten sie in jener letzten, fröhlichen, schicksalhaften Stunde geteilt?

In seinem kurzen Leben hatte Albert an einer Reihe von Orten geschlafen, an denen Mike niemals ein Auge zugetan hätte; unter dubiosen Brücken, in hohlen Baumstämmen, leerstehenden Häusern und sogar in einer wanzenverseuchten Zelle eines Kleinstadtgefängnisses. Wie ein Hund schlief er überall unbeeindruckt und tief; jetzt stand er gerade erfrischt auf und strich sein Haar glatt.

»Was für ein Dingsbums hast du jetzt herausgefunden?« wollte er wissen und zog einen Bleistiftstummel hervor. »Wenn ich mir einen kleinen Plan zurechtlege, glaubst du, du kannst mir folgen? Wo wollen wir anfangen?«

Ja, wo nur? Als Kind hatte Mike mit seiner Schwester Verstecken in einem kleinen angelegten Waldstück gespielt und den dunklen Schutz der Rhododendronbüsche gesucht, oder er war in eine hohle Eiche gekrochen. Einmal, in einem Anfall plötzlicher Angst, nachdem er schon lange darauf gewartet hatte, entdeckt zu werden, war er aus seinem Versteck gerannt und fand die Suchenden völlig verzweifelt und aufgelöst, da sie meinten, daß er tot oder für immer verschwunden wäre. Sie schluchzten und grämten sich während des ganzen Nachhausewegs. Aus irgendwelchen Gründen erinnerte er sich gerade jetzt daran. Vielleicht würde die Sache am Hanging Rock in ähnlicher Weise enden. Die Überlegung, die man aber nicht einmal Albert verständlich machen konnte, war dennoch nicht von der Hand zu weisen: Die Suche mit Hunden, Fährtensuchern und Polizisten war nur eine Art, nach den Mädchen zu fahnden, unter Umständen nicht einmal die richtige. Es mochte vielleicht sogar damit enden, wenn es überhaupt je endete, daß man die Mädchen plötzlich und unerwartet finden würde, und das hätte dann gar nichts mit einer planvollen Suche zu tun.

Man einigte sich darauf, daß jeder der jungen Männer sich einen Bereich vornahm, den er absuchen sollte und dabei besonderes Augenmerk auf Höhlen, überhängende Felsen und umgestürzte Baumstämme richten würde, einfach jede Stelle, an der eins der vermißten Mädchen verborgen sein könnte.

Da eine bestimmte Stelle zwischen einer Baumgruppe am südwestlichen Anstieg des Felsens von verschiedenen Zeugen als die identifiziert worden war, an der das Mädchen Edith am Nachmittag des vierzehnten Februar schreiend und mit zerrissenen Kleidern herausgerannt gekommen war, entschied Albert, seine Suche in diesem Bereich zu beginnen, und teilte mit, daß er zusätzlich noch die unteren Abhänge untersuchen würde, da es Gerüchte gab, die besagten, daß es dort früher einmal einen Pfad nach oben gegeben hätte, der aber schon lange von Bäumen und Brombeergestrüpp überwachsen wäre. Kaum war sein verwaschenes blaues Hemd außer Sicht, blieb Michael stehen. Albert vermied es, sich umzublicken, und fragte sich, wie sich der arme Kerl in seiner Haut fühlte. Das war schon eine verdammt seltsame Sache.

Es war so, daß sein Freund auf das Raunen des Lebens im Wald lauschte, das aus der warmen, grünen Tiefe zu ihm heraufdrang. In der mittäglichen Stille hatten alle lebenden Wesen, außer dem Menschen, der schon vor langer Zeit seinen von Gott gegebenen Sinn für das Gleichgewicht zwischen Bewegung und Ruhe verloren hatte, ihren normalen Lebensrhythmus verlangsamt.

Farnwedel, die wie gekräuselter brauner Samt aussahen, schnappten unter Michaels Berührung zurück, seine Stiefel traten die winzigen Behausungen von Ameisen und Spinnen nieder, seine Hand stieß gegen ein Stück Baumrinde und nahm einer Kolonie von Raupen in dikken Fellmänteln, die auf einmal brutal der mittäglichen Sonne ausgesetzt waren, ihr Zuhause. Auf einem losen Stein erwachte eine Eidechse und brachte sich vor dem unbeholfenen Monster in Sicherheit. Der Anstieg wurde steiler und das Unterholz dichter. Der zarte Junge kämpfte sich, schwer atmend, den gelben Hut, naß vor Schweiß, in die Stirn gedrückt, durch das hüfthohe Unterholz und hinterließ mit jedem Schritt eine Schneise der Vernichtung und des Todes im staubigen Grün.

Hinter ihm, vielleicht fünfzig Meter weiter unten, lag der Teich, direkt vor ihm ein nur spärlich bewachsener Anstieg. Irgendwo hier, vielleicht genau an dieser Stelle, hatte Miranda ihren Weg durch die Gruppe von Bäumen genommen und war in das Gestrüpp eingedrungen, ganz so, wie Mike selbst es jetzt tat. Als die senkrecht aufragende Felswand näher kam, verdrängten die massive Masse und die hochaufschießenden Felstürme den unbeschwerten Eindruck der unteren, farnbewachsenen Abhänge. Nun brachen sich Auswürfe prähistorischer Felsen und gigantische Blöcke ihren Weg durch die Oberfläche von absterbender Vegetation und Überresten von Tieren; Knochen, Federn, Vogeldreck, Schlangenhäute. Einige der Felsblöcke trugen Hörner und hervorspringende Spitzen, abscheuliche Knoten und schreckliche Furunkel, andere waren durch Millionen von Jahren mit sanften Buckeln versehen und abgerundet. Auf einen dieser grauenhaften Felsen hatte Miranda möglicherweise ihr müdes Haupt gebettet.

Mike stolperte und kletterte noch immer ziellos umher, als ihn ein entfernter, aber deutlich vernehmbarer Ruf anhalten ließ. Er hatte jegliches Zeitgefühl verloren, und als er jetzt über seine Schulter blickte, war er erstaunt, daß der Picknickplatz zu einem kleinen Fleck von Rosa und Gold, der zwischen den Bäumen hindurchschien, zusammengeschrumpft war. Wieder hörte er das Rufen, diesmal lauter und fordernder. Zum erstenmal, seit er Albert am Mittag verlassen hatte, erinnerte er sich an sein Versprechen, nicht später als vier Uhr wieder am Teich zu sein. Er zog sein in Leder gebundenes Notizbuch aus der Tasche, riß einige Blätter heraus, die er auf die Zweige eines Rhododendrons spießte, wo sie in der unbeweglichen Abendluft wie kleine weiße Flaggen hingen, und lenkte seine Schritte zurück zum Bach. Albert erwartete ihn mit einem Becher Tee in der Hand, er hatte nichts Interessantes zu berichten; er hatte nichts Außergewöhnliches bemerkt und war ganz darauf aus, zurück nach Lake View zu seinem Abendessen zu kommen.

»Mein Gott, ich habe schon gedacht, du hättest dich verlaufen. Was, zum Teufel, hast du die ganze Zeit dort oben gemacht?«

»Mich umgesehen. Ich habe aus meinem Notizbuch ein paar Zettel an einen Busch gespießt, damit ich ihn wiederfinden kann.«

»Schlaues Bürschchen. Nun, trink deinen Tee, und dann machen wir uns auf. Ich habe dem Alten mein Wort gegeben, daß ich dich vor dem Abendessen um acht wieder zurückgebracht habe.«

»Ich gehe nicht nach Hause«, entgegnete Mike leise. »Nicht heute nacht.«

»Nicht nach Hause?«

»Du hast schon verstanden, ja?«

»Verdammt nochmal! Hast du den Verstand verloren?«

»Du kannst denen zu Hause sagen, ich würde über Nacht in Woodend bleiben. Erzähle ihnen irgendeine verdammte Lüge, nur daß es keinen Ärger gibt.«

Albert schaute ihn mit neuem Respekt an. Es war das

erstemal, daß Mike das benutzte, was er »Ausdrücke« zu nennen pflegte. Er blickte zu dem rosa leuchtenden Himmel empor und zuckte mit den Schultern. »Wird bald dunkel werden. Sei vernünftig. Was soll das bringen, wenn du die ganze Nacht hier auf deinem Hintern sitzt?«

»Das ist meine Angelegenheit.«

»Ich weiß schon, was du suchst, aber in der Dunkelheit wirst du es nicht finden, soviel kann ich dir versprechen.«

Jetzt fluchte Mike wirklich hingebungsvoll auf Albert, die Polizei, die verdammten, wer auch immer, die ihre Nasen in die Angelegenheiten anderer steckten, die verdammten, wer auch immer, die verdammt noch mal alles über jedes wissen, nur weil sie Australier sind.

»Du hast gewonnen«, lenkte Albert ein und ging in Richtung der Pferde. »Ich lass' dir den Rest des Proviants da, viel ist es nicht, und den Kessel. In deinem Sack ist noch Futter für das Pferd.«

»Es tut mir leid, daß ich dich beschimpft habe«, entschuldigte sich Mike.

»Schon gut. Wenn du dich danach gefühlt hast. Nun, mach's gut, ich bin schon auf dem Weg. Und mach das Feuer aus, wenn du morgen wegreitest. Ich habe keine Lust, das Wochenende damit zu verbringen, ein Buschfeuer am Hanging Rock zu bekämpfen.«

Lancer wartete schon ungeduldig, und Albert ritt in leichtem Galopp über die Ebene in Richtung des Berges. Er wußte genau, wann er zwischen zwei Eukalyptusbäumen abbiegen mußte, und schon bald war er außer Sichtweite.

Über die flache, goldene Ebene krochen aus dem Wald heraus lange Schatten, die sich über die schmale Linie der Viehzäune, die wenigen versprengten Schafe und eine Windmühle, die mit ihren silbernen Flügeln das letzte Sonnenlicht einfing, legten. Am Hanging Rock, wo die Dunkelheit den ganzen Tag über in den stinkenden Löchern und Kavernen lauerte, sickerte sie nun in die Dämmerung hinaus, und es wurde Nacht. Albert hatte recht gehabt, natürlich. Es war Mike völlig klar, daß er bis zum Morgengrauen nichts unternehmen konnte. Um wieviel Uhr würde in diesem fremden Land wohl die Sonne aufgehen? Er holte etwas Holz, brachte das ersterbende Feuer wieder in Gang und aß in dessen flackerndem Licht widerwillig etwas von dem Brot und dem Fleisch. Hinter ihm stemmte sich unbeobachtet der Felsen gegen den sternenlosen Himmel. Ein paar Meter entfernt bewegte sich ein weißer Fleck vorbei, als der Araber zum Bach saufen ging. Obgleich ihn die kühle Nachtluft frösteln ließ, kaum daß er sich hingelegt hatte, gab ein Haufen jungen Farns ein recht komfortables Nachtlager ab. Mike zog seine Jacke aus, breitete sie über sich und starrte, auf dem Rücken liegend, in den Himmel. Er hatte erst einmal in seinem Leben im Freien übernachtet – an der französischen Riviera, als er sich mit einer Gruppe seiner Freunde aus Cambridge in den Bergen oberhalb von Cannes verirrt hatte. Doch damals leuchteten die Sterne über ihnen, während sie in den Weinbergen lagen, Lichter waren zu sehen, es gab Decken für die Mädchen, und es war noch Wein und Obst vom Proviant des Tagesausflugs übrig. Als er sich daran erinnerte, wie ihm dies damals als ein unglaubliches Abenteuer erschienen war, dachte er jetzt, wie lächerlich jung er mit seinen achtzehn Jahren gewesen sein mußte.

Doch nun fiel er in einen unruhigen Traum, in dem der Klang der Hufe des Pferdes an einem losen Stein zu dem Geräusch wurde, mit dem das Dienstmädchen auf Haddingham Hall die Fensterläden seines Zimmers öffnete. Immer noch nicht ganz wach, hoffte er, daß Annie nicht gleich die Jalousien hochziehen würde, und erwachte schließlich, umgeben von den dichtgeschlossenen schwarzen Vorhängen der australischen Nacht. Er suchte nach den Streichhölzern und blickte einen kurzen Moment auf seine Uhr, die neben ihm auf dem Boden lag. Es war erst zehn Uhr. Jetzt war er völlig wach, jeder

Knochen im Leib schmerzte ihn, er warf einen Zweig ins Feuer und beobachtete, wie die trockenen Blätter in Funken aufgingen, die sich im Teich spiegelten.

Als sich das erste Tageslicht ankündigte, hatte er schon den Kessel mit Teewasser aufs Feuer gesetzt. Er stürzte den Tee mit ein paar trockenen Brotstückchen hinunter, die die Ameisen schon in ihren Bau zu schleppen versucht hatten, dann gab er dem Araber den letzten Rest Futter aus dem Hafersack und war bereit, sich auf die Suche zu machen. Viele Tage später, als Bumpher ihn mit Fragen überhäufte, wurde ihm klar, daß er keine Spur von einem Plan, wie er vorgehen sollte, gehabt hatte, als er den Bach überquerte und auf den Felsen losmarschierte. Nur den unwiderstehlichen Drang, zu dem kleinen Busch mit den Zetteln zurückzukehren und von dort aus die Suche wieder aufzunehmen.

Es war wieder ein wunderbarer Morgen, genauso warm und windstill wie am Tag zuvor. Nach der endlosen, unruhigen Nacht war es eine Erlösung für ihn, seinen durchfrorenen Körper durch das hüfthohe Unterholz zu quälen. Der verkümmerte Rhododendron war durch die Papierstücke, die jetzt, feucht vom Tau, schlaff herabhingen, leicht wiederzufinden. Ein Papagei schimmerte in den Bäumen vor ihm, aus denen das Krächzen der Elstern aus vollen Kehlen in morgendlicher Freude erklang. Verborgen hinter dem Grün der Farne und des Blattwerkes, waren die beeindruckenden Steinsäulen des Hanging Rock noch nicht zu sehen. Ein paar Meter von der Stelle entfernt, wo Mike stehengeblieben war, weil ihm der Weg durch eine augenscheinlich bodenlose Kaverne verlegt wurde, hoppelte ein kleines Wallaby im Zickzack aus dem Farndickicht, als folge es einem vorgegebenen Weg. Es gab bestimmte Dinge, die Tiere besser erkannten als Menschen – Mikes Cockerspaniel zum Beispiel nahm Katzen und andere Feinde schon auf einer halben Meile Entfernung wahr. Was hatte das Wallaby gesehen, was wußte es? Möglicherweise wollte es ihm etwas mitteilen, wie es da auf einem Felsensims stand und auf ihn herabblickte. In den sanften Augen des Tieres war keine Furcht. Es war einfach für ihn, den Felsensims zu erklettern, doch er konnte den Sprüngen des Tieres nicht folgen, als es im Unterholz verschwand. Der Sims, auf dem er sich jetzt befand, setzte sich in einer natürlichen Plattform geriffelter Felsen fort, die von Steinen, Felsbrocken und Farnbüscheln gesäumt und von einem ausladenden Eukalyptusbaum überschattet wurde. An dieser Stelle mußte er, wenn auch nur für einen Moment, seinen bleischweren Beinen eine Ruhepause gönnen. Im Gegensatz dazu glich sein Kopf mehr einem Luftballon, der über seinen schmerzenden Schultern schwebte. Der gut abgerichtete Körper, der an die reichhaltige britische Nahrung von Eiern, Speck, Kaffee und Porridge gewöhnt war, beschwerte sich lauthals, obwohl sein Besitzer sich keines Hungergefühls bewußt war und sich nur nach Unmengen von eiskaltem Wasser sehnte. Ein überhängender Fels spendete einen kümmerlichen Schatten. Mike bettete seinen Kopf auf einen Stein und fiel sofort in den unruhigen Schlaf der Erschöpfung, aus dem er von einem plötzlichen Schmerz über dem Auge aufwachte. Ein Bluttropfen sickerte auf das Kissen. Das Kissen unter seinem dröhnenden Kopf war hart und kantig wie ein Stein. Der Rest seines Körpers war eiskalt. Zitternd griff er nach seiner Bettdecke.

Zuerst glaubte er, es seien die Geräusche der Vögel in der Eiche vor seinem Fenster. Er öffnete die Augen und sah die Eukalyptusbäume, deren länglich spitze, silberne Blätter bewegungslos in der drückenden Luft hingen. Es hatte den Anschein, als käme es von überall – ein leises, wortloses Gemurmel, fast wie von fernen Stimmen, mit einem Triller dann und wann dazwischen, der wie die Spur eines Lachens klang. Aber wer sollte hier, tief im Meer, lachen …? Er kämpfte sich seinen Weg durch das zähe, grüne Wasser und hielt nach dem Grammophon Ausschau, dessen süße, neckende Laute manchmal hinter ihm, manchmal direkt vor ihm erklangen. Wenn er nur schneller von der Stelle käme, dann könnte er die Stimmen erreichen, dabei fuhren seine nutzlosen Beine durch das zähe Grün. Das Wasser wurde dichter und dichter; er sah, wie Luftblasen aus seinem Mund drangen, fing an zu husten und dachte »So ist es also, wenn man ertrinkt« und erwachte, als er das Blut aushustete, das von einer Rißwunde auf der Stirn über die Wange nach unten lief.

Er war hellwach und kam stolpernd auf die Beine, als er sie ein Stück entfernt lachen hörte.

»Miranda! Wo bist du? Miranda!« Keine Stimme antwortete ihm. Er begann, so gut er konnte, in Richtung des Unterholzes zu rennen. Die dornigen, graugrünen Sträucher zerschnitten seine zarte englische Haut.

»Miranda!«

Riesige Felsblöcke und Monolithen versperrten nun seinen Weg das ansteigende Gelände hinauf, jeder ein alptraumhaftes Hindernis, das man irgendwie umgehen, überklettern oder unter welchem man hindurchkriechen mußte, je nach Größe und Form. Sie wurden immer größer und seltsamer.

»O, mein verlorener, geliebter Schatz, wo bist du?« schrie er und hob seinen Blick einen Moment von dem trügerischen Boden – da sah er den Monolithen, der schwarz gegen die Sonne aufragte. Ein Schwall von Steinen kullerte in die Schlucht daneben, als er an einer hervorstehenden Felskante stolperte und fiel. Ein Schmerz fuhr ihm durch den Knöchel, er richtete sich wieder auf und begann, sich auf den nächsten Felsabsatz hinaufzuziehen. In seinem Kopf gab es nur noch einen Gedanken: *Vorwärts*. Ein Ahne der Fitzhuberts, der sich seinen blutigen Weg durch die Befestigungen von Agincourt kämpfte, hatte den gleichen Gedanken gehabt und hatte dann auch dieses Wort in Latein auf dem Familiensitz einmeißeln lassen: *Vorwärts*.

Mike – fünfhundert Jahre später – kletterte weiter.

Achtes Kapitel

Für Albert war es eine neue, besondere Erfahrung, sich um etwas anderes als seine ureigensten Angelegenheiten Sorgen zu machen, doch das kümmerte ihn jetzt wenig. Während er am Freitagabend über den Berg ritt, gingen seine Gedanken zurück zu seinem Freund, der die ganze Nacht allein am Bach zubringen würde. Der arme Kerl wußte ja bestimmt nicht einmal, wie man sich aus Laub ein bequemes Nachtlager machte, indem man eine Vertiefung für die Schulter grub. Oder wie man mit ein paar Zweigen ein Feuer macht, wenn es in der Nacht kalt wurde, wie es in der Macedon-Ebene selbst im Sommer der Fall war. Kein Zweifel, etwas war in Mike gefahren. Doch was, das konnte Albert sich nicht vorstellen. Vielleicht gehörten alle von den Hochgestellten, wie Mikes Familie in England, zu den Bekloppten. Oder war bei dem ganzen Getue um die vermißten Mädels doch etwas dran, das einen Sinn ergab? Albert selbst hatte einmal so einen unlogischen Drang verspürt, zu den Pferderennen nach Ballart zu gehen und ganze fünf Pfund auf einen Außenseiter zu setzen, der dann das Rennen mit einer Quote von vierzig zu eins gewann. Möglicherweise hatte Mike das gleiche Gefühl bei der Suche nach den Mädels. Was ihn betraf, so hatte er die Sache mit den Mädels ganz schön satt, nüchtern betrachtet waren sie wahrscheinlich schon lange tot. Er hoffte, daß ihm die Köchin etwas Warmes zu essen aufgehoben hatte. Und was, zum Teufel, sollte er dem

Boß erzählen? Unter diesen unschönen Gedanken trottete Albert mit hängenden Zügeln langsam nach Hause.

Die Dunkelheit erfüllte die Straße mit angenehmer Düsternis und Geheimnissen, als er durch das Gatter von Lake View ritt. Nachdem er Lancer abgesattelt und ihn in der Koppel angebunden hatte, nahm er seinen Weg in die Küche, wo er von aufgewärmter Steak-und-Nieren-Pastete und einem Aprikosenkuchen freudig begrüßt wurde.

»Geh lieber rein zu denen«, riet ihm die Köchin. »Der Herr ist wegen deiner Verspätung schon ordentlich geladen, und überhaupt – was hast du mit dem jungen Michael gemacht?«

»Ihm geht es gut. Ich werde gehen, wenn ich mit essen fertig bin«, antwortete der Pferdeknecht und nahm sich noch ein Stück Kuchen. Es war zehn Uhr, und der Boß war allein im Arbeitszimmer, legte bei geöffneten Fenstern Patiencen, als Albert laut hustete und an die Türfüllung klopfte.

»Komm herein, Crundall. Um Himmels willen, wo ist Mr. Michael?«

»Ich habe eine Nachricht von ihm, Sir. Ich ...«

»Eine Nachricht? Seid ihr nicht zusammen zurückgekommen? Was, in Gottes Namen, ist passiert?«

»Nichts, Sir«, entgegnete der Pferdeknecht und versuchte verzweifelt, den roten Faden in dem Gespinst zu finden, das er sich während des Abendessens ausgedacht hatte und der ihm jetzt unter den anklagenden blauen Augen des alten Knaben aus den Händen glitt.

»Was soll das heißen, nichts? Mein Neffe hat uns nicht gesagt, daß er beim Abendessen abwesend wäre.«

Bei einer Mahlzeit auf Lake View ohne vorherige Mitteilung zu fehlen, war immer ein Grund für härteste Bestrafung.

»Er hat nicht vorgehabt, so lange wegzubleiben, Sir. Es ist so, daß wir uns etwas spät auf den Rückweg gemacht haben, und Mr. Michael beschloß, die Nacht im Macedon Arms zu bleiben und morgen nach Hause zu reiten.«

»Macedon Arms? Die elende kleine Kneipe am Bahnhof von Woodend? So einen Blödsinn habe ich noch nie gehört.«

»Ich denke, Sir«, gab Albert zurück und versuchte, wie alle guten Lügner überzeugend zu wirken, »er war der Meinung, auf diese Weise alle Unannehmlichkeiten zu vermeiden.«

»Wenn man davon ausgeht, daß die Köchin sein Abendessen gute drei Stunden lang warm gehalten hat …, schnaufte der Colonel.

»Ganz im Vertrauen«, meinte Albert, »Mr. Michael war ziemlich erschöpft von dem langen Ritt in der Hitze heute morgen.«

»Wohin seid ihr geritten?« wollte der Colonel wissen.

»Ein ganzes Stück. Eigentlich war ich es, der ihn auf den Gedanken gebracht hat, sich nicht zu überanstrengen und die Nacht in Woodend zu verbringen.«

»Also war das *deine* brillante Idee, stimmt's? Dem Jungen geht es gut, nehme ich doch an?«

»Wie einem Fisch im Wasser.«

»Hoffen wir, daß der Araber gut für die Nacht untergebracht ist – wenn sie einen Stall dort unten haben – nun gut, dann kannst du jetzt gehen. Gute Nacht.«

»Gute Nacht, Sir. Brauchen Sie Lancer morgen?«

»Ja. Ich meine, nein. Mist. Ich kann für Samstag noch keine Arrangements treffen, bevor ich nicht meinen Neffen gesprochen habe. Man erwartet uns zum Tennis auf dem Landsitz des Gouverneurs.«

Obwohl er normalerweise sofort in einen traumlosen Schlaf sank, sobald sein Kopf das Kissen berührte, verbrachte Albert den Rest der Nacht mit einer Reihe von beunruhigenden Träumen, in denen Michaels Stimme aus Bereichen, die völlig unzugänglich für ihn waren, um Hilfe rief. Manchmal klang sie durch das kleine Fenster vom See herüber, manchmal als dumpfes Stöhnen von der Straße, dann wieder direkt neben seinem Ohr: »Albert, wo bist du? Albert?« so daß er aufrecht im Bett saß, schwitzend und hellwach. Es war schließlich eine Erlösung, als die Sonne aufging und den kleinen Verschlag seines Zimmers mit orangenfarbenem Licht füllte. Es war Zeit aufzustehen, den Kopf unter die Wasserpumpe zu stecken und sich um die Pferde zu kümmern.

Unmittelbar nach dem Frühstück und ohne jemandem, nicht einmal seiner guten Freundin, der Köchin, etwas zu sagen, befestigte er einen Zettel an der Stalltür, sattelte Lancer und machte sich über den Berg zu dem Picknickplatz auf. »Bin gleich zurück«, hatte er mit dem Hintergedanken eines Täuschungs- und Verzögerungsmanövers auf den Zettel geschrieben. Es hatte keinen Zweck, die Pferde scheu zu machen, da es doch durchaus sein konnte, daß Mike gerade in diesem Moment gemütlich nach Hause trottete und nur noch ein paar Meilen von Lake View entfernt war. Die Vernunft sagte ihm, daß es keinen Grund zur Aufregung gäbe. Mike war ein erfahrener Reiter, der den Weg kannte; dennoch nagte, entgegen aller Vernunft, die Angst an Albert.

Lancer bewegte sich im leichten Trott und war schon bald auf dem weichen Boden im Wald zwischen den hohen Bäumen, wo Alberts erfahrener Blick auf die rote Erde des selten benutzten Pfades keine Hufspuren als ihre eigenen von gestern feststellen konnte. An jeder Biegung richtete er sich im Sattel auf und erwartete, die weiße Kruppe des Arabers zu sehen, der zwischen den Farnen hindurch auf ihn zugetrottet käme. An der höchsten Stelle des Weges, wo der Wald lichter wurde, lenkte er Lancer unter denselben Baum, unter dem Michael und er am Morgen vorher Halt gemacht hatten. Auf der anderen Seite der Ebene erhob sich der Hanging Rock in dem krassen Spiel von mittäglichem Licht und Schatten. Kaum die vertraute Schönheit beachtend, glitt Alberts Blick auf der Suche nach einem kleinen, weißen, sich bewegenden Fleck über die leere, schimmernde Ebene. Der Abstieg auf dem trockenen, glatten Gras und den losen Steinen gestaltete sich auch für so ein trittsicheres Pferd wie Lancer langsam. Sobald sie endlich die Ebene erreicht hatten und Lancer sicheren Boden unter seinen vier Beinen spürte, flog er davon wie der Wind. Sie hatten gerade den Gürtel von weit auseinanderstehenden Bäumen am Rande des Picknickplatzes erreicht, als das große Tier abrupt zum Stehen kam, so daß sein Reiter fast aus dem Sattel geworfen worden wäre. Zugleich stieß es ein langes, rauhes Wiehern aus, das wie das Tuten eines Nebelhorns über die Lichtung klang. Es wurde von einem ebensolchen, nur schwächeren beantwortet, und innerhalb von wenigen Sekunden erschien das weiße Pferd, ohne Sattel und einen Befestigungspflock an einem Strick auf dem Boden hinter sich herziehend, aus dem Unterholz. Albert war froh, wieder einigermaßen richtig im Sattel zu sitzen, und ließ die beiden Pferde den Weg zurück zum Bach trotten.

Im Schatten der Schwarzholzbäume am Teich war es angenehm kühl, und es sah auf den ersten Blick genauso aus wie am Abend vorher, als sich die beiden jungen Männer voneinander verabschiedet hatten. Die Asche von Mikes Lagerfeuer bedeckte die Steine der Feuerstelle, und sein Hut mit der Papageienfeder an der Krempe hing immer noch am selben Ast. Gleich daneben lag der vielbewunderte englische Sattel auf einem verrotteten Baumstumpf. (Hätte ja auch einen der Proviantsäcke darüberlegen können, ging es Albert mit seinem Sinn fürs Praktische durch den Kopf. Jetzt haben ihn die Elstern mit ihrem Kot völlig verdreckt. Und warum hat der Kerl nicht soviel Verstand, seinen Hut aufzusetzen? Er ist doch die australische Februarsonne überhaupt nicht gewohnt.) Aus unerfindlichen Gründen wichen Alberts Ängste und Zweifel der letzten paar Stunden jetzt einer Gereiztheit, ja sogar Verärgerung.

Schickt diesen jungen Idioten doch zum Teufel! Ich könnte darauf wetten, daß er sich irgendwo dort oben auf dem verdammten Felsen verlaufen hat. Zum Teufel, ich hätte mich da nicht hineinziehen lassen dürfen. Nun, da er aber in der Sache drinsteckte, war er jetzt damit beschäftigt, ausgiebig im Unterholz herumzukriechen und nach frischen Spuren zu suchen, die zum Felsmassiv führten.

Es gab jede Menge Fußabdrücke, aus denen man auswählen konnte, einschließlich Alberts eigener vom Tag vorher. Die zierlichen Abdrücke von Michaels Reitstiefeln waren leicht in dem weichen Boden zu identifizieren. Schwierig wurde es, sie zwischen den Steinen und dem Geröll am Felsen weiterzuverfolgen. Er war Michaels Spuren erst ungefähr fünfzig Meter weit gefolgt, als er eine zweite Spur fast parallel direkt daneben bemerkte, die allerdings aus den Felsen heraus in Richtung des Teichs führte. Komische Sache. Sieht so aus, als wäre er nach oben gegangen und dann den gleichen Weg zurückgekommen. Meine Herrn, was hat das alles nur zu bedeuten?

Mike lag auf der Seite. Er war über ein Grasbüschel gestolpert, und eines seiner Beine lag seltsam verdreht unter seinem Körper. Er war bewußtlos, totenbleich, aber er atmete. Er mußte gestolpert und schwer gestürzt sein, möglicherweise waren ein paar Rippen oder der Knöchel gebrochen. Der Grund für die Rißwunde auf seiner Stirn oder für die Kratzer an Gesicht und Armen war nicht ersichtlich. Albert hatte genug Erfahrung mit gebrochenen Knochen, um keinen Versuch zu unternehmen, Mike in eine bequemere Lage zu bringen. Er schaffte es aber, Mikes Kopf auf ein paar frische Zweige zu betten, holte Wasser vom Bach und wischte das Blut von seinem bleichen, staubigen Gesicht.

Die Taschenflasche mit dem Brandy befand sich immer noch in Mikes Jacke. Albert zog sie vorsichtig heraus und ließ ein paar Tropfen zwischen die Lippen des anderen rinnen. Als die Flüssigkeit das Kinn des Jungen hinunterrann, stöhnte dieser, ohne die Augen zu öffnen, auf. Wie lange hatte Mike hier schon zwischen den Ameisen und den herumsummenden Fliegen gelegen? Die Haut fühlte sich feuchtkalt an, wie Albert feststellte, und überhaupt sah der arme Hund so schlecht aus, daß Albert den Entschluß faßte, keine Zeit mehr zu verlieren und sofort Hilfe zu holen.

Von den beiden Pferden war der Araber das ausgeruhtere. Man konnte den fügsamen Lancer ohne weiteres ein paar Stunden hier angepflockt im Schatten zurücklassen. Wenige Minuten später hatte Albert den Araber gesattelt und gezäumt und war auf der Straße nach Woodend. Er war gerade ein paar hundert Meter weit gekommen, als er einen jungen Schafhirten bemerkte, der mit seinem Collie auf der anderen Seite des Zaunes auf einer Weide umherschlenderte. Als Albert nahe genug an den Schäfer herangekommen war, damit dieser sein Rufen verstehen konnte, erzählte ihm der Schäfer, daß er gerade Doktor McKenzie verabschiedet hätte, der seine Frau von einem Sohn entbunden hatte. Mit großen Ohren, die in der Sonne rosa leuchteten, legte der stolze Vater seine Hände trichterförmig an den Mund und schrie in die sich ausbreitende Staubwolke hinein: »Neun Pfund, zweihundert Gramm schwer und das schwärzeste Haar, was du jemals gesehen hast.«

»Wo ist er jetzt?« fragte Albert, wobei er die Zügel des Pferdes anzog.

»In seiner Wiege, nehme ich doch an«, antwortete der Schäfer, dessen Gedanken sich ganz um das Kind drehten.

»Nicht das Kind, du Idiot, der Doktor!«

»Ach der!« Der Schäfer grinste und deutete unbestimmt in Richtung einer Biegung der verlassenen Straße. »Mit seinem Gig auf dem Weg, aber mit deinem tollen Pferd holst du ihn schnell ein.«

Der Collie, dem Leben und Tod an diesem schönen Sommernachmittag egal waren, machte schmerzhafte Bekanntschaft mit der Hinterhand des Arabers, die ihn beim Losreiten in den Staub der Straße schickte.

Doktor McKenzies Gig war schon bald eingeholt und in Richtung des Picknickplatzes umgeleitet worden. Michael lag noch genauso da, wie Albert ihn zurückgelassen hatte. Nach einer kurzen, professionellen Untersuchung holte der alte Mann Verbandszeug und Desinfektionsmittel aus seiner glänzenden schwarzen Ledertasche und kümmerte sich um die Stirnwunde. Diese kleinen schwarzen Taschen voller Hoffnung und Heilung, wie viele Meilen reisten sie unter den Sitzen von Gigs und Buggys, wurden über Weiden und Feldwege transportiert. Wie viele Stunden wartete McKenzies geduldiges Pferd im Sonnen- und Mondlicht darauf, daß der Doktor mit seiner kleinen schwarzen Tasche aus einer von Krankheit heimgesuchten Blockhütte herauskäme?

»Ich kann keine ernsten Verletzungen feststellen«, verkündete der Arzt, nachdem er sich über Mike gebeugt hatte. »Am Knöchel hat er einen starken Bluterguß. Den hat er sich wahrscheinlich irgendwo dort oben in den Felsen zugezogen. Dazu noch einen Sonnenstich. Wichtig ist, daß er so schnell wie möglich nach Hause in sein Bett kommt.«

Auf einer behelfsmäßigen Trage, die aus des Doktors Sitzdecke (sie war auf der einen Seite wie ein Leopardenfell gemustert, auf der anderen mit wasserabstoßendem schwarzem Material beschichtet) und zwei geraden Ästen zusammengebastelt wurde, brachte man Mike sicher zum Gig.

»Laß mich das machen, junger Mann. Ich habe dreißig Jahre Erfahrung, sie so in dem Wagen unterzubringen, daß sie mir nicht auf der Straße herausfallen.« Der Arzt war erstaunlich mürrisch und tatkräftig, aber auch erstaunlich rücksichtsvoll für jemanden, der sich die halbe Nacht mit dem widerspenstigen Neunpfünder der Frau des Schafhirten herumgeplagt hatte.

Albert bestieg den Araber, führte Lancer, sehr zum Mißfallen des hervorragenden Tieres, am Zügel und ritt langsam vor dem Gig her. Es war kurz vor Mitternacht, als die kleine Prozession in die Auffahrt zu Lake View einbog. Der Colonel, zu dem von Woodend aus vor einigen Stunden ein Bote geschickt worden war, lief mit einer Sturmlampe vor dem Tor auf und ab. Seine Frau hatte sich, nachdem sie erfahren hatte, daß Mike in Sicherheit und auf dem Weg nach Hause war, zur Nachtruhe zurückgezogen. Doktor McKenzie, ein langjähriger Freund der Familie, beugte sich aus dem Gig.

»Kein Grund zur Aufregung, Colonel. Ein verstauchter Knöchel, eine Rißwunde auf der Stirn. Ein schwerer Schock.«

In der Eingangshalle liefen die Hausmädchen mit Kannen voll heißem Wasser und frischen Leinentüchern umher. Michael wurde mit Wärmflaschen unter eine Daunendecke ins Bett gesteckt, und nach einem Schluck heißer Milch öffnete er seine erschrocken dreinblickenden Augen.

»Der Junge ist durch die Hölle gegangen«, stellte der Arzt für sich fest, doch laut sagte er: »Hören Sie genau zu, Colonel. Absolute Ruhe, keine Besucher und keine Fragen – zumindest solange nicht, bis er von selbst zu sprechen beginnt.«

»Was ich wissen will«, platzte der Colonel heraus, »ist, warum, zum Teufel, Mike die ganze Nacht allein am Hanging Rock geblieben ist!« Nachdem sich während des ganzen Tages Wut mit geheimen Ängsten bei ihm abgewechselt hatten, war er nun kurz davor zu explodieren.

»Verdammt noch mal, Crundall, was war das für ein Blödsinn, den du mir gestern abend erzählt hast, daß Mike in einem Pub in Woodend übernachten würde?«

»Nun denn, Colonel, es hat keinen Zweck zu lamentieren, wenn das Kind in den Brunnen gefallen ist«, unterbrach ihn der Doktor. »Der Junge liegt gut und sicher in seinem Bett, und das ist es, was zählt. Und was Crundall betrifft, da können Sie dem Himmel danken, daß er keine Zeit verloren und Hilfe geholt hat.«

Albert stieß nervös mit der Stiefelspitze gegen das Bein der Anrichte im Speisezimmer, sein Gesicht war wie in Stein gemeißelt.

»Die Sache war so. Ihr Neffe wollte unbedingt am Freitag zum Picknickplatz, um nochmal nach den Mädchen zu suchen. Nein, ich weiß genausowenig wie Sie, warum. Als es Zeit war, zurückzureiten, strich er immer noch zwischen den Felsen umher und wollte nicht nach Hause gehen. Ich habe alles versucht, um ihn davon abzubringen. Und wenn Sie mir, verdammt noch mal, nicht glauben wollen, dann können Sie sich einen neuen Pferdeknecht suchen.«

Nach ein paar Sekunden des Schweigens, in denen Albert sich innerlich von dem Araber und den Pferden verabschiedet, Lancer ein letztes Mal gestreichelt hatte und jetzt auf eine Standpauke wartete, deren Einzelheiten er nicht kannte, streckte der Colonel seine Hand aus. Mit einem Gefühl des Mitleids bemerkte Albert, daß es die zitternde Hand eines alten Mannes war.

»Sie glauben mir?«

»Ich glaube dir, Crundall, doch du hast uns einen Heidenschreck eingejagt. Iß jetzt etwas von dem Hühnchen da.«

»Ich kümmere mich erst um meine Pferde und genehmige mir dann einen Happen in der Küche, bevor ich ins Bett gehe.«

»Möchtest du vielleicht einen Whisky?«

»Nicht für mich, ich bin schon weg. Gute Nacht, Sir. Gute Nacht, Doktor.«

»Gute Nacht, Crundall, und vielen Dank für deine Hilfe heute.«

»Sie haben recht mit Crundall, Doktor. Er ist ein guter

Kerl, aber ein grober Klotz, doch es würde mich verdammt ärgern, wenn ich ihn verlieren würde«, erklärte der Colonel und schenkte sich ein Glas ein. »Es liegt an der Warterei auf eine Nachricht, den ganzen Tag lang, das macht mich verrückt. Es ist besser, wenn man mittendrin steckt. Leisten Sie mir bei einem Whisky Gesellschaft?«

»Vielen Dank, aber keinen Alkohol für mich, bis ich zu Hause und in meinem Hausmantel bin. Meine Frau stellt mir immer noch eine Kleinigkeit zu essen hin.«

Er nahm seine kleine schwarze Tasche und zog die ledernen Kutscherhandschuhe an. »Ich kenne eine Krankenschwester, die gerade mit einer Krankenbetreuung hier in der Nähe fertig geworden ist. Ich schicke sie morgen früh her, wenn Mrs. Fitzhubert damit einverstanden ist! In Ordnung? Ich komme in ein, zwei Tagen wieder vorbei, auch früher, wenn Sie es wünschen. In der Zwischenzeit gebe ich der Krankenschwester die nötigen Anweisungen.«

Colonel Fitzhubert stand in der Halle, beobachtete, wie das Gig in der Nacht verschwand, und löschte dann das Licht. Vor der offenen Tür von Mikes Zimmer, wo eins der Hausmädchen, die Schuhe ausgezogen, in einem Sessel döste, schimmerte ein Nachtlicht. Er nahm sich noch einen Gutenachtschluck und ging in sein Arbeitszimmer, um das allabendliche Ritual, das neue Datum in seinem Kalender aufzuschlagen, durchzuführen. *Samstag, 21. Februar*. Gütiger Himmel! Es war schon Sonntagmorgen! *Sonntag, 22. Februar*. Genau acht Tage nach den schrecklichen Vorfällen am Hanging Rock.

Sobald Albert die Pferde versorgt hatte, warf er sich in seinen Kleidern auf das ungemachte Bett und schlief ein. Es hatte den Anschein, als ob er seinen Kopf kaum auf das Kissen gelegt hätte, als er hellwach auf das kleine helle Rechteck des Fensters blickte und sah, wie die Ereignisse des gestrigen Tages, jetzt nicht länger verwirrend durch die Erschöpfung der letzten Nacht, wie bei einem Puzzle zusammenpaßten. Mit Ausnahme, daß das entscheidende Stück fehlte. Welches war es, und wie paßte es ins Bild? Am besten begann er damit, wie er Mike am Samstagmorgen an dem Grasbüschel gefunden hatte. Wie weit war er gekommen, bis er gestürzt und sich den Knöchel verstaucht hatte? War er zurück zu dem Rhododendronbusch gegangen und hatte sich dort umgesehen? Diese dummen kleinen Papierstücke! In nächsten Moment war Albert aus dem Bett gesprungen und zog seine Stiefel an.

Die Vögel schliefen noch in den Kastanien, als er den vom Tau feuchten, schlüpfrigen Rasen überquerte und durch die Seitentür das stille Haus betrat. Das Hausmädchen schnarchte leise vor Mikes Zimmer, und aus dem gegenübergelegenen Zimmer der Fitzhuberts erklangen die lauten Geräusche eines schlafenden Mannes und einer Frau. Mike lag auf dem Rücken, stand unter dem Einfluß von Medikamenten und stöhnte leise. Seine stark zerrissenen und verschmutzten Reithosen hingen über einer Stuhllehne an der Vorderseite des Bettes. Albert zündete ein Streichholz an und fuhr mit der Hand vorsichtig in die Tasche der Reithosen. Gott sei Dank, das lederne Notizbuch war noch da! Er nahm es mit zum Fenster, und im spärlichen Licht begann er, Seite für Seite die hingekritzelten Eintragungen zu entziffern. Es sah so aus, daß diese im März letzten Jahres mit einer Verabredung in Cambridge begannen, dann ein Rezept gegen Staupe, das aus *Country Life* abgeschrieben war. Memo – nach dem Tennisschläger fragen. Zum Schluß, gegenüber der Seite, die nur die Überschrift »Wurmpuder« trug, gelangte er zu dem, wonach er suchte. Eine Reihe zittriger Buchstaben, mit einem Bleistift geschrieben:

ALBERT ÜBER DEM BUSCH MEINE ZETTEL
SCHNELL RING NACH OBEN SCHNELL GEFU

An dieser Stelle brach die Schrift ab. Nachdem Albert es einige Male gelesen hatte, riß er die Seite heraus und steckte das Notizbuch wieder in die Tasche der Reithose. ÜBER DEM BUSCH. MEINE ZETTEL. SCHNELL. Er konnte fühlen, wie Mike ihm über die Schulter sah und versuchte, ihm mitzuteilen, daß er einen entscheidenden Hinweis hoch oben in den Felsen gefunden hatte, so wichtig, daß er versucht hatte, Albert eine Mitteilung zu schreiben, als er neben dem Bach das Bewußtsein verlor. MEINE ZETTEL. Der Gedanke an die Zettel brachte Albert dazu, hinüber ans Bett zu gehen und sanft über die reglose, blaugeäderte Hand auf dem Bettlaken zu streichen. »Ein grober Klotz, der junge Crundall«, so hatte der Colonel seinen Pferdeknecht genannt. In diesem Moment war nichts Grobes an dem jungen Crundall, als er auf Zehenspitzen in seinen unförmigen Stiefeln Mikes Zimmer verließ. Davon überzeugt, daß keine Zeit zu verlieren wäre, ließ er den Colonel von dem verschlafenen Hausmädchen wekken; der Junge aus Manassas Lebensmittelladen wurde aus seinem sonntagmorgendlichen Schlaf gerissen und, noch gar nicht richtig wach, auf das Fahrrad gesetzt, um die Polizei in Woodend zu alarmieren. Albert war in der Zwischenzeit auf dem Braunen zu einem angegebenen Treffpunkt mit der Polizei auf der Straße zum Hanging Rock geritten. Da weder Constable Bumpher noch Doktor McKenzie, die normalerweise die Polizeiarbeit wahrnahmen, zur Verfügung standen, hatte sich Doktor Cooling aus Lower Macedon bereit erklärt, den jungen Jim (bewaffnet mit einem Notizbuch und bindenden Anweisungen von Bumpher, alles aufzuschreiben und den Mund zu halten) in einem Wagen, der mit Tragen und medizinischem Gerät ausgestattet war, zu begleiten.

Die Sonne stand hoch am Himmel, als sie durch das Tor am Picknickplatz fuhren. Albert lief mit der wertvollen Seite aus dem Notizbuch in der Tasche seines

Hemdes voran. Schon bald hatten die beiden jungen Männer Michaels Spur, wo er am frühen Samstagmorgen vom Bach aus losgegangen war, aufgenommen. An dem verkümmerten Rhododendron hingen die Zettel schlaff und bewegungslos in der mittäglichen Stille. Zum hundertsten Mal zog Albert die bekritzelte Seite aus seiner Tasche. »ÜBER DEM BUSCH MEINE ...«

»Ah ...« stöhnte der Polizist, der entgegen seiner normalen Schwerfälligkeit beeindruckt war. »Also, er hat sie hier befestigt, ja?«

»Mein Gott, glaubst du etwa, die wachsen auf dem Busch?«

Schweigend arbeiteten sie sich den Hügel aufwärts, wobei sie den gebrochenen und niedergetrampelten Farnen folgten, während der Arzt in seinen zu engen Sonntagsstiefeln ein Stück zurückblieb.

»Unglaublich«, bemerkte der Polizist, »daß so ein Frischling überhaupt hier heraufgekommen ist.«

»Einige der Engländer kommen ganz gut im Busch zurecht, wenn sie eine Zeitlang hier gewesen sind«, warf der Doktor ein.

»Dieser hat mehr Verstand und Mut, als wir alle drei zusammen«, erklärte Albert.

»Ist auch egal«, meinte der Doktor, dessen Laune sich in dem Maße verschlechterte, wie seine Füße anschwollen. »Ich habe den Eindruck, wir stehen hier auf verlorenem Posten. Die Vernunft sagt uns, daß es bis gestern hier am Hanging Rock nichts von Bedeutung gegeben hat, das nicht schon längst entdeckt wäre.«

»Sie kennen Mike nicht, Doktor«, verteidigte Albert seinen Freund. »Er hätte diese Nachricht nicht geschrieben, wenn er nicht etwas gefunden hätte.«

Doch der Arzt blieb unbeeindruckt. Er hatte sich schon einen schönen Stein als Sitzgelegenheit ausgesucht und seine Stiefel aufgeschnürt. »Du läßt deine Trillerpfeife hören, Jim, wenn du auf etwas stößt. Ich komm' dann hinterher.«

Albert und Jim stöberten durch das Unterholz wie Terrier.

»Siehst du den Zweig an dem Busch dort, der abgebrochen ist? Immer noch grün. An der Stelle muß Mike am Samstagmorgen ins Unterholz eingedrungen sein.«

So war es. Sie begannen, dem Bergpfad folgend, weiter nach oben zu klettern, wobei sie laut über verborgene Felsen und Abbrüche fluchten.

»Was schreibt er in seiner Mitteilung über einen Ring? Glaubst du, er meint einen Diamantring?«

»Eher einen Ring von Steinen«, grunzte Albert.

Jim für seinen Teil gefiel der Gedanke an Diamanten besser. »Eins der Collegemädchen war eine reiche Erbin, und vergiß nicht, Albert, wir Polizisten sind ausgebildet, einen Fall von allen Seiten zu beleuchten.«

»Du paßt besser auf, wo du hintrittst, mein Junge, oder du stürzt noch ab. Den Felsen dort drüben nennt man den Monolithen.«

»Das weiß ich«, gab der Polizist zurück und kam über einen losen Stein ins Stolpern, »und die beiden großen Felsblöcke dort oben nennt man die *Balancierenden Steine,* damit du es weißt.«

Auf gleicher Höhe mit dem Monolithen hatte sich Mike scharf nach links gewandt. Hoch oben vor dem wolkenlosen Himmel glitzerte die sägeblattartige Kammlinie des Hanging Rock golden im Sonnenlicht.

»Schöner Anblick, nicht wahr? Würde eine hübsche Ansichtskarte abgeben. Verdammt, was ist das dort drüben auf dem Boden?«

Doktor Cooling war gerade eingenickt, als er von dem schrillen Triller einer Polizeipfeife geweckt wurde. Er zog seine Stiefel an und begann, in die Richtung, aus der der Pfiff kam, zu klettern. Er kam, selbst mit Hilfe von Albert, der ihm den Felsen hinab entgegengekommen war und mit bleichem Gesicht unzusammenhängend von einem Körper sprach, nur sehr langsam voran, während Albert ihn durch das Unterholz und zwischen den schrecklichen Felsen hindurchzog. Als sie die *Balancierenden Steine* erreichten, war Jim damit beschäftigt, Notizen zu machen und Berechnungen durchzuführen.

»Sieht so aus, als ob wir zu spät kommen, Doktor. Schade.«

»Mensch, halt's Maul«, knurrte Albert. Er hätte etwas dafür gegeben, sich ins Unterholz zu verziehen und sich übergeben zu können. Die kleine Dunkelhaarige mit den Locken lag mit dem Gesicht auf dem Boden auf einem abfallenden Felssims direkt unter dem unteren der beiden Steine, ihr einer Arm über den Kopf gebreitet, wie bei einem kleinen Mädchen, das an einem heißen Nachmittag eingeschlafen war. Über dem blutgetränkten Musselinkleid schwirrten Schwärme von winzigen Fliegen. Die so häufig in den Zeitungen erwähnten Locken waren voller Blut und Staub.

»Es wäre ein Wunder, wenn sie noch lebte«, meinte der Arzt, als er neben dem Körper niederkniete und mit geübten Fingern nach dem schlaffen Handgelenk griff. »Herr im Himmel, ich spüre einen Pulsschlag. Sie lebt! Schwach, aber zweifellos.« Er erhob sich steif. »Crundall, du gehst runter und holst die Trage, während Jim bei mir bleibt und seine Notizen beendet und ich sie für den Transport fertigmache. Bist du sicher, daß du sie nicht berührt oder irgend etwas verändert hast, Jim?«

»Ja, Sir. Mr. Bumpher hat mir genau gesagt, daß ich die Leiche nicht berühren darf.«

»Keine Leiche, junger Mann«, korrigierte Doktor Cooling ihn hart. »Ein lebendes, atmendes Mädchen, Gott sei Dank! Kontrolliere lieber noch einmal deine Notizen, bevor wir etwas verändern.«

Es gab keine Anzeichen von Gewalt oder eines Kampfes. Das Mädchen, soweit der Arzt das ohne genaue Untersuchung feststellen konnte, war unverletzt. Die Füße waren, so unwahrscheinlich es klingen mag, nackt und völlig sauber, nicht zerkratzt und keine blauen

Flecken, obwohl man später in Erfahrung brachte, daß Irma, als man sie zuletzt auf dem Picknickplatz sah, weiße Strümpfe und schwarze, gebundene Glacéschuhe getragen hatte; keines der Kleidungsstücke wurde je wiedergefunden.

Jim Grant wurde bei der Polizeistation von Woodend abgesetzt, damit er Bumpher, sobald dieser zurück war, Bericht erstatten konnte. Es war spät am Sonntagnachmittag, als das immer noch bewußtlose Mädchen von Albert und Doktor Cooling in das Haus des Gärtners auf Lake View gebracht wurde, dort in das beste Zimmer einquartiert und in Obhut von Mrs. Cutler, der Frau des Gärtners, gegeben wurde. In Mrs. Cutlers langem Baumwollnachthemd, das nach Lavendel und Seife roch, lag es mit geschlossenen Augen auf einem breiten Bett unter einer Patchworkdecke und sah »wie eine Puppe aus«, wie Mrs. Cutler später ihrem Ehemann gegenüber bemerkte. Die feinen Petticoats und Unterkleider, alle mit echten Spitzen besetzt, waren so zerrissen und schmutzig, daß die gute Frau es selbst übernahm, sie in die Feuerstelle unter dem Waschkessel zu stecken, wo sie am Montagmorgen verbrannt wurden. Zu Mrs. Cutlers größter Überraschung hatte man das arme Kind so zu ihr gebracht, wie man es am Hanging Rock gefunden hatte, ohne Korsett. Als anständige Frau, die das Wort Korsett in Gegenwart eines Mannes nicht einmal aussprach, hatte sie dem Doktor gegenüber nichts erwähnt, der davon ausging, daß das Mädchen einfach an einem Schulpicknick teilgenommen hatte, dazu kam dann die Dummheit, die für so viele weibliche Fehler verantwortlich war. So kam der Anhaltspunkt des verschwundenen Korsetts auch nicht der Polizei zur Kenntnis und konnte nie weiterverfolgt werden. Auch die Bewohner von Appleyard College, wo Irma Leopold, für ihren untrüglichen Geschmack in der Etikette weiblicher Kleidung bekannt, von mehreren ihrer Klassenkameradinnen am Samstagmorgen, dem vierzehnten

Februar, in einem leichten französischen Satinkorsett gesehen worden war, erfuhren nichts davon.

Der Körper war nicht in Mitleidenschaft gezogen und jungfräulich. Nach einer sorgfältigen Untersuchung erklärte Doktor Cooling, daß das Mädchen unter nichts anderem als einem Schock und Auszehrung litt. Keine Knochenbrüche und nur ein paar unmaßgebliche Kratzer und blaue Flecken an den Händen und im Gesicht. An den Händen fiel besonders auf, daß die Fingernägel abgebrochen und stark in Mitleidenschaft gezogen waren. Wenn man die Blutergüsse in bestimmten Bereichen des Kopfes in Betracht zog, bestand die Möglichkeit einer Gehirnerschütterung, keine große Sache, aber dennoch wollte er die Meinung eines anderen Arztes einholen.

»Nun, dem Himmel sei Dank, daß es nicht schlimmer ist«, meinte Colonel Fitzhubert, der die ganze Zeit wie auf heißen Kohlen vor dem kleinen Haus zugebracht hatte. »Soweit es meine Frau und mich betrifft, kann Miß Leopold so lange hierbleiben, bis sie transportfähig ist. Mrs. Cutler ist eine Krankenschwester ersten Ranges.«

Als bei Sonnenuntergang Doktor McKenzie auf seinem Weg nach Hause vorbeikam, um einen Blick auf Michael zu werfen, ging er hinunter zum Gärtnerhaus und besprach sich mit Doktor Cooling, der sich gerade verabschiedete.

»Ich stimme Ihnen zu, Cooling«, bestätigte der alte Mann, »es ist ein Wunder. Nach allen medizinischen Lehrbüchern hätte die Patientin schon lange tot sein müssen.«

»Ich würde meinen Kopf dafür geben, wenn ich wüßte, was da oben auf dem Hanging Rock passiert ist«, sagte Cooling. »Und wo, zum Teufel, sind die beiden anderen Mädchen? Und die Gouvernante?«

Man kam überein, daß Doktor McKenzie die Betreuung der neuen Patientin zusammen mit der von Michael

Fitzhubert übernehmen sollte, dessen Krankenschwester auch für zusätzliche Dienste zur Verfügung stand, wenn das notwendig werden sollte.

»Das wird nicht notwendig sein«, lächelte Doktor McKenzie. »Ich kenne Ihre Mrs. Cutler, Colonel. Sie hat die Aufgabe schon übernommen, und es bereitet ihr Freude. Die Patientin braucht Ruhe. Das ist das Wichtigste. Und wenn möglich, sobald sie das Bewußtsein wiedererlangt hat, keine unnötigen Fragen.«

Doktor Cooling war bei Einbruch der Dämmerung beruhigt nach Hause gefahren. »Ende gut, alles gut, Doktor, und vielen Dank für Ihre Hilfe. Das war eine Sache, die schnell hätte Probleme bereiten können. Schon bald werden wir die ganze Geschichte in den Zeitungen nachlesen können, da bin ich sicher.«

Doktor McKenzie seinerseits war sich da nicht so sicher. Er ging zurück in das Schlafzimmer und stand dort, nachdenklich auf das bleiche, herzförmige Gesicht blickend. Niemand konnte sagen, besonders nicht bei jungen, sanftmütigen Menschen, wie der innere Mechanismus des Gehirns auf einen schweren emotionalen Schock reagierte. Sein Gefühl sagte ihm, daß das Mädchen schrecklich gelitten haben mußte, wenn nicht körperlich, so doch seelisch, unabhängig davon, was am Hanging Rock geschehen oder auch nicht geschehen war. Das war, so begann er zu vermuten, kein gewöhnlicher Fall. Doch wie ungewöhnlich der Fall war, wußte er in diesem Moment noch nicht.

Für Mike gingen die zeitlosen Tage unmerklich in zeitlose Nächte über. Zu schlafen oder zu wachen machte für ihn, der in dunklen, grauen Regionen endlos nach einem unbekannten, namenlosen Ding suchte, keinen Unterschied. Immer, wenn er näher kam, verschwand es wieder. Manchmal wachte er auf und berührte es im Vorbeihuschen, doch dann stellte er fest, daß es nur die Bettdecke war, in die sich seine Hand verkrampfte. Ein brennender Schmerz in seinem Fuß kam und ging und ließ ein wenig nach, als sein Kopf klarer wurde. Manchmal erwachte er vom Geruch eines Desinfektionsmittels, dann wieder vom Duft der Blumen, der aus dem Garten hereinzog. Wenn er seine Augen öffnete, war immer jemand im Zimmer, normalerweise eine junge Frau, die den Anschein erweckte, in weißes Papier gekleidet zu sein, das bei jeder Bewegung knisterte. Es mag der dritte oder vierte Tag gewesen sein, als er schließlich in einen tiefen, traumlosen Schlaf fiel. Als Michael aufwachte, war es dunkel im Raum bis auf ein bleiches, unbestimmtes Licht, das von einem weißen Schwan ausging, der auf einer der Messingstangen unten an Michaels Bett saß. Michael und der Schwan betrachteten einander ohne Erstaunen, bis das schöne Tier langsam seine Flügel ausbreitete und durch das offene Fenster davonflog. Er schlief wieder ein und wachte diesmal bei Sonnenschein und von dem Duft der Stiefmütterchen auf. Ein älterer Mann mit einem gestutzten Bart stand neben seinem Bett.

»Sie sind Arzt«, fragte Mike mit einer Stimme, die er zum erstenmal als seine eigene erkannte, »was fehlt mir?«

»Sie sind ziemlich schwer gestürzt, haben sich den Knöchel verletzt und haben auch sonst noch einiges abbekommen. Trotzdem sehen Sie heute schon besser aus.«

»Wie lange bin ich schon krank?«

»Mal sehen. Das muß jetzt so fünf bis sechs Tage her sein, seit man Sie vom Hanging Rock zurückgebracht hat.«

»Hanging Rock? Was habe ich am Hanging Rock gemacht?«

»Darüber sprechen wir später«, meinte Doktor McKenzie. »Kein Grund zur Aufregung, mein Junge. Sorgen haben noch keinem Kranken geholfen. Jetzt schauen wir uns erst einmal Ihren Knöchel an.«

Während der Knöchel wieder bandagiert wurde, fragte

Mike: »Das Pferd. Bin ich heruntergefallen?« und schlief wieder ein.

Als die Krankenschwester am nächsten Morgen das Frühstück brachte, saß ihr Patient aufrecht im Bett und verlangte laut und deutlich nach Albert.

»Mein Gott, wir werden aber schnell gesund! Nun trinken Sie erst einmal Ihren Tee, solange er noch heiß ist.«

»Ich will Albert Crundall sprechen.«

»Sie meinen den Pferdeknecht? Der kommt jeden Morgen her und fragt nach Ihnen. Was für eine treue Seele!«

»Wann kommt er normalerweise?«

»Gleich nach dem Frühstück. Aber Ihnen sind noch keine Besuche erlaubt, Mr. Fitzhubert. Anweisung von Doktor McKenzie.«

»Mir sind seine Anweisungen egal. Ich bestehe darauf, Albert zu sprechen, und wenn Sie die Nachricht nicht weitergeben, dann steige ich einfach fröhlich aus dem Bett und gehe selbst zu den Ställen hinunter.«

»Langsam, langsam«, entgegnete die Schwester mit einem routinierten Lächeln, das sie wie ein Werbemodell für Zahnpasta erscheinen ließ. »Verschlechtern Sie Ihren Zustand nicht, sonst gibt man mir dafür die Schuld.« Etwas in den seltsam glitzernden Augen des unverschämt gutaussehenden jungen Mannes ließ sie hinzufügen: »Essen Sie Ihr Frühstück, und ich hole Ihren Onkel.«

Colonel Fitzhubert, zum Krankenlager gerufen, kam auf Zehenspitzen wie auf rohen Eiern, mit einem Gesicht, das einem Krankenzimmer angemessen war, herein und war erfreut, den Patienten, im Bett sitzend, mit einer gesunden Gesichtsfarbe vorzufinden. »Prächtig. Er sieht schon wieder wie er selbst aus, nicht wahr, Schwester? Nun, was höre ich da, wir wollen Besucher empfangen?«

»Keine Besucher. Nur Albert. Ich will Albert sprechen.« Sein Kopf fiel in die Kissen zurück.

»Übermüdet, das sind wir«, sagte die Krankenschwester. »Wenn der Patient mit dem Pferdeknecht spricht, bin ich sicher, daß seine Temperatur nach oben geht, und ich bin dann gegenüber Doktor McKenzie die Dumme.«

»Die Frau ist nicht nur eine dumme Pute, sondern ein perfekter Dummkopf«, entschied der Colonel und war sich bewußt, daß es Zusammenhänge in dieser Sache gab, die er nicht verstand. »Mach dir keine Sorgen, Mike. Ich gebe Crundall Bescheid, daß er dich für zehn Minuten sehen kann. Wenn es Schwierigkeiten geben sollte, Schwester, dann übernehme ich die Verantwortung.«

Schließlich war Albert, nach Capstan-Zigaretten und frischem Heu riechend, da und schwang sich auf den Stuhl neben dem Bett, als wäre er ein widerspenstiges Füllen, das unter seinem Gewicht bocken und ausschlagen würde. Albert war vorher noch nie in einem Krankenzimmer gewesen und wußte nicht, wie er ein Gespräch mit einem körperlosen Gesicht beginnen sollte, das direkt unter dem Kinn von streng gefalteten Laken abgeschnitten wurde.

»Deine verdammte Krankenschwester, sie rannte um ihr Leben, als sie mich kommen sah.« Das war ein so guter Anfang wie jeder andere. Mike zeigte sogar ein schwaches Grinsen. Die Ströme der Freundschaft flossen zwischen ihnen.

»Schön für dich.«

»Stört es, wenn ich rauche?«

»Leg los. Sie werden dich nicht lange hierlassen.«

Die wohlbekannte, gemütliche Stille ließ sich wie eine Katze zwischen den beiden nieder, und sie waren wieder eins.

»Paß auf«, begann Mike, »es gibt eine Menge, was ich erfahren muß. Bis gestern nacht war mein Kopf so durcheinander, daß ich nicht richtig denken konnte. Meine Tante kam herein und sprach mit der Krankenschwester, sie dachten, ich würde schlafen. Plötzlich ergab alles einen Sinn. Es sieht so aus, als wäre ich noch einmal zurück zum Hanging Rock gegangen, ohne jemandem außer dir davon zu erzählen. Stimmt das?«

»Das stimmt. Um nach den Mädels zu suchen. Nimm es leicht, Mike. Es geht dir noch nicht allzu gut.«

»Ich habe eine von ihnen gefunden. Stimmt's?«

»Das stimmt«, bestätigte Albert wieder. »Du hast sie gefunden, und sie ist hier im Gärtnerhaus, lebt und ist gesund.«

»Welche von ihnen?« fragte Michael so leise, daß Albert es kaum hören konnte. Das hübsche Gesicht, selbst in dem Moment noch hübsch, als sie das Mädchen auf der Trage vom Hanging Rock hinuntergebracht hatten, war immer noch in Alberts Erinnerung. »Irma Leopold. Die kleine Schwarzhaarige mit den Locken.«

Im Zimmer war es so still, daß Albert Mikes schwere Atemzüge hören konnte, während sein Gesicht der Wand zugewandt war.

»Es gibt nichts, worüber du dir Sorgen machen müßtest«, beruhigte ihn Albert. »Nur, daß du schnell wieder gesund wirst. Verdammt noch mal, er ist ohnmächtig geworden! Wo ist nur diese verdammte Schwester hin?«

Die zehn Minuten waren vorbei, und schon war sie da und stellte irgend etwas mit einer Flasche und einem Löffel an. Albert glitt an ihr vorbei die Verandatür hinaus und machte sich mit schwerem Herzen auf den Weg zu den Ställen.

Neuntes Kapitel

DAS MÄDCHEN AM HANGING ROCK
VERMISSTE ERBIN GEFUNDEN

Erneut war das Geheimnis des College die Schlagzeile, ausgeschmückt mit den wildesten Phantasien von öffentlicher und privater Seite. Das gerettete Mädchen auf Lake View war immer noch ohne Bewußtsein, und dem Ehrenwerten Michael Fitzhubert ging es noch nicht gut genug, daß er befragt werden konnte. Dieser Umstand goß zusätzlich Öl ins Feuer der Gerüchte und Vermutungen des Schreckens, die sich später alle als falsch erwiesen. Die polizeiliche Suche an möglichen und unmöglichen Stellen wurde unter Hinzuziehung von weiteren Männern aus Melbourne, dem Bluthund und dem Fährtensucher trotz der geringen Wahrscheinlichkeit, einen Hinweis auf das Schicksal der drei anderen Vermißten zu finden, wieder aufgenommen. Bewässerungsgräben, hohle Baumstämme, Untertunnelungen, Wasserlöcher, sogar ein verlassener Schweinestall, in dem jemand am letzten Sonntag ein Licht gesehen hatte, wurden untersucht. Ein Junge hatte geschworen, auf dem Boden eines alten Minenschachtes im Black Forest einen toten Körper gesehen zu haben; es stellte sich heraus, daß es die Überreste einer verendeten Kuh waren. Und so ging es weiter. Constable Bumpher, der die ganze Zeit über seinem Notizbuch mit unbeantworteten Fragen schwitzte, wäre fast froh über eine weitere Leiche gewesen.

Im Appleyard College wurde die Nachricht von Irmas Rettung kurz und kommentarlos am folgenden Montag direkt nach dem Gebet von der Direktorin bekanntgegeben; dies war ein genau bedachter Schachzug, der den Mädchen eine ganze Stunde Gelegenheit gab, darüber zu sprechen, bevor die erste Unterrichtsstunde begann. Nach einem Augenblick erstaunter Freude wurde die Nachricht mit einem Ausbruch hysterischen Jubels aufgenommen, Tränen und herzliche Umarmungen, sogar zwischen Personen, die normalerweise kaum miteinander sprachen. Auf der Treppe, wo jedes Herumstehen streng verboten war, hatte Mademoiselle Blanche und Rosamunde in tränenreicher Umarmung vorgefunden. »Alors, mes enfants, das ist nicht die Zeit für Tränen«, und doch spürte sie, wie die ihren, lang unterdrückten, ihr in die Augen traten. In der Küche begossen die Köchin und Minnie das Ereignis mit einem Glas Bier, während auf der anderen Seite der mit grünem Stoff bespannten Tür Dora Lumley ihre billige Halskette umkrallte, als ob sie selbst dort oben auf dem Hanging Rock gerettet worden wäre. Tom und Mr. Whitehead, die sich in der Töpferstube darüber freuten, waren schon bald allgemein auf Morde zu sprechen gekommen und dann bei Jack the Ripper gelandet, bis der Gärtner schließlich verdrossen meinte, er müsse zu seinem Rasen zurück. Zu Mittag war die unvermeidliche Reaktion auf die plötzliche Erleichterung des Morgens eingetreten. Die Unterrichtsstunden des Nachmittags begannen, begleitet von unterschwelligem Gemurmel und Geflüster. Im Aufenthaltsraum der Gouvernanten wurde die Tatsache von Irmas Rettung kaum angesprochen, so, als ob der gesunde Menschenverstand den zarten Schleier der heilen Welt, der die häßlichen Realitäten bedeckte, unberührt ließ und nur die Direktorin sich hinter der geschlossenen Tür ihres Arbeitszimmers dazu zwang, die neuen Aspekte der Angelegenheit einer kaltblütigen Betrachtung zu unterziehen. Mit dem Auftauchen nur einer der vermißten Personen hatte sich die Situation für das College eindeutig verschlechtert.

Kühl denkende Autoritätspersonen können normalerweise mit den faktischen Problemen umgehen. Tatsachen, wie außergewöhnlich sie auch sein mögen, können durch andere Tatsachen erklärt werden. Die Probleme, die durch Gefühle und Stimmungen entstehen und von der Presse als »Situation« beschrieben werden, sind unendlich schwerer in den Griff zu bekommen. Eine »Situation« kann nicht in einer Schublade abgelegt und die Lösung dafür aus einer anderen gezogen werden. Eine Stimmung kann über Nacht aus allem und nichts entstehen, immer da, wo Menschen unter unnatürlichen Bedingungen zusammen sind. Am Hof von Versailles, in Pentridge Gaol, an einem bestimmten College für junge Damen, wo die Seuche der geheimen Ängste sich mit jeder Stunde verschlimmerte.

Als die Direktorin am nächsten Morgen aus einem unruhigen Schlaf erwachte, spürte sie unter ihrer Stachelhaube aus Lockenwicklern schon den Druck in ihrem Kopf. In den trostlosen Stunden zwischen Mitternacht und Tagesanbruch hatte sie unter bösen Vorahnungen erwogen, ihre Haltung in der Angelegenheit zu ändern, die Disziplin etwas zu lockern und den Tagesablauf am College leicht zu modifizieren. Aus diesen Gründen wurde der Aufenthaltsraum der Zöglinge hastig in einem gräßlichen Erdbeerrosa gestrichen und im großen Salon ein Klavier aufgestellt. Reverend Lawrence und seine Frau wurden eingeladen, einen Abend vom Pfarrhaus in Woodend herüberzukommen und Transparentbilder vom Heiligen Land im Salon zu zeigen, in dem Mr. Whiteheads schönste Hortensien die Kamine zierten und Kaffee, Brote und Obstsalat von den mit Hauben und gestärkten Schürzen bekleideten Hausmädchen gereicht wurden. Die ganze Vorstellung gab das perfekte Bild eines eleganten, wohlhabenden Schulinstituts ab, in dem die beste Erziehung gesichert war. Trotzdem verließ die zierliche Mrs. Lawrence den Ort mit einer Migräne und unglaublich deprimiert. Ohne Erfolg wurden die älteren Schülerinnen in Begleitung einer Gouvernante mit dem Zug nach Bendigo zu einer Matinee von *The Mikado* geschickt. Sie kamen, wenn das überhaupt möglich war, in noch schlechterer Verfassung zurück; als die Mädchen ihre Plätze in der ersten Reihe einnahmen, hatten die anderen Besucher des Theaters sie angestarrt und getuschelt. Sie waren sich ihrerseits wie in einem Stück vorgekommen, die Schauspielerinnen von *Das Geheimnis des College,* und froh gewesen, danach wieder in den auf sie wartenden Wagen klettern zu können.

Sich des taktischen Fehlers bewußt, beschloß die Direktorin, härtere Saiten aufzuziehen, den stetig schwatzenden Bediensteten die Zügel anzulegen und dafür zu sorgen, daß die Vorschrift, sich nicht in Gruppen ohne Beisein einer Gouvernante zu unterhalten, durchgesetzt wurde. Von nun an bewegten sich die Zweierreihen der Mädchen in ihren Sommeruniformen und den häßlichen Strohhüten in verbittertem Schweigen wie weibliche Kettensträflinge auf der Straße nach Bendigo entlang.

Ostern kam näher und damit das Ende des Semesters. Die Sommerblumen verblühten, und eines Morgens erschienen goldene Tupfer in den Weiden, die den Bach hinter dem Haus säumten. Die Schönheit des Herbstes bedeutete der Direktorin nichts, für die ordentlich gepflegte Blumenbeete und ein ebensolcher Rasen Ausdruck von Würde waren. Makellosigkeit war das Gesetz, ein beständiger Glanz der Blüten, den die Vorbeikommenden von der Straße aus zwischen den Mauern bewundern konnten. Die Blätter, die von dem kleinen Baum vor dem Fenster ihres Arbeitszimmers herunterfielen, waren eine überflüssige Mahnung daran, daß die Zeit verging. Seit dem Tage des Picknicks war jetzt fast ein Monat vergangen. Mrs. Appleyard hatte vor kurzem ein paar Tage in Melbourne verbracht, hauptsächlich auf dem Polizeirevier in der Russel Street. Dort war ihr als erstes – seitdem beständiger Anlaß des Ärgers – ein Blatt ins Auge gefallen, das an dem Brett mit offiziellen Bekanntmachungen aufgehängt war: VERMISST. WAHRSCHEINLICH TOT, darüber eine genaue Beschreibung und drei sehr schlechte Bilder von Miranda, Marion und Greta McCraw. Sofort sprang ihr das Wort TOT fast unanständig von dem gedruckten Zettel ins Auge.

»Ja, möglich wäre es, aber höchst unwahrscheinlich«, erklärte der Inspektor, mit dem sie zwei Stunden in einem engen Raum zusammengepfercht saß, »daß die Mädchen entführt, weggelaufen oder geraubt worden sind – oder noch Schlimmeres.«

»Und was«, fragte die Direktorin mit zusammengepreßten Lippen und kaltem Angstschweiß trotz der unerträglichen Hitze in dem Raum, »könnte noch schlimmer sein, wenn ich fragen darf, als das?«

»Es könnte sein, daß sie in einem Bordell in Sydney auftauchen, was von Zeit zu Zeit bei Mädchen aus gutem Hause, die spurlos verschwinden, vorkommt. Nicht so häufig hier bei uns in Melbourne.«

Mrs. Appleyard schüttelte energisch den Kopf. »Die Mädchen waren außergewöhnlich intelligent und gut erzogen. Sie hätten sich nie mit einem Fremden abgegeben.«

»Was das betrifft«, meinte der Polizist kühl, »würden sich die meisten jungen Mädchen dagegen wehren, von einem betrunkenen Seemann vergewaltigt zu werden, wenn Sie daran denken.«

»Daran habe ich nicht gedacht. Meine Kenntnis von solchen Dingen ist gegebenermaßen beschränkt.«

Der Polizist trommelte mit seinen breiten, nikotingelben Fingern auf die Tischplatte. Die perfekten Damen waren wie Teufel. Er hätte darauf wetten können, daß sie schmutzige Gedanken hatte.

Laut aber sagte er: »Genau. Aber es ist eine unschöne

Angelegenheit. Wie dem auch sei, wir von der Polizei müssen in einem solchen Fall, bei dem es, seit wir davon erfahren haben, keinen einzigen Hinweis gibt, alles in Betracht ziehen. Es war der vierzehnte Februar, wenn ich mich richtig erinnere.«

»Genau, Sankt Valentinstag.«

Einen Moment lang fragte er sich, ob das alte Mädchen in Ohnmacht fallen würde. Ihr Gesicht zeigte unschöne rote Flecken. Er wollte nicht, daß sie ihm hier zusammenbrach, deshalb stand er auf und erklärte das unnütze Gespräch für beendet. Für Mrs. Appleyard, die hinaus in die drückende Hitze der Straße wankte, war das Gespräch wohl beendet, doch der Alptraum dauerte immer noch an und konnte auch nicht durch eine Schlaftablette oder ein, zwei Gläser Brandy in ihrem Hotel in der Stadt vertrieben werden.

Zurück im College, hatte sich die Serie von Rückschlägen und Katastrophen noch fortgesetzt. Während ihrer Abwesenheit war ein Vater erschienen und hatte mit einer einigermaßen einleuchtenden Ausrede seine Tochter stehenden Fußes mitgenommen. Ohne die Unterstützung von Greta McCraw, die in schwierigen Zeiten unerwartet durchtrieben, ja sogar praktisch sein konnte, hatte Mademoiselle darin versagt zu widersprechen, und Miß Lumley war gebeten worden, dafür zu sorgen, daß Muriels Sachen gepackt und die Kisten nach Melbourne geschickt würden. Noch schlimmer, die französische Gouvernante hatte Mrs. Appleyard ihre Kündigung – »aufgrund meiner für kurz nach Ostern bevorstehenden Heirat mit M. Louis Montpelier« – ausgehändigt, kurz nachdem die Direktorin ihren Hut in der Eingangshalle abgelegt hatte. Mrs. Appleyard erkannte eine echte Dame auf den ersten Blick, und Mademoiselle de Poitiers war ohne Zweifel ein Gewinn für das College gewesen, der nicht einfach zu ersetzen sein würde. Miß McCraws Stelle wurde von einer jungen, oberflächlichen, gerade diplomierten Frau mit hervorstehenden Zähnen und dem unglücklichen Namen Rammler eingenommen, die von den Zöglingen sofort abgelehnt wurde. Greta McCraw hatte, trotz ihres allgemeinen Herumbrüllens, nie eine Schülerin wegen eines Fehlers persönlich angeschrien.

Auf dem Schreibtisch von Mrs. Appleyard lag ein Stapel von Briefen, die sie, so müde sie auch war, noch vor dem Zubettgehen durchlesen mußte. Gott sei Dank, keiner mit einem Poststempel aus Queensland! Als erstes öffnete sie das Schreiben einer Mutter aus South Australia mit der Bitte, ihre Tochter sofort »aus dringenden familiären Gründen« mit dem Adelaide Express nach Hause zu schicken. Die Eltern des Mädchens waren wohlhabend und hochangesehene Bürger. Welchen unzutreffenden Gerüchten waren sie in ihrem schmucken Vorstadthaus aufgesessen? Pah! Sie nahm die Brandyflasche aus dem Schrank und hatte zwei weitere Briefe geöffnet, bis sie Mr. Leopolds Telegramm ganz unten im Stapel bemerkte. Es war vor ein paar Tagen von einem gottverlassenen Ort in Bengalen abgeschickt worden, der entschiedene Ton war so völlig anders als Mr. Leopolds sonstige feinsinnige Art. UNTER KEINEN UMSTÄNDEN WIRD MEINE TOCHTER IN DAS APPLEYARD COLLEGE ZURÜCKKEHREN. BRIEF FOLGT. Auf diese Art ihre reichste und am meisten bewunderte Schülerin zu verlieren bereitete der Direktorin körperliches Unwohlsein, ja, fast hätte sie sich übergeben müssen. Die Folgen dieser neuen Katastrophe waren gefährlich und nicht abzusehen. Vor nur ein paar Wochen hatte die Direktorin zur Frau des Bischofs gesagt: »Irma Leopold ist so ein nettes Mädchen. Eine halbe Million schwer, wenn sie einundzwanzig wird, wie ich gehört habe. Ihre Mutter war eine Rothschild, verstehen Sie?« Zwei enorm hohe Rechnungen vom Metzger und vom Lebensmittelhändler komplettierten die Straße des Leidens für diesen Tag.

Obwohl es schon spät war, nahm sie sich das Hauptbuch des College vor. Bei einer Reihe von Zöglingen stand das Schulgeld noch aus. Obgleich ihr der gesunde Menschenverstand sagte, daß unter diesen Umständen eine prompte Vorauszahlung des Schulgeldes für das nächste Semester von den Eltern von Miranda und Marion Quades gesetzlichem Vertreter nicht zu erwarten war, so hatte sie doch mit dem Scheck der Leopolds gerechnet, der eine Vielzahl von Sonderzahlungen beinhaltete, wie Tanzunterricht, Zeichenunterricht und die monatlichen Besuche einer Matinee in Melbourne, was einen guten Gewinn für das College bedeutete. Auf der genau unter die Lupe genommenen Seite stach ein weiterer Name heraus: Sara Waybourne. Saras seltsamer Vormund hatte es seit einigen Monaten versäumt, sich in ihrem Arbeitszimmer einzufinden und in seiner üblichen Art den Betrag aus seiner Brieftasche zu ziehen und bar zu bezahlen. Zu diesem Zeitpunkt war für Saras Extras ein ganzes Semester lang nicht bezahlt worden. Es gab für Mr. Cosgroves Säumigkeit, der immer teuer angezogen war und im Arbeitszimmer den Geruch von Eau de Cologne und Saffianleder hinterließ, keine Entschuldigung.

In diesen Tagen reichte schon der Anblick von Sara, wie sie im Garten über einem Buch lümmelte, um eine befremdende Rötung am Hals der Direktorin, der von einem steifen Spitzenkragen umrahmt wurde, hervorzurufen. Das schmale, spitze Gesicht Saras war irgendwie ein Symbol für die namenlose Krankheit, an der ein jeder hier im College in unterschiedlicher Schwere litt. Wenn es ein schwaches, rundliches Kindergesicht gewesen wäre, dann hätte es vielleicht Mitleid hervorgerufen anstatt eines Gefühls des Grolls, daß jemand, so klein und schwächlich, mit einer solch verborgenen Kraft ausgestattet war, mit einem Willen, der so stark wie ihr eigener war. Manchmal, wenn sie Saras geneigten Kopf im Klassenraum sah, in den die Direktorin ab und zu von ihrem Olymp hinabstieg, um eine Religionsstunde zu halten, verschlug ihr der bittere Geschmack einer unbeschreiblichen Abneigung kurz die Sprache. Doch nach außen hin war das arme Kind stets fügsam gewesen, höflich und fleißig; es war nur der verborgene Schmerz, der in den unglaublich großen Augen lag. Es war schon lange nach Mitternacht. Mrs. Appleyard stand auf, legte das Hauptbuch in die Schublade zurück und stieg mit schweren Schritten die Treppe hinauf.

Als Sara Waybourne am folgenden Morgen ihre Zeichensachen für Mrs. Valanges Kunstunterricht zusammenpackte, wurde sie zur Direktorin bestellt.

»Ich habe dich in einer ernsten Angelegenheit rufen lassen, Sara. Ich muß dir etwas mitteilen. Steh gerade und höre genau zu, was ich sage.«

»Ja, Mrs. Appleyard.«

»Ich weiß nicht, ob dir bekannt ist, daß dein Vormund seit einigen Monaten versäumt hat, dein Schulgeld zu bezahlen. Ich habe an seine übliche Adresse geschrieben, aber alle Briefe kamen von der Post als nicht zustellbar zurück.«

»So«, meinte das Kind, ohne daß sich sein Ausdruck änderte.

»Wann hast du zuletzt einen Brief von Mr. Cosgrove erhalten? Denk genau nach.«

»Ich erinnere mich genau. An Weihnachten, als er fragte, ob ich über die Ferien in der Schule bleiben könne.«

»Ich erinnere mich. Das war sehr ungünstig.«

»War es das? Ich frage mich, warum er so lange nicht geschrieben hat. Ich möchte ein paar Bücher und noch einige Zeichenstifte.«

»Zeichenstifte? Da fällt mir ein, da du mir in dieser unerfreulichen Angelegenheit nicht weiterhelfen kannst, daß ich Mrs. Valange anweisen muß, dich von heute an vom Zeichenunterricht auszuschließen. Bitte, denke daran, daß alles Zeichenmaterial in deinem Schrank Eigentum des Colleges ist und Miß Lumley ausgehändigt werden muß. Ist das da ein Loch in deinem

Strumpf? Es wäre besser, du würdest stopfen lernen, als mit Büchern und Buntstiften herumzuspielen.«

Sara hatte gerade die Tür erreicht, als sie zurückgerufen wurde. »Ich will noch erwähnen, daß ich, wenn ich bis Ostern nichts von deinem Vormund gehört habe, andere Verfügungen bezüglich deiner Erziehung treffen muß.«

Zum ersten Mal nahmen die großen Augen einen anderen Ausdruck an. »Welche Verfügungen?«

»Das wird entschieden werden. Es gibt andere Institutionen.«

»Nein. Nicht. Nicht das. Nicht wieder.«

»Man muß lernen, den Tatsachen ins Auge zu sehen, Sara. Du bist schließlich schon dreizehn Jahre alt. Du darfst jetzt gehen.«

Während diese Unterhaltung im Arbeitszimmer stattfand, wurde die aus Melbourne kommende externe Zeichenlehrerin, Mrs. Valange, von dem hilfsbereiten Tom in den Dogcart gesetzt, der vor dem Bahnhof von Woodend wartete. Die kleine Dame, die von dem Gewicht ihres Zeichenblocks, dem Schirm und einer voluminösen Reisetasche nach unten gezogen wurde, hing an Tom wie eine Schiffbrüchige. Der Inhalt der Reisetasche war stets derselbe, für die älteren Schülerinnen eine Gipsbüste von Cicero, die in einen Flanellmorgenrock gewickelt war, falls sein Zinken von einer Nase in dem holpernden Melbourner Zug irgendwo anstieß, ein Gipsfuß für die jüngeren, eine Rolle Zeichenpapier und für sich selbst ein paar einfache Slipper mit wollenen Quasten sowie eine Taschenflasche Cognac. (Der Geschmack von französischem Cognac wäre das einzige gewesen, worin, wäre es jemals zu einem Gespräch zwischen Mrs. Valange und Mrs. Appleyard gekommen, sie gleicher Meinung gewesen wären.)

»Nun denn, Tom«, begann die redselige und stets gutmütige Zeichenlehrerin, als sie auf die Straße in den Schatten der Eukalyptusbäume einbogen, »wie geht es Ihrer Liebsten?«

»Um die Wahrheit zu sagen, Madame, ich und Minnie werden es an Ostern der Madame mitteilen. Uns macht es hier keinen Spaß mehr, wenn Sie wissen, was ich meine.«

»Ich weiß es, Tom, und es tut mir leid, so etwas zu hören. Sie glauben gar nicht, was für schreckliche Sachen sich die Leute in der Stadt erzählen, obwohl ich allen sage, sie sollen die Angelegenheit begraben.«

»Sie haben ganz recht, Madame«, stimmte Tom zu. »Aber wie dem auch sei, Minnie und ich werden bis zu unserem Tod an Miranda und die anderen armen Wesen denken.«

Als der Dogcart durch das Gatter des Colleges fuhr, sah seine Passagierin ihre Lieblingsschülerin, Sara Waybourne, auf dem Rasen vor dem Haus stehen und winkte heftig mit ihrem Schirm.

»Guten Morgen, Sara. Nein, danke, Tom, ich trage meine Tasche lieber selbst. Komm her, Kind. Ich habe dir eine neue, wunderbare Schachtel mit Buntstiften aus Melbourne mitgebracht. Leider ziemlich teuer, aber es geht von deinem Schulgeld ab. Du siehst heute aber ziemlich traurig aus.«

Mrs. Valanges Reaktion auf Saras niederschmetternde Neuigkeit war typisch. »Kein weiterer Zeichenunterricht? Unsinn! Ich mache mir über dein Schulgeld nicht die geringsten Sorgen, zumal du die einzige mit einer Spur von Talent bist. Ich werde direkt zu Mrs. Appleyard gehen und ihr das sagen. Wir haben noch zehn Minuten, bis der Unterricht beginnt.«

Es ist unnötig, das Gespräch, das nun hinter der geschlossenen Tür des Arbeitszimmers stattfand, im einzelnen wiederzugeben. Zum ersten und letzten Mal standen sich die beiden Damen mit offenem Visier gegenüber. Nach dem Austausch von ein paar Höflichkeiten auf beiden Seiten begann die Auseinandersetzung. Die kleine, warmherzige Mrs. Valange brachte, gefährlich mit ihrem Schirm herumfuchtelnd, bittere

Anklagen vor. Mrs. Appleyard, aus ihrer üblichen Reserviertheit herausgerissen, schien noch zu wachsen, und ihr Gesicht lief dunkelrot an. Am Ende wurde die Tür zum Arbeitszimmer zugeschlagen, und die Zeichenlehrerin, moralische Siegerin, doch unterlegen aufgrund geschäftlicher Notwendigkeiten, stand schwer atmend in der Halle. Tom wurde gerufen, und Mrs. Valange, die ihren Schirm und die Tasche umklammerte, in der sich die Cicerobüste, immer noch in den Morgenmantel gewickelt, befand, wurde wieder in den Dogcart gesetzt und ein letztes Mal zum Bahnhof gefahren.

Nach einer kurzen und unüblichen Phase des Schweigens, in der die Lehrerin mit einem Stift auf einem Stück Papier herumkritzelte, wurden Tom eine halbe Krone und ein an Sara Waybourne adressierter Umschlag übergeben mit der Anweisung, diesen, ohne daß Mrs. Appleyard es bemerke, dem Mädchen auszuhändigen. Tom hatte Mrs. Valange genauso wie Sara in sein Herz geschlossen und nahm sich fest vor, den Umschlag am nächsten Morgen, wenn sich die Zöglinge nach dem Frühstück eine halbe Stunde im Garten aufhalten würden, zu übergeben. Doch wurde er an diesem Tag unerwartet mit einem Auftrag der Direktorin weggeschickt, und so geriet der Brief in Vergessenheit.

Wochen später, als der Brief zerknüllt in der Ecke einer Schublade wiedergefunden wurde und Minnie ihn bei Kerzenschein vorlas, hielt der Inhalt die beiden noch die ganze Nacht wach. Obwohl Minnie es sehr zurückhaltend ansprach, wo lag der Nutzen, sich jetzt noch Vorwürfe zu machen? Es war wohl kaum Toms Fehler gewesen, daß unter den besonderen Umständen der Brief seine Empfängerin nie erreichte.

Liebes Kind, hatte die Lehrerin geschrieben,
Mrs. A. hat mir alles gesagt. Was für ein Geschrei um nichts! Ich möchte Dir mitteilen, daß Du zu mir kommen und, solange Du willst, bei mir in meinem

Haus in East Melbourne leben kannst – die Adresse liegt bei –, wenn Dein Vormund sich nicht bis Karfreitag gemeldet hat. Teile es mir einfach mit, und ich werde Dich vom Zug abholen. Mach Dir keine Sorgen um den Zeichenunterricht, und male jede freie Minute, die Du hast, genau wie Leonardo da Vinci.

In Liebe. Deine Freundin Henrietta Valange.

Mrs. Valanges dramatischer Abgang aus dem College hatte die Spannungen und die schlechte Atmosphäre der letzten Tage noch verstärkt. Trotz der niederdrückenden Schweigevorschriften und des Verbots, sich in Zweier- oder Dreiergruppen ohne Beisein einer Gouvernante zu unterhalten, war noch vor Einbruch der Dunkelheit die Neuigkeit auf Zetteln und anderen zur Nachrichtenübermittlung geeigneten Dingen herumgegangen, daß es im Arbeitszimmer zu einer Szene gekommen wäre und daß das Mädchen Sara irgendwie damit zu tun hatte. Sara hüllte sich wie üblich in Schweigen.

»Kriecht herum wie eine Auster«, stellte Edith, die in Naturkunde noch nie besonders gut war, fest.

»Wenn wir keinen hübschen jungen Zeichenlehrer bekommen«, meinte Blanche, »dann gebe ich den Kunstunterricht auf. Ich habe die bunte Kreide unter meinen Fingernägeln satt.«

»Habt ihr nicht die Glocke zum Umziehen gehört, Mädchen?« fuhr Dora Lumley dazwischen. »Geht sofort nach oben, und jede von euch erhält einen Eintrag wegen Sprechens in der Halle.«

Ein paar Minuten später, Miß Lumley streifte immer noch durch das Gebäude, stieß sie auf Sara Waybourne, die hinter der kleinen Tür hockte, die zu der Wendeltreppe den Turm hinauf führte. Die Gouvernante überlegte sich, ob Sara wohl geweint hätte, aber es war zu dunkel, um ihr Gesicht genau erkennen zu können. Als sie in den Aufgang unter das Licht der Hängelampe hinaustraten, bemerkte sie, daß das Kind wie ein halbverhungertes, herumstreunendes Kätzchen aussah.

»Was ist los, Sara? Bist du krank?«

»Mir geht es gut. Bitte, lassen Sie mich allein.«

»Menschen sitzen nicht kurz vor dem Abendessen auf kalten Steinen herum, außer sie sind nicht ganz richtig im Kopf«, erklärte Miß Lumley.

»Ich will kein Abendessen. Ich brauche nichts.«

»Dann kannst du dich glücklich schätzen«, meinte die Gouvernante naserümpfend. »Ich wünschte, ich könnte das gleiche von mir behaupten.« Und dachte: Dieses arme, geplagte Kind. Dieses schreckliche Haus ... und beschloß, noch in dieser Nacht ihrem Bruder zu schreiben, daß er sich nach einer Stellung für sie umsehen solle. »Kein Internat. Ich sage dir, Reg, das halte ich nicht noch einmal aus.«

Das war alles, was sie tun konnte, um nicht loszuschreien, als die Glocke zum Abendessen durch die leeren Räume von unten heraufklang. Die Mäuse, die sich in dem großen Salon herumtrieben, hatten es auch gehört und huschten unter die mit Tüchern abgedeckten Sessel und Sofas.

»Hast du die Glocke gehört, Sara? Mit den Spinnweben überall an dir kannst du nicht nach unten gehen. Wenn du nicht hungrig bist, dann geh besser zu Bett.«

Es war derselbe Raum, den Sara früher mit Miranda geteilt hatte. Es war das begehrteste Zimmer im gesamten Gebäude, mit großen Fenstern, aus denen man über den Garten blickte, und Vorhängen mit Rosenmuster. Mirandas schöne, flauschige Kleider hingen immer noch ordentlich nebeneinander in dem Zedernholzschrank, dem Sara beständig mit ihren Blicken auswich. Mirandas Tennisschläger lehnte immer noch an der Wand, wo ihn seine Besitzerin hingestellt hatte, nachdem sie nach einem Spiel mit Marion an einem Sommerabend erhitzt und glücklich die Stufen heraufgestürmt war. Die wertvolle Fotografie von Miranda in einem ovalen silbernen

Rahmen auf dem Kaminsims, die Schublade der Kommode, die immer noch mit Mirandas Valentinsgaben vollgestopft war, der Toilettentisch, auf den Sara immer Mirandas kleine Vase mit einer Blume gestellt hatte. Oft hatte sie wach gelegen, aber den Anschein erweckt zu schlafen und Miranda beobachtet, wie sie beim Schein einer Kerze ihr glänzendes Haar bürstete.

»Sara, du kleines Kätzchen, bist du noch wach?« fragte dann Miranda und lächelte in die dunkle Fläche des Spiegels hinein. Manchmal sang Miranda mit einer besonderen Stimme, die nur Sara zu hören bekam, seltsame kleine Lieder über ihre Familie, ihr Lieblingspferd und den Kakadu ihres Bruders. »Eines Tages, Sara, wirst du mit mir nach Hause kommen, auf unsere Farm, und wirst meine nette, lustige Familie selbst kennenlernen. Würde dir das gefallen, Kätzchen?«

O Miranda, liebe Miranda, wo bist du nur?

Schließlich brach die Nacht über das stille, schlaflose Haus herein. Im Südflügel flüsterten Tom und Minnie eng umschlungen Liebesschwüre ohne Ende. Mrs. Appleyard war umrahmt von Lockenwicklern. Dora Lumley lutschte Pfefferminzbonbons und verfaßte in ihrem fiebernden Kopf endlose Briefe an ihren Bruder. Die beiden Schwestern aus Neuseeland waren zueinander ins Bett gekrochen, um nicht allein zu sein, und lagen jetzt Seite an Seite in Erwartung eines schrecklichen Erdbebens. Im Zimmer der Mademoiselle brannte immer noch Licht, und auch eine gehörige Dosis von Racine, gelesen im Licht einer einsamen Kerze, hatte seine Wirkung als Schlafmittel verfehlt. Das Kind Sara war ebenfalls noch wach und starrte in die bedrohliche Dunkelheit.

Jetzt war die Zeit, da die Opossums herauskamen und über die mondbeschienenen Schindeln des Daches spazierten. Mit Quietschen und Grunzen hetzten sie um das quadratische Fundament des Turms, wobei sich ihre Körper dunkel gegen den heller werdenden Himmel abzeichneten.

Zehntes Kapitel

Der Leser, der bis jetzt einen guten Überblick über die Ereignisse seit dem Picknick erhalten hat, wird festgestellt haben, daß verschiedene Personen, die zum weiteren Kreis der Betroffenen gehören, von einem sich ausbreitenden Geflecht erfaßt wurden; als da wären: Mrs. Valange, Reg Lumley, Monsieur Louis Montpelier, Minnie und Tom, deren aller Leben schon durcheinandergebracht wurden, manchmal sogar auf gewaltsame Art. Genauso erging es einer Reihe von viel geringeren Lebewesen, Spinnen, Mäusen und Käfern, deren hastige Fluchten, ihr Verkriechen in Höhlen und ihr erschrockenes Davonstieben durchaus damit vergleichbar sind, wenn auch auf einer weit weniger beeindruckenden Ebene. Dieses Geflecht war aus dem Blauen heraus, ausgehend vom Appleyard College am Morgen des Valentinstags, an dem die ersten Sonnenstrahlen die Dahlien zum Glühen brachten und die unschuldigen Bewohner schon frühmorgens mit dem Austausch von Karten und Geschenken begonnen hatten, entstanden. Auch jetzt, am Freitag, dem dreizehnten März, breitete es sich immer noch aus, erfaßte noch mehr Personen und bestimmte deren Schicksal. Ein Ende war immer noch nicht abzusehen. In den nicht so vornehmen Bereichen von Mount Macedon sprach man darüber genauso wie in den noblen Gegenden am Berghang, wo die Bewohner von Lake View ungeachtet des ihnen durch Zufall zugeteilten Platzes, im allgemeinen Geflecht von Freude und Leid, Licht und Schatten, unbewußt ihren eigenen Lebensfaden in das ganze Gespinst mit hineinwoben.

Zu diesem Zeitpunkt machte die Genesung der beiden Verletzten große Fortschritte. Mike frühstückte schon wieder Eier mit Speck, und Irma wurde von Doktor McKenzie für gesund genug befunden, um einige vorsichtige Fragen von Constable Bumpher über sich ergehen zu lassen, dem man aber schon gesagt hatte, daß sich das Mädchen bis jetzt an nichts, was auf dem Hanging Rock passiert war, erinnern konnte, noch würde sie es *jemals können*, wie Doktor McKenzie und zwei hervorragende Spezialisten aus Sydney und Melbourne übereinstimmend meinten. Ein Bereich des komplizierten Mechanismus, den das menschliche Gehirn darstellt, schien unwiderruflich beschädigt.

»Nehmen Sie zum Beispiel eine Uhr«, erklärte der Arzt. »Diese Uhr bleibt unter bestimmten ungewöhnlichen Umständen stehen und weigert sich, jemals wieder über diesen bestimmten Punkt hinaus zu gehen. Ich hatte mal so eine bei mir zu Hause. Ging niemals über drei Uhr nachmittags hinaus.«

Bumpher aber war entschlossen, in Lake View vorzusprechen und, um mit seinen eigenen Worten zu sprechen, »einen Versuch zu wagen«.

Die Befragung hatte um zehn Uhr morgens begonnen. Der Polizist saß, glattrasiert, seinen Stift und das Notizbuch bereit, auf einem Stuhl neben dem Bett. Als es Mittag war, lehnte er sich bei einer Tasse Tee zurück und drückte seine Dankbarkeit für zwei nutzlose Stunden aus, die gar nichts gebracht hatten. Zumindest nichts Greifbares, obwohl er es angenehm empfand, ab und zu traurig von dem so jungen und schönen Mädchen angelächelt zu werden.

»Nun, ich gehe jetzt, Miß Leopold, und wenn Ihnen doch noch etwas einfallen sollte, dann schicken Sie mir eine Nachricht, und ich werde in Nullkommanichts hier sein.« Er erhob sich, schob das Gummiband mit nur halboffiziellem Unwillen wieder um die leeren Seiten seines Notizbuchs, bestieg sein großes, graues Pferd und trabte langsam die Auffahrt hinunter in Richtung seines Mittagessens, bei dem nicht einmal der heißgeliebte Pflaumenkuchen seine schlechte Stimmung verbessern konnte.

Am folgenden Samstagnachmittag berichtete die Gerüchteküche in Macedon von der Ankunft eines weiteren Besuchers auf Lake View. Eine wunderschöne Dame, in lila Seide gekleidet, die in einem Zweispänner saß, der von einem ausländischen Herrn mit schwarzem Schnurrbart gefahren wurde, und die in Manassas Laden nach dem Weg gefragt hätten. Jedem im Ort war bekannt, daß sich Mrs. Cutler um die Heldin des Collegegeheimnisses kümmerte, die am Hanging Rock von Colonel Fitzhuberts hübschem englischen Neffen gerettet worden war. Die letzten Entwicklungen in dieser Sache waren dazu angetan, den ganzen Bereich von Upper Macedon erneut in eine Gerüchteküche zu verwandeln. Das Gerücht ging um, daß der Neffe sich bei einem Sturz aus zwanzig Metern Höhe alle Zähne ausgeschlagen hätte, daß er unsterblich in das Mädchen verliebt sei, daß die liebliche Erbin aus Melbourne zwei Dutzend Chiffonnachthemden geordert hatte und in ihrem Bett eine dreisträhnige Perlenkette trug.

Tatsache war, daß die teuren Saffianlederkoffer der Erbin immer noch ungeöffnet in Mrs. Cutlers Vorraum standen. Und wer, außer la petite, so dachte sich Mademoiselle gerührt, konnte so schick in einem verwaschenen japanischen Kimono aussehen? Die Jalousien waren geschlossen, und das grüne Licht, das aus dem Garten in Streifen auf die weißgetünchten Wände des kahlen Zimmers und das große Bett mit der Patchworkdecke fiel, ließ den Raum wie eine Unterwassergrotte erscheinen. Die zarte Sommerluft umschmeichelte und heilte wie Wasser. Mademoiselle und Irma vergossen ein paar

Tränen zusammen, umarmten sich lange und zärtlich und ließen sich nach einer ersten leidenschaftlichen Begrüßung in der Stille des gemeinsam geteilten Schmerzes treiben. Es gab so viel zu sagen, so wenig, was sie sagen konnten oder würden. Der Schatten des Felsens legte eine fast körperlich zu spürende Klammer um ihre Herzen. Die Sache lag jenseits von Worten, ja, fast jenseits von Gefühlen. Mademoiselle war die erste, die in die gelassene Wirklichkeit des Sommernachmittags zurückfand, die Jalousien wieder öffnete und das friedliche Bild des Gartens dahinter hereinließ. In der Ulme vor dem Fenster gurrten die Tauben.

»Laß dich anschauen, Chérie.« Das bleiche kleine Gesicht, umgeben von den Locken, die lose von einem roten Band zusammengehalten wurden, war fast so weiß wie Mrs. Cutlers Bettwäsche. »Viel zu bleich, aber so schön. Erinnerst du dich noch, wie ich dich ausgeschimpft habe, als du dir deine Lippen mit Geranienblättern eingerieben hast? Hör zu! Ich habe eine wunderbare Neuigkeit für dich!«

An Diannes ausgestreckter Hand glitzerte ein alter französischer Ring und schickte Strahlen in allen Regenbogenfarben über die Bettdecke. Auf Irmas Gesicht erschienen tiefe Grübchen.

»Liebste Mademoiselle! Ich bin so froh! Ihr Louis ist ein wunderbarer Mann!«

»Tiens! Du hast es also schon geahnt, mein Geheimnis?«

»Ich habe es nicht geahnt, liebe Dianne, ich wußte es. Miranda pflegte zu sagen, meine Ahnungen habe ich im Kopf, und mit meinem Herzen weiß ich es.«

»Ah, Miranda«, seufzte die Gouvernante. »Erst achtzehn Jahre alt und schon so weise.«

Sie verfielen wieder in Schweigen, als Miranda mit ihren glänzenden Haaren über den Rasen auf sie zuschwebte. Mrs. Cutler, die die elegante französische Dame sofort in ihr Herz geschlossen hatte, erschien jetzt mit einem Tablett, auf dem sich Erdbeeren mit Schlagsahne befanden.

»Die liebe Mrs. Cutler! Was hätte ich nur ohne sie gemacht? Und die Fitzhuberts, wie nett alle sind!«

»Und der hübsche Neffe?« wollte die Mademoiselle wissen. »Ist er auch nett? Eine angenehme Erscheinung, wie ich an einem Bild in der Zeitung feststellen konnte.«

Irma konnte nichts über den Neffen sagen, da ihr mitgeteilt worden war, er wäre immer noch zu schwach, um sein Zimmer zu verlassen. »Sie vergessen, Dianne, ich habe Michael Fitzhubert nur einmal aus der Entfernung am Tag des Picknicks gesehen.«

»Eine Frau kann alles Wichtige aus den Augenwinkeln heraus erkennen«, belehrte sie Mademoiselle. »Tiens! Als ich zum ersten Mal den Hinterkopf meines Louis sah, sagte ich mir ›Dianne, das ist der Mann für dich‹.«

Als sich dies ereignete, lag Michael in einem Liegestuhl auf dem Rasen und hatte die Reisedecke seiner Tante um seine langen Beine geschlungen. Jenseits der abfallenden Rasenfläche lag der See, bedeckt mit den geöffneten Blüten der Seerosen, wie geschmolzenes Blei und reflektierte die Nachmittagssonne. Von dort drangen die Rufe und das Stöhnen von Albert und Mr. Cutler herüber, die ein Boot auf der Suche nach verwachsenem Seegras durch die Seerosen steuerten. An dem hellen, blauen Himmel, den Michael immer mit seinem Sommer in Macedon in Verbindung bringen würde, segelten kleine, flauschige Wölkchen über die dunklen Spitzen der Pinienpflanzungen auf dem Bergrücken. Zum ersten Mal seit seiner Krankheit wurde ihm ein Hauch der Schönheit in seiner Umgebung bewußt.

»Ach, da bist du, Michael! Endlich an der frischen Luft!« meinte Mrs. Fitzhubert, als sie, mit einem Sonnenschirm, einem Kissen und ihrem Handarbeitskorb beladen, auf der Veranda erschien. »Morgen bekommst du Besuch, der dich aufheitern wird. Du erinnerst dich an Miß Angela Sprack vom Landsitz des Gouverneurs?«

Ihr Neffe zeigte keine Begeisterung bei der Aussicht auf ein Tête-à-tête mit der jungen Miß Sprack, von der er nichts anderes in Erinnerung hatte als ihre kegelförmigen Beine und das rosaweiße Gesicht, das ihn an ein einfältig lächelndes Porträt von Reynolds im Speisesaal von Haddingham Hall erinnerte.

»Ich weiß nicht, warum du der armen Angela so ablehnend gegenüberstehst.«

»Es ist nicht meine Absicht, ablehnend zu sein. Es liegt ganz an mir, daß ich, wie soll ich es sagen, sie zu englisch finde.«

»Was soll dieser Unsinn mit zu englisch sein?« fragte der Colonel, der mit den Spaniels aus den Büschen heraustrat. »Wie kann, in Gottes Namen, jemand zu englisch sein?«

Mike seinerseits war es unangenehm, das Gespräch auf dieser internationalen Ebene weiterzuführen. Der Besuch vom Landsitz des Gouverneurs am nächsten Nachmittag mußte irgendwie durchgestanden werden. Die junge Sprack war genau das, was Mike erwartet hatte, die Art von Mädchen, bei der seine Mutter ihn anflehte, doch auf dem Ball des Country Clubs zu tanzen.

»Verdammt, Angie«, beschwerte sich der Major, als sie die Straße in dem Vice-Regal Dogcart entlangfuhren, »du bist ein typischer Holzkopf. Ist dir nicht klar, daß dieser junge Mann eine der besten Partien in ganz England ist? Eine berühmte, alte Familie. Ein Titel und jede Menge Geld.«

»Was soll ich denn machen, wenn er nicht an mir interessiert ist?« schluchzte das arme Mädchen. »Du hast doch selbst gesehen, was heute nachmittag los war. Ich bin sicher, daß er mich nicht leiden kann, und damit hat sich's.«

»Du dumme Gans! Hast du kein bißchen Verstand? Ohne Zweifel wird die kleine Schönheit in dem Gärtnerhaus von Lake View einen Annäherungsversuch bei dem

Ehrenwerten Michael unternehmen, ob reiche Erbin oder nicht.«

Gleich nachdem Michael dienstbeflissen diesen gräßlichen Beinen in den Dogcart geholfen hatte, hatte er beschlossen, vor dem Abendessen noch einen Spaziergang zum See zu machen. Die Spracks, wie alle langweiligen Gäste, waren viel zu lange geblieben, der Himmel war schon mit Abendwolken bedeckt, und der See lag kühl und schön in dem schwächer werdenden Licht. Er hatte dem abfahrenden Dogcart gerade seinen Rücken zugekehrt und ging, noch ziemlich unsicher auf den Beinen, über den Rasen, als sein Ohr das Geräusch eines Platschens vom See her vernahm, wo ein Mädchen in einem weißen Kleid neben einer großen Muschel, die als Vogelbad diente, unter einer Eiche stand. Ihr Gesicht war abgewandt, aber er erkannte sie sofort an ihrer Kopfhaltung und begann in fast panischer Angst, sie wäre verschwunden, bevor er sie erreicht hätte, so wie es immer wieder in seinen Träumen der Fall war, auf sie zuzulaufen. Er konnte schon fast ihre Musselinröcke berühren, als diese sich in die leicht zitternden Flügel eines weißen Schwans verwandelten, auf denen die Wassertropfen glitzerten. Als Mike direkt daneben auf den Boden sank, schwang sich der Schwan fast senkrecht aus der Muschel nach oben, versprühte dabei einen Regenbogen von Wassertropfen und verschwand über den Weiden auf der anderen Seite des Sees.

Mike fühlte sich mit jedem Tag besser und sicherer auf den Beinen.

»Ich denke«, sagte seine Tante, »daß Michael nun endlich einen Höflichkeitsbesuch bei Miß Leopold machen sollte. Schließlich hast du ihr das Leben gerettet, Michael. Das ist einfach eine Frage der guten Erziehung.«

»Sie ist dazu ein ausnehmend hübsches Mädchen«, bemerkte der Colonel. »In deinem Alter, mein Junge, hätte ich schon lange mit einer Flasche Schampus und einem Blumenstrauß vor ihrer Tür gestanden!«

Mike wußte, daß sie recht damit hatten. Der Besuch konnte nicht länger warten, und Albert wurde mit einer dementsprechenden Mitteilung zum Gärtnerhaus geschickt, in der der folgende Nachmittag für einen Besuch vorgeschlagen wurde. Auf Mrs. Cutlers schönstem rosa Briefpapier antwortete Miß Leopold in klarer, großer Schrift, daß sie erfreut sei, Michael zu empfangen, und hoffe, daß er mit ihr Tee trinken würde.

Es ist eine Sache, über Nacht eine gelassene und nüchterne Entscheidung zu treffen, eine andere ist es, sie am nächsten Tag umzusetzen. Mit schleppenden Schritten näherte sich Michael dem Haus. Worüber, zum Teufel, sollte er sich mit dem fremdem Mädchen unterhalten? Mrs. Cutler stand strahlend auf der vorderen Veranda.

»Ich habe Miß Irma in den Garten geschickt, damit das arme Kind etwas frische Luft bekommt.«

In einer kleinen, aus Holzgittern errichteten Laube stand ein Teetisch mit einer weißen Tischdecke und ein Liegestuhl mit einem herzförmigen roten Samtkissen für den Besucher bereit. Das arme Kind saß da, eingehüllt in Musselin, Spitzen und rote Schleifen unter einem Dach von roten Heckenrosen, die den jungen Mann irgendwie an den Valentinsgruß seiner Schwester erinnerten.

Obwohl man Mike oft genug gesagt hatte, daß Irma Leopold eine »hinreißende Schönheit« sei, war er doch nicht auf die atemberaubende Wirklichkeit vorbereitet, als sie ihm ihr ernstes Gesicht zuwandte. Sie erschien jünger, als er erwartet hatte, fast noch ein Kind, bis sie ihn anlächelte und ihm mit einfacher, erwachsener Grazie ihre Hand reichte, an deren Gelenk ein atemberaubendes Smaragdarmband glitzerte.

»Es ist sehr nett von Ihnen, daß Sie mich besuchen. Ich hoffe, es macht Ihnen nichts aus, den Tee hier draußen im Garten zu nehmen? Mögen Sie Madeleines, die echten französischen? Ich finde sie himmlisch.

Liegestühle brechen normalerweise immer zusammen, aber Mrs. Cutler meinte, dieser wäre in Ordnung.«

Darüber erfreut, nicht den aktiven Part in der Unterhaltung übernehmen zu müssen, denn seine Erfahrung mit hinreißenden Schönheiten war außerordentlich gering, setzte sich Mike in den durchhängenden Liegestuhl und antwortete wahrheitsgemäß, daß ihm nichts lieber wäre, als den Tee im Garten einzunehmen. Es erinnerte ihn an zu Hause. Irma lächelte erneut, und jetzt zeigten sich ihre Grübchen, die schon bald international berühmt werden sollten.

»Mein Vater ist ein lieber Kerl, aber er weigert sich, im Freien zu essen. Er nennt diese Sitte barbarisch.«

»Meiner auch«, grinste Michael sie an, brachte sich in eine angenehmere Lage und nahm sich ungefragt eine weitere Madeleine. »Meine Schwester liebt alles, was nur nach einem Picknick aussieht. Mein Gott, was bin ich nur für ein taktloser Idiot. Das letzte, worüber ich reden wollte, war ein Picknick. Entschuldigung, jetzt habe ich es schon wieder erwähnt.«

»Bitte, machen Sie kein so unglückliches Gesicht. Ob wir nun davon reden oder nicht, diese schreckliche Sache wird immer in meinem Gedächtnis bleiben, immer und ewig.«

»So geht's mir auch«, erklärte Mike sehr leise, und der dunkel schimmernde Hanging Rock in all seiner Schönheit schob sich zwischen sie.

»Ich bin froh, wirklich«, meinte Irma schließlich, »daß Sie gerade jetzt das Picknick angesprochen haben. Das macht es mir leichter, mich bei Ihnen für das zu bedanken, was Sie auf dem Felsen getan haben.«

»Das war doch nichts, überhaupt nichts«, murmelte der junge Mann in Richtung seiner makellosen englischen Stiefel. »Außerdem war es eigentlich mein Freund Albert, wissen Sie.«

»Aber Michael, wie sollte ich. Dr. McKenzie läßt mich keinen Blick in die Zeitung werfen. Wer ist dieser Albert?«

Michael kam zu einer Beschreibung der Rettung auf dem Felsen, in der Albert als der Held und Initiator der ganzen Sache dastand, und endete: »Er ist der Pferdeknecht meines Onkels. Ein wunderbarer Kumpel.«

»Wann kann ich ihn sprechen? Er muß mich ja für ein undankbares Ungeheuer halten.«

»Nicht Albert«, lachte Michael. Albert war so tapfer, so beschlagen, so bescheiden. »Nun, Sie müssen ihn kennenlernen.«

Irma ihrerseits gewahrte wenig mehr als das Gesicht ihres Gegenübers, das bei den liebevollen Lobeshymnen auf seinen Freund errötete. Sie war schon etwas gelangweilt von dem unbekannten Albert, als Mrs. Cutler mit einem Tablett aus dem Haus kam und sich die Unterhaltung dem Schokoladenkuchen zuwandte.

»Als ich sechs Jahre alt war«, erzählte Michael, »habe ich den ganzen Geburtstagskuchen meiner Schwester auf einen Sitz aufgegessen.«

»Haben Sie das gehört, Mrs. Cutler? Sie geben mir besser ein Stück, bevor Mr. Michael den ganzen Kuchen hinunterschlingt.«

Ein Grund zum Lachen, das war es, was die beiden armen jungen Menschen brauchten.

Sobald er vom Abendessen seiner Tante verschwinden konnte, ging Michael mit einer Petroleumlampe und zwei kalten Flaschen Bier zu den Ställen. Der Pferdeknecht lag nackt auf seinem Bett und studierte im flackernden Licht einer Kerze, die ihren Schein auf seine mächtige Brust mit den vereinzelten schwarzen Haaren darauf warf, die Renntips im *Hawklet*. Drachen und Meerjungfrauen zuckten und zitterten bei jeder Bewegung des muskulösen Arms, der auf einen defekten Schaukelstuhl unter dem kleinen Fenster deutete.

»Selbst in der Nacht ist es noch verdammt heiß hier drinnen, aber ich bin daran gewöhnt. Zieh deine Jacke aus. Auf dem Regal stehen Becher.«

Die Becher wurden gefüllt und sofort zu Badebecken für die Insekten, die durch die Kerze angezogen wurden.

»Es ist wirklich schön, dich wieder auf den Beinen zu sehen, Mike.«

Das alte, angenehme Schweigen stellte sich wieder ein, das schließlich von Albert gebrochen wurde. »Ich habe dich heute auf dem Rasen mit Miß Dingsdalocken gesehen.«

»Mein Gott! Jetzt fällt es mir wieder ein! Sie möchte, daß wir morgen eine Bootspartie machen.«

»Ich binde das Boot vor dem Bootshaus an und lege die Schifferstange auf den Tisch. Und achte am flachen Ende des Sees auf die Wurzeln der Seerosen.«

»Ich werde vorsichtig sein. Ich habe nicht vor, das arme Mädchen in den Schlamm zu stürzen.«

»Nun, ich würde sagen«, grinste Albert, »wenn es Miß Flaschenbein wäre, dann würde ein kurzes Bad nichts schaden. Aber sie gehört zu der stillen Sorte, Mike, das sind die Schlimmsten.« Er zwinkerte ihm zu und nahm einen Schluck von seinem Bier.

»Übrigens«, meinte Mike lachend, »Irma Leopold möchte dich unbedingt sehen.«

»So, will sie das wirklich? Mann, ein kaltes Bier ist genau das Richtige.«

»Bevor ich es ihr heute erzählt habe, hatte sie keine Ahnung, wer sie in den Felsen gefunden hat. Was hältst du davon, morgen nachmittag ans Bootshaus zu kommen?«

»Nicht um alles in der Welt!« Und nachdem er einen weiteren Schluck aus seinem Becher genommen hatte, begann er ein Lied zu pfeifen. Sobald er eine Pause machte, um Luft zu holen, fragte Mike: »Nun, wann hast du Zeit?«

Aber Albert, der in eine erträglichere Tonlage gewechselt hatte, fing wieder mit ein paar extravaganten Variationen, die von ihm selbst stammten, an zu pfeifen. Als er schließlich atemlos abbrach, wiederholte Mike seine Frage: »Also wann?«

»Nie. Laß mich aus der Sache raus, Mike.«

»Was soll ich dann, zum Teufel, dem Mädchen sagen?«

»Das ist dein Problem.« Er begann wieder zu pfeifen, und Mike, der jetzt wirklich verärgert war, ließ sein Bier unausgetrunken zurück, öffnete die Falltür in den Dielenbrettern und verschwand über die Leiter in die Dunkelheit der Futterkammer darunter. Verdammter Albert! Was, in aller Welt, war in ihn gefahren?

Am folgenden Tag wartete Irma auf der groben Holzbank vor dem Bootshaus auf Mike, als sie das knirschende Geräusch von Rädern auf Kies hörte. Als sie hochblickte, sah sie einen breitschultrigen jungen Mann in einem verwaschenen blauen Hemd, der einen Handkarren auf dem am See entlangführenden Weg vor sich herschob. Er bewegte sich so schnell, daß, als sie sich erhoben und vom Bootshaus aus gerufen hatte, er schon fast zwischen den Büschen und außer Hörweite war. Sie rief ein weiteres Mal, diesmal so laut, daß er stehenblieb, sich umdrehte und langsam zurückkam. Schließlich stand er vor ihr, nah genug, daß sie das breite, rote Bauerngesicht unter einem Schopf verstrubbelter Haare mustern konnte. Die tiefliegenden Augen waren offensichtlich auf ein unsichtbares Objekt über ihrem Kopf gerichtet.

»Sie haben mich gerufen, Miß?«

»Ich habe nach Ihnen gerufen, Albert! Sie sind doch Albert Crundall?«

»Das bin ich«, antwortete er, ohne sie anzusehen.

»Sie wissen auch, wer ich bin, nicht wahr?«

»Ja«, entgegnete er, »ich weiß natürlich, wer Sie sind. Haben Sie einen Auftrag für mich?« Die sonnengebräunten Arme lagen auf den Griffen des Handkarrens, die blauen Seejungfrauen zuckten, als ob sie davonfliegen wollten.

»Ich wollte mich nur bedanken, daß Sie mich dort oben in den Felsen gerettet haben.«

»Nun, das ...«

»Sollten wir uns nicht die Hand geben? Sie haben mir schließlich das Leben gerettet.«

Der Fremde zog sich zwischen die beiden Stangen des Handkarrens zurück wie ein noch nicht gezähmtes Füllen. Widerstrebend senkte er seinen nach oben gerichteten Blick, bis er sich auf einer Ebene mit dem ihren befand.

»Die Wahrheit ist, ich habe seitdem nicht mehr daran gedacht. Für mich war alles vorbei, als der Doktor und der junge Jim Sie auf der Trage hatten.« Er hätte ihr genausogut einen vergessenen Schirm oder ein altes Päckchen anstatt ihres Lebens wiederbringen können.

»Sie sollten hören, was Mr. Michael darüber erzählt!«

Die grobschlächtigen, roten Gesichtszüge hellten sich fast zu einem Grinsen auf. »Nun, das ist ein wunderbarer Bursche, wenn Sie verstehen.«

»Genau das sagt er auch über Sie, Albert.«

»Ach ja? Nun, da bin ich aber platt. Entschuldigen Sie meine Sprache, Miß, aber ich rede nicht oft mit feinen Leuten. Na, ich kümmere mich jetzt lieber um meine Arbeit. Tschüß.«

Mit einer endgültigen Bewegung seiner Handgelenke erwachten die Meerjungfrauen zum Leben. Weg war er, und Irma blieb zurück, auf fast majestätisch herablassende Art entlassen.

Es war genau drei Uhr. Auf unserem sich drehenden Globus gibt es für all die Millionen von Individuen keinen Augenblick, der unmeßbar, den üblichen Methoden, die Zeit zu erfassen, enthoben, einen Teil der Ewigkeit darstellen würde und dem Kalender oder einer Uhr entzogen wäre. Während seines ziemlich langen Lebens wird sich für Albert Crundall in seiner Erinnerung die kurze Unterhaltung ausdehnen und schließlich den ganzen Sommernachmittag lang andauern. Was Irma gesagt hatte und was er geantwortet hatte, war dabei relativ unwichtig. Wahr war, daß der Blick in die nachtschwarzen Augen dieses betörenden Wesens ihn in den Bann gezogen hatte, so daß er fast nicht in der Lage gewesen war zu sprechen. Jetzt, zehn Minuten später, in der Abgeschiedenheit der Büsche, sank er auf den leeren Handkarren und wischte sich den Schweiß aus dem Gesicht und von den Händen. Er hatte viel Zeit, sein körperliches und geistiges Gleichgewicht wiederzufinden, denn er war sich absolut sicher, daß er kein zweites Mal mehr mit Irma Leopold sprechen würde.

Albert war gerade durch die Lücke in der Rhododendronhecke verschwunden, als Mike mit der Präzision der drei hölzernen Figuren einer Schweizer Uhr aus dem Haus kam und Irma – es gibt bei diesen Uhren immer eine kleine hölzerne Dame – vor der Tür des Bootshauses erschien. Sie stand dort und beobachtete, wie er leicht hinkend über den gescheckten Rasen auf sie zueilte.

»Wenigstens habe ich jetzt Ihren Albert getroffen.«

Mikes ehrliches Gesicht hellte sich auf, wie es immer der Fall war, wenn man Albert erwähnte. »Nun, habe ich nicht recht gehabt?«

Bester Michael! Wie schön ist es, daß dieses grobe, gerötete Gesicht eine solche Bewunderung in dir auslöst. Irma stieg in das wartende Boot.

Das Wetter blieb warm und sonnig, und man unternahm tägliche Ausfahrten auf dem ruhigen See, die durch die plätschernde Musik der Gebirgsbäche noch angenehmer wurden. In ihrer exklusiven grünen Abgeschiedenheit lagen die Fitzhuberts in ihren Liegestühlen und beobachteten, wie der Sommer ging. Die Luft im Garten von Lake View war ausnehmend still in diesem Sommer. Sie konnten die Bienen in den Goldlackbeeten unter dem Salonfenster summen hören, und ab und zu klang Irmas helles Lachen über den See zu ihnen. Hinter den Eichen und Kastanien fuhr einer von Husseys Wagen die steile, schattige Straße hinauf und störte die Tauben auf dem Rasen. Der weiße Pfau schlief, und die beiden Spaniels dösten den ganzen Tag im Schatten.

Michael und Irma hatten zusammen jeden Zentimeter des Rosengartens des Colonels erkundet, den Gemüsegarten, das verlassene Krocketfeld, das Buschland, dessen gewundene Pfade an wunderbaren kleinen Pavillons endeten, die sich hervorragend für kindliche Spiele wie Halma und Mensch-ärgere-dich-Nicht eigneten, die man, auf hochlehnigen Gartenstühlen sitzend, deren schmiedeeiserne Lehnen den Farnwedeln nachempfunden waren, spielte. Es gab keinen Anlaß, viel zu reden, was Mike sehr entgegenkam. Wenn Mrs. Fitzhubert ihnen begegnete, wie sie Händchen haltend auf einer Brücke standen, dann seufzte sie: »Wie glücklich sie aussehen! Wie jung!« Und sie fragte ihren Mann: »Worüber unterhalten sich die beiden nur den ganzen Tag?«

Manchmal verfiel Irma in ihre Angewohnheit, wie vor langer Zeit auf der Schule, daß sie aus reiner Freude drauflos plapperte und einfach Worte in die klare Luft steigen ließ, so wie Kinder es mit einem Drachen tun. Es war unnötig für Mike, darauf zu antworten oder überhaupt zuzuhören, solange er neben ihr war, sich über das Brückengeländer beugte, eine dichte Haarlocke bei jeder Bewegung seines Kopfes über eins seiner Augen fiel und er ohne Ende mit Muscheln auf das aufgesperrte Steinmaul eines Frosches im Teich zielte.

Jetzt, am späten Nachmittag, wurde es unter den sich ausbreitenden Schatten kühl auf dem kleinen, grauen See, und ein paar gelbe Blätter trieben schon zwischen den Wasserpflanzen.

»Lieber Mike, ich kann den Gedanken, daß der Sommer schon fast vorüber ist und es keine Bootspartien mehr geben wird, nicht ertragen.«

»Mir geht es genauso«, bestätigte Mike und stakte das Boot mit geübter Hand durch die Seerosen. »Nun, das alte Boot ist auch nicht mehr sicher genug, dich noch einmal hier heraus zu bringen«, grinste er.

»Oh, Mike! Dann ist jetzt alles vorbei.«

»Nun ja, solange es dauerte, hat es viel Spaß gemacht.«

»Miranda pflegte zu sagen, daß alles genau im richtigen Moment und am richtigen Ort beginnt und endet.«

Mike hatte wohl zu heftig mit der Stange abgestoßen.

Irma hörte, wie das Wasser unter den verrotteten Planken gurgelte, als das Boot schwerfällig nach vorne schoß.

»Entschuldigung. Habe ich dich naßgespritzt? Diese verschlungenen Wurzeln der Seerosen.«

Am Bootssteg waren die Köpfe der Seerosen schon geschlossen und lagen geheimnisvoll im Halbdunkel. Ein weißer Schwan erhob sich graziös aus dem Schilf vor ihnen. Sie blieben einen Moment stehen und beobachteten, wie er über das Wasser davonschwebte und zwischen den Weiden am gegenüberliegenden Ufer verschwand. An dieses Bild von Michael Fitzhubert wird sich Irma später am besten erinnern. Schon bald wird er ihr so gegenübertreten – im Bois de Boulogne oder unter den Bäumen im Hyde Park; eine Locke seines feinen Haars über einem Auge hängend, das Gesicht halb abgewandt, um den Flug des Schwans zu verfolgen.

In dieser Nacht kam der Nebel des Berges aus dem Pinienwald herunter und hielt sich bis lange in den Morgen hinein. Aus Irmas Fenster im Gärtnerhaus war die Sicht auf den See getrübt. Mr. Cutler sagte einen frühen Wintereinbruch voraus und begab sich zu seinen Gewächshäusern. In Manassas Laden kam manchmal ein Kunde, holte sich die Morgenzeitung und fragte mit beiläufigem Interesse: »Was Neues über das Collegegeheimnis?«

Es gab nichts, was auch nur im entferntesten in Manassas Laden als Neuigkeit bezeichnet werden konnte. Die Ortsansässigen stimmten generell darin überein, daß die Vorfälle am Hanging Rock nichts Neues mehr hergaben und man sie am besten vergessen sollte.

Eine letzte Bootsfahrt auf dem See. Ein letzter, zarter Händedruck. Ungesehen und unbemerkt breitete sich das Geflecht, das am Tage des Picknicks entstanden war, weiter aus und wurde größer.

Elftes Kapitel

Am Frühstückstisch blickte Mrs. Fitzhubert in den nebelverhangenen Garten hinaus und beschloß, die Hausmädchen anzuweisen, alles für den Umzug in die gehobene Atmosphäre von Toorak vorzubereiten.

»Dieser Schinken ist eindeutig zu stark gebraten«, bemerkte der Colonel. »Wo, in aller Welt, ist Mike eigentlich?«

»Er bat darum, etwas Kaffee in sein Zimmer zu bekommen. Du mußt zugeben, die beiden sind ein ideales Paar.«

»Eindeutig aus der Hinterkeule! Wer?«

»Michael und Irma Leopold natürlich.«

»Geschaffen für was? Zur Arterhaltung?«

»Es gibt keinen Grund, vulgär zu werden. Ich habe die beiden gestern unten am See gesehen. Hast du denn überhaupt kein Gefühl?«

»Was, zum Teufel, haben meine Gefühle mit diesem verbratenen Schinken zu tun?«

»Mein Gott, der Schinken! Verstehst du denn nicht? Ich versuche, dir mitzuteilen, daß unsere kleine Erbin heute zum Mittagessen kommt.«

Für die Fitzhuberts war das pünktliche Servieren der köstlichen Mahlzeiten, die auf riesigen Tabletts in den Speisesaal gebracht wurden, ein heiliges Ritual, das einen klaren und geregelten Ablauf in ihre sonst formlosen Tage brachte. Gleichzeitig zum Klang eines indischen Gongs, den ein Hausmädchen in der Halle anschlug, meldete sich in den Bäuchen der Fitzhuberts eine Art von gastronomischer Zeitmesser, der ihnen innerlich die genaue Uhrzeit mitteilte.

»Ich werde nach dem Mittagessen ein kleines Nickerchen machen, meine Liebe. Um Viertel nach Vier werden wir den Tee auf der Veranda einnehmen. Sag Albert, daß er den Dogcart für fünf Uhr bereitstellt.«

Mittagessen gab es auf Lake View Punkt ein Uhr. Irma, die von dem Neffen gewarnt worden war, daß Unpünktlichkeit bei einem Besucher als Todsünde gewertet wurde, strich ihre karminrote Schärpe auf der Veranda glatt und blickte auf ihre kleine Diamantuhr. Der Nebel hatte sich schließlich gelichtet und war einem schwülen, gelben Licht gewichen, in dem die verschachtelte Fassade der Villa unter dem wilden Wein seltsam irreal erschien. Da Mike nirgendwo zu sehen war, ging sie zu einem weniger unheimlich wirkenden Eingang an der Seite des Hauses. Das Klingeln rief ein Hausmädchen herbei, das aus einem dunklen Gang kam, wo ein sorgenvoll dreinblickender Elchkopf über einer Ansammlung von Hüten, Kappen, Jacken, Tennisschlägern, Schirmen, Fliegenschleiern, Tropenhelmen und Spazierstöcken thronte. Im Speisesaal, von dem aus man den See überblicken konnte, herrschte rosa Licht, und die Luft war schwer vom Duft der La-France-Rosen, die in silbernen Vasen standen. Von altertümlichen Kissen flankiert, erhob sich jetzt Mrs. Fitzhubert von einem kleinen rosa Sofa, um ihren Gast zu begrüßen.

»Die Männer werden gleich hier sein. Da kommt schon mein Ehemann. Läuft direkt mit dem roten Lehm vom Rosengarten an seinen Stiefeln in die Halle.«

Irma, die den Sonnenuntergang auf dem Matterhorn und die Taj Mahal im Mondlicht gesehen hatte, erklärte ernsthaft, daß Colonel Fitzhuberts Garten das Schönste sei, was sie jemals gesehen habe.

»Lehm bekommt man nur sehr schwer von einem

guten Teppich herunter«, meinte Mrs. Fitzhubert. »Warten Sie nur, bis Sie selbst einen haben, meine Liebe.«

Das Mädchen war ohne Zweifel eine Schönheit und trug ihr einfaches Sommerkleid mit Eleganz. Der Strohhut mit den roten Bändern kam wahrscheinlich aus Paris.

»Meine Mutter hatte zwei, der erste war Franzose.«

»Aubusson?« wollte Mrs. Fitzhubert wissen.

»Ich meine Ehemänner, nicht Teppiche.« Mein Gott. Wenn doch Mike kommen würde.

Mrs. Fitzhubert fand das nicht lustig. »Der Colonel hat mir in Indien immer gesagt, ein guter Teppich ist nach Diamanten die beste Geldanlage.«

»Meine Mutter sagt immer zu mir, man kann den Geschmack eines Mannes am besten daran erkennen, welchen Schmuck er auswählt. Mein Vater ist ziemlich bewandert mit Smaragden.«

»Wirklich?« Der kleine, schmale Mund der älteren Frau stand offen.

Mehr gab es wirklich nicht zu sagen, und die beiden Frauen schauten hoffnungsvoll auf die Tür. Sie öffnete sich, um den Colonel hereinzulassen, gefolgt von zwei alten, sabbernden Cockerspaniels.

»Macht Platz! Platz! Ich verbiete euch, die schneeweißen Hände dieser jungen Dame abzulecken. Ha! Ha! Mögen Sie Hunde, Miß Leopold? Mein Neffe hat mir erklärt, daß diese beiden Burschen zu fett sind. Wo ist Michael überhaupt?«

Mrs. Fitzhuberts Augen blickten zur Decke, als ob ihr Neffe dort in den Wandbehängen verborgen sein könnte oder kopfunter vom Leuchter hängen würde. »Er weiß ganz genau, daß wir um ein Uhr essen.«

»Er hat gestern abend etwas von einem Spaziergang im Pinienwald erwähnt, aber das ist keine Entschuldigung, sich zu verspäten, wenn Miß Leopold zum ersten Mal bei uns zum Essen ist«, entgegnete der Colonel und richtete seine wasserblauen Augen auf die Besucherin, wobei er sofort das Smaragdarmband an ihrem Handgelenk bemerkte. »Sie werden mit uns beiden Alten vorlieb nehmen müssen. Leider haben wir keine weiteren Gäste. Im Kalkutta-Klub waren acht Personen immer die perfekte Zahl für ein gemütliches kleines Mittagessen.«

»Glücklicherweise werden wir nicht diese ungenießbaren indischen Hühnchen zu essen bekommen«, erklärte seine Frau. »Major Sprack hat uns freundlicherweise gestern abend ein paar Gebirgsforellen vom Landsitz des Gouverneurs herüberbringen lassen.«

Der Colonel schaute auf seine Uhr. »Wir werden nicht auf den jungen Taugenichts warten, denn dann wäre der Fisch ruiniert. Ich hoffe, Sie mögen gebratene Forelle, Miß Leopold?«

Irma erklärte selbstverständlich, gebratene Forelle zu lieben, und sie kannte sogar die richtigen Soßen dazu. Der Colonel dachte sich, dieser verdammte Idiot Mike könnte glücklich sein, wenn er bei der Erbin landen würde. Warum, zum Teufel, tauchte Mike nicht auf?

Die gemeinsame Begeisterung für den delikaten Geschmack der Forellen war kaum in der Lage, ein Gespräch zwischen drei Personen während eines langen, gemütlichen Mahls in Gang zu halten. Mikes Gedeck war vom Tisch entfernt worden. Das unangenehme Schweigen gebannter Zungen wechselte sich mit den Monologen des Gastgebers über die Rosenzucht und die unglaubliche Undankbarkeit der Buren gegen unsere Gnädige Königin ab. Die beiden Damen unterhielten sich mit verzweifelter Anstrengung über die königliche Familie, das Einwecken von Obst, was für Irma eines der langweiligsten Themen war, und, als letzter Rettungsanker, die Musik. Mrs. Fitzhuberts jüngere Schwester spielte Klavier und Irma Gitarre, »mit bunten Stoffbändern und diese himmlischen Zigeunerlieder.« Sobald der Kaffee serviert worden war, steckte sich der Gastgeber eine Zigarre an und überließ die Damen, die auf dem rosa Sofa hinter dem geschnitzten indischen Tisch Platz genommen hatten, sich selbst. Durch die Verandatüren hindurch konnte Irma den bleischwer unter einem trüben Himmel daliegenden See erkennen. Im Speisesaal war es unangenehm warm geworden, und Mrs. Fitzhuberts fleckiges Gesicht erschien und verschwand in dem rosa Licht wie das Gesicht der Edamer Katze in *Alice im Wunderland*. Warum nur, warum, war Mike nicht zum Essen erschienen? Nun wollte Mrs. Fitzhubert wissen, ob Mrs. Cutler denn eine brauchbare Köchin sei.

»Die liebe Mrs. Cutler! Sie kocht wie ein Engel. Ich habe mir das Rezept für ihren göttlichen Schokoladenkuchen geben lassen.«

»Ich erinnere mich, wie ich in meinem Internat gelernt habe, Mayonnaise zu machen, Tropfen für Tropfen mit einem hölzernen Löffel.«

Irma verließ den Pinienwald, wo Mike körperlos im Nebel umherwanderte. Der Speisesaal drehte sich um sie.

Endlich zeigte die Uhr auf dem Kaminsims eine akzeptable Zeit, sich zu verabschieden, und Irma erhob sich, um zu gehen.

»Sie sehen etwas ermüdet aus«, bemerkte Mrs. Fitzhubert. »Sie müssen viel Milch trinken.«

Das Mädchen hatte gute Manieren und für seine siebzehn Jahre schon eine gewisse Ausstrahlung. Michael war zwanzig, das paßte genau. Sie brachte ihre Besucherin zur Tür, ein eindeutiges Zeichen für die gesellschaftliche Anerkennung, und hoffte, aus Gründen, die zu kompliziert sind, sie hier anzuführen, daß Irma sie in Toorak besuchen würde.

»Ich weiß nicht, ob Ihnen unser Neffe schon gesagt hat, daß wir vorhaben, nach Ostern einen Ball für ihn zu geben. Er kennt hier in Australien so wenig junge Leute, der arme Junge!«

Nach der drückenden Hitze im Speisesaal war die feuchte, nach Pinien duftende Luft im Garten erfrischend kühl. Eine plötzliche Brise fuhr durch den wilden Wein, warf dessen rote Blätter auf den Kies vor dem Haus und drückte die Köpfe der Rosen in den runden Rabatten nach unten. Dann herrschte wieder Stille, und über den See herüber klang das Schlagen der Stalluhr. Die neblige Trübe des Morgens war jetzt verschwunden. Dicke gelbe Wolken türmten sich an einem dunklen Himmel auf, und der Pinienwald bildete eine eiserne Krone mit scharfen Spitzen um den Berggipfel. Auf der anderen Seite des Waldes schimmerte weit unten ewig die nichtsichtbare Ebene in Wogen von honigfarbenem Licht, und aus ihr heraus erhob sich die dunkle Präsenz des Hanging Rock.

Doktor McKenzie hatte recht: »Liebes Kind, denken Sie nicht an den Felsen. Hanging Rock ist ein Alptraum, und er gehört der Vergangenheit an.« Sie versuchte, den Rat des alten Mannes zu beherzigen und sich auf die Gegenwart zu konzentrieren; die Schönheit von Lake View mit dem weißen Schwan, der auf dem Rasen seine Flügel ausbreitete, die fetten grauen Tauben, die auf ihren kleinen, rosa Füßen umherwatschelten, die Stalluhr, die erneut schlug, und die Bienen, die sich im verblassenden Licht auf den Heimflug machten. Ein paar Regentropfen fielen auf ihren Strohhut. Mrs. Cutler kam mit einem Regenschirm aus dem Gärtnerhaus.

»Mr. Michael meinte, daß ein Sturm aufzieht. Meine Hühneraugen bringen mich fast um.«

»Michael? Sie haben ihn gesehen?«

»Vor ein paar Minuten. Er kam mit einem Brief für Sie vorbei, Miß. Wenn jemals ein junger Mann gut erzogen war, dann er. Mein Gott, Ihr schöner Hut!«

Der Strohhut wurde auf Mrs. Cutlers glänzendes Linoleum geworfen. »Kümmern Sie sich nicht darum. Ich werde ihn niemals wieder tragen, den Brief bitte!«

Die Tür zu ihrem schönsten Zimmer schloß sich vor der enttäuschten Mrs. Cutler, die sich den ganzen Tag auf ein gemütliches Gespräch gefreut hatte. Der Hut aber wurde sofort in Ordnung gebracht, die Bänder vorsichtig gebügelt, und er erschien viele Jahre lang in der Kirche auf Mrs. Cutlers gläubigem Kopf.

In Irmas Zimmer wurden die Jalousien geschlossen, um die Hitze des Tages abzuhalten. Sie hatte gerade die Fensterscheibe nach oben geschoben und war dabei, Mikes Brief zu öffnen, als ein Blitz über den Himmel zuckte. Im blauen Lichtschein stand die Ulme da, ohne daß sich ein Blatt bewegte. Plötzlich erhob sich aus dem Nichts ein seltsam warmer Wind, die Ulme erzitterte und schüttelte sich, und die Gardinen bauschten sich in das Zimmer hinein. Es folgte das dumpfe Dröhnen des Donners, ein Sturm brach los, die dicken Wolken explodierten förmlich und ließen den schwersten Regen herabprasseln, an den sich die Leute in Mount Macedon erinnern konnten. In Minutenschnelle wurde der Kies von den Straßen gewaschen, und die Gebirgsbäche schwollen an. Im Teich von Lake View brach das schlammige Wasser über den Kopf des Steinfroschs herein. Auf dem See tanzte das Boot, das sich vom Steg gerissen hatte, wild zwischen den Seerosen. Der Sturm warf halbertrunkene Vögel aus den schwankenden Bäumen, und eine tote Taube wurde wie ein mechanisches Spielzeug am Fenster vorbeigetrieben. Schließlich legte sich die teuflische Raserei des Regensturms. Eine blasse Sonne kam hervor, und die durchnäßten Rasenflächen und verwüsteten Blumenbeete leuchteten in einem theatralischen Glanz. Es war vorbei, und Irma, immer noch am Fenster stehend, öffnete den steifen, rechteckigen Umschlag.

Mit förmlicher Anschrift und völlig unpersönlich konnte es eine Einladung oder eine Rechnung sein, wenn man von der fremden, kindlichen Handschrift, mit den kleinen Schwüngen wie in Schönschreibheften und den verstreuten, steilen Geraden, die leidvoll bei einer kurzen Auseinandersetzung mit der klassischen Schrift an der Universität von Cambridge erworben wurden, absah. Cambridge oder nicht Cambridge, für Mike bedeutete die Tatsache, einen Stift in die Hand zu nehmen, daß sich sein Kopf im Kreise zu drehen begann und ihn vergessen ließ, was er mitteilen wollte. Wohingegen Irma sich in bezug auf Worte keine großen Gedanken machte und ihre Zeichensetzung bis hin zu einem Bindestrich oder einem Ausrufezeichen selbst in den kürzesten Mitteilungen ganz von ihrer Laune abhing. Der Brief begann mit Entschuldigungen, dafür, an diesem Morgen zu lange im Pinienwald geblieben zu sein und vergessen zu haben, auf die Uhr zu sehen, bis es zu spät war, um noch rechtzeitig für die Forelle (»viel mehr aber, um dich zu sehen«) zurückzusein. Mit wachsender Verunsicherung drehte sie das Blatt um.

Heute morgen erreichte mich ein Brief von zu Hause, in dem ich gebeten wurde, sofort unseren Bankier aufzusuchen. Eine unangenehme Pflicht, aber es ist nun einmal so. Ich stecke bis zum Hals in den Reisevorbereitungen und muß morgen mit dem ersten Zug abfahren. Lange bevor Du aufwachst! Da Lake View in ein paar Tagen für den Winter geschlossen wird, habe ich beschlossen, nicht hierher zurückzukehren, was bedeutet, daß ich Dich nicht sehen kann, um Auf Wiedersehen zu sagen. Das ist verdammt ärgerlich, aber ich bin sicher, daß Du es verstehen wirst. Also, falls wir uns nicht mehr in Australien treffen sollten, vielen Dank, daß Du so nett zu mir gewesen bist, liebe Irma. Die letzten Wochen wären ohne Dich nicht halb so schön gewesen.

Alles Liebe, Mike

P.S. Ich habe vergessen zu erwähnen, daß ich eine ziemlich lange Rundreise durch Australien plane und in Northern Queensland beginnen werde. Kennst Du diese Gegend eigentlich?

Für jemanden, der es schwerfand, sich schriftlich auszudrücken, hatte der Schreiber überraschend deutlich zu verstehen gegeben, was er meinte.

Obwohl wir in einer Chronik der Ereignisse uns notwendigerweise an die Geschehnisse im Licht des Tages halten müssen, sagt uns die Erfahrung doch, daß der menschliche Geist seine weitesten Ausflüge in den stillen Stunden zwischen Mitternacht und Tagesanbruch unternimmt. Diese dunklen, fruchtbaren Stunden, die selten beschrieben werden und in deren geheimen Überlegungen über Krieg und Frieden, Liebe und Haß, Krönungen und Niederwerfungen beschlossen wird. Was, zum Beispiel, plant die plumpe kleine Königin von Indien, bekleidet mit einem Nachthemd, in ihrem Bett in Balmoral, in dieser Nacht im März des Jahres neunzehnhundert, das sie lächeln und ihren kleinen, harten Mund verziehen läßt? Wer weiß?

Auch hier, in Bewegungslosigkeit und Stille, leiden und träumen die undurchsichtigen Individuen, die die Figuren der Handlung abgeben. In Mrs. Appleyards dicht verhängtem Schlafzimmer wird die talggraue Maske der Frau auf dem Bett im wahrsten Sinne des Wortes von bösen Dämpfen, die bei Tageslicht nicht wahrnehmbar sind, angehaucht und fleckig. Ein paar Türen weiter leuchtet das schmale Gesicht des Mädchens Sara sogar im Schlaf, erhellt von einem Traum von Miranda, der so von Liebe und Freude erfüllt ist, daß sie den ganzen nächsten Tag noch daran denken und jede Menge Verweise wegen Unaufmerksamkeit hinnehmen muß, dazu wird sie noch, auf Anweisung von Miß Lumley, eine halbe Stunde in aufrechter Haltung an eine Kletterwand in der Turnhalle gebunden, weil sie mit traumverlorenem, gesenktem Kopf in gebeugter Haltung herumgeschlichen ist. Auf Lake View weckte die fünf schlagende Uhr die Köchin, die sich gähnend erhob, um das Weizenmehl für Mr. Michaels Frühstück zu kochen. Mike erwachte nach einer unruhigen Nacht, die hauptsächlich mit Träumen von Bankgeschäften, dem Packen der Koffer und dem Ergattern eines Sitzplatzes im Melbourne Express an diesem Morgen erfüllt war. Einmal hatte er von Irma geträumt, die in einem Gang im schwankenden Zug auf ihn zulief. »Hier, Mike. Neben mir ist ein Platz frei«, und er schob sie mit seinem Schirm zur Seite.

Unten im Gärtnerhaus hatte auch Irma die Uhr fünf schlagen hören; nur halb wach starrte sie in den Garten, der langsam an Farbe und Kontur für den kommenden Tag gewann. Am Hanging Rock hob das erste graue Licht die Abbrüche und Pfeiler auf der östlichen Seite hervor – oder ist es vielleicht Sonnenuntergang? Es ist der Nachmittag des Picknicks, und die vier Mädchen nähern sich dem Teich. Wieder sieht sie das Glitzern des Bachs, den Wagen unter den Schwarzholzbäumen und den jungen Mann mit dem weichen Haar, der im Gras sitzt und eine Zeitung liest. Sobald sie ihn erblickt hatte, drehte sie den Kopf weg und schaute ihn nie mehr an. »Warum? Warum? Warum?« krächzte der Pfau auf dem Rasen. Weil ich wußte, schon damals ... ich habe immer gewußt, daß ich Mike liebe.

Zwölftes Kapitel

Am Donnerstag, dem neunzehnten März um zwei Uhr nachmittags, war es im Appleyard College kalt und still, und es roch nach gebratenem Lamm und Kohl. Das Mittagessen der Zöglinge war gerade beendet, und die Hausmädchen hatten frei. Der Nachmittagsunterricht hatte noch nicht begonnen. Dora Lumley lag auf ihrem Bett und lutschte wie immer ein Pfefferminzbonbon, und Mademoiselle saß an einem Fenster, von dem man die Auffahrt überblicken konnte, und las nochmals Irmas Brief, den sie mit der Morgenpost erhalten hatte.

Gärtnerhaus, Lake View

Liebste Dianne,
In Eile – Mrs. C. und ich stecken bis zum Hals in Einwickelpapier – konnte keinen Stift finden. Mrs. C. sagt, warum ist denn die nette französische Dame nicht hier, um uns zu zeigen, wie man die Kleider zusammenlegt. Ich will Ihnen die WUNDERBARE Neuigkeit mitteilen – meine lieben Eltern sind diese Woche aus Indien zurückgekommen. Ich werde nach Melbourne fahren, um in unserer Suite im Menzie Hotel auf sie zu warten!! Es kommt mir vor wie das Ende einer langen, langen Geschichte, und nun ist man plötzlich beim LETZTEN Kapitel, und es gibt nichts weiter zu lesen. Also, liebste Dianne, ich werde auf meinem Weg zur Bahnstation im College vorbeischauen, wahr-

scheinlich Donnerstagnachmittag – die letzte Gelegenheit, Ihnen auf Wiedersehn zu sagen – und den lieben Mädchen – es bereitet mir Schmerzen, daran zu denken, daß sie immer noch in der Schule sind – und natürlich auch Minnie und Tom, aber ich hoffe NICHT Mrs. A., wenn es sich irgendwie UMGEHEN läßt! Oh, es ist schlimm, so etwas zu sagen, aber der Gedanke, mit ihr reden zu müssen, bereitet mir SCHMERZEN! Dianne, ich habe keine Gelegenheit gehabt, Ihnen ein Hochzeitsgeschenk zu kaufen – Manassas Laden hat nichts außer Stiefeln, Marmeladengläsern und Wasserkessel –, also bitte nehmen Sie mein Smaragdarmband und meine besten Wünsche an – meine Großmutter in Brasilien hatte es mir geschenkt, die mit dem grünen Papagei, von der ich Ihnen erzählt habe – Sie erinnern sich? egal, sie ist sowieso tot und wird es nicht erfahren oder sich darum kümmern. Mrs. C. möchte mehr über den blauen Chiffon wissen, der Ihnen so gut gefällt. Ich muß jetzt gehen.

Alles Liebe, Irma

P.S. Wenn ich ankomme, dann gehe ich direkt zu Ihnen nach oben – oder in den Klassenraum, wenn Sie gerade Unterricht haben, ob es Mrs. A. gefällt oder nicht.

Einige Gesichter sah man an den Fenstern, doch Mademoiselles Augen waren die ersten, die Mr. Husseys Wagen die Auffahrt heraufkommen sahen. Aus dem Wagen heraus strahlte Irma in einem roten Cape und einer kleinen, roten Federboa, die bald in diese, bald in jene Richtung geweht wurde. Die Direktorin an ihrem Schreibtisch im Erdgeschoß hatte sie auch bemerkt, und zu Mademoiselles Erstaunen – eine solche Verletzung der Etikette war am College unerhört – war diese persönlich an der Eingangstür erschienen, bevor die

Gouvernante noch halb die Treppe hinunter war, und führte die Besucherin auf einer kühlen Welle formeller Begrüßung in ihr Arbeitszimmer.

An trüben Nachmittagen war es erlaubt, die Kerze einer der Statuen auf dem Treppenabsatz im ersten Stock anzuzünden, die dann ein flackerndes Licht verbreitete. Jetzt kam Dora Lumley aus den Schatten geschlurft.

»Mademoiselle! Sind Sie fertig? Wir werden zu spät zum Turnunterricht kommen.«

»Dieser schreckliche Turnsaal! Ich komme schon.«

»Die Mädchen dürfen heutzutage so wenig an die frische Luft, Sie werden sicher nicht abstreiten, daß sie ein bißchen Körperertüchtigung vertragen können.«

»Ertüchtigungen! Meinen Sie etwa diese unmögliche Quälerei an den Stangen und mit den Hanteln? In ihrem Alter sollten junge Mädchen in leichten Sommerkleidern unter Bäumen, im Arm eines jungen Mannes, spazierengehen.«

Dora Lumley war zu geschockt, um zu antworten.

Soweit es Mrs. Appleyard betraf, konnte der Zeitpunkt von Irma Leopolds Besuch nicht schlechter gewählt sein. Gerade heute morgen hatte die Direktorin einen äußerst irritierenden Brief von Mr. Leopold erhalten, der direkt nach dessen Ankunft in Sydney geschrieben war und in dem er eine erneute und umfassende Untersuchung der Ereignisse, die zu den Geschehnissen beim Picknick führten, verlangte. »Nicht nur wegen meiner eigenen Tochter, die auf geheimnisvolle Weise verschont blieb, sondern wegen der unglücklichen Eltern, die immer noch keinen Aufschluß über das Schicksal ihrer Kinder haben.« Es wurde ein hervorragender Beamter von Scotland Yard erwähnt, der auf Mr. Leopolds Kosten herkommen sollte, sowie andere zu erwartende Schrecknisse, die man nicht beiseite schieben konnte.

Irgendwie kam Irma das Arbeitszimmer ein ganzes Stück kleiner vor, als sie es in Erinnerung hatte. Ansonsten war alles unverändert. Es lag derselbe Geruch nach Bienenwachs und frischer Tinte in der Luft, an den sie sich erinnerte. Die Uhr aus schwarzem Marmor auf dem Kaminsims tickte so laut wie immer. Während sich Mrs. Appleyard hinter ihrem Schreibtisch niederließ, gab die Besucherin aus purer Gewohnheit eine nichtssagende Höflichkeitsfloskel von sich, danach herrschte ein endloser Moment des Schweigens. Die Kamee auf der gefütterten Seidenbrust hob und senkte sich im gewohnten Rhythmus.

»Nehmen Sie Platz, Irma. Ich habe gehört, daß Sie wieder völlig gesund sind.«

»Danke, Mrs. Appleyard. Mir geht es jetzt wieder hervorragend.«

»Und ist Ihnen noch immer nichts von Ihren Erlebnissen am Hanging Rock eingefallen?«

»Nichts. Doktor McKenzie hat mir erst gestern wieder gesagt, daß ich mich wahrscheinlich nie an das erinnern werde, was passiert ist, nachdem wir unseren Aufstieg begonnen hatten.«

»Unglücklicherweise. Überaus. Für jeden, der darin verstrickt ist.«

»Das brauchen Sie mir nicht zu sagen, Mrs. Appleyard.«

»Wie ich gehört habe, reisen Sie in Kürze nach Europa?«

»In ein paar Tagen, hoffe ich. Meine Eltern halten es für eine gute Idee, wenn ich eine Zeitlang von Australien weg bin.«

»Ich verstehe. Um ehrlich zu sein, Irma, ich stimme mit Ihren Eltern nicht darin überein, daß Sie Ihre Erziehung am Appleyard College vorzeitig beenden, um sich in das gesellschaftliche Leben im Ausland zu begeben.«

»Ich bin siebzehn, Mrs. Appleyard. Alt genug, um etwas von der Welt zu sehen.«

»Da Sie nun nicht mehr unter meiner Obhut stehen,

darf ich Sie wohl darauf hinweisen, daß Ihre Lehrerinnen sich fortwährend über Ihren mangelnden Eifer beschwert haben. Auch ein Mädchen mit Ihrer Zukunft sollte in der Lage sein, fehlerfrei zu schreiben.«

Kaum hatte sie die Worte ausgesprochen, wurde ihr klar, daß sie einen Fehler begangen hatte. Es war das oberste Gebot, die reichen Leopolds nicht noch mehr vor den Kopf zu stoßen. Geld bedeutet Macht. Geld ist Kraft und Sicherheit. Selbst die Stille muß ihren Tribut zollen. Das Mädchen war auf alarmierende Weise bleich im Gesicht geworden.

»Fehlerfrei schreiben? Hätte die Rechtschreibung uns vor dem, was am Tag des Picknicks passiert ist, retten können?« Die kleine behandschuhte Hand schlug hart auf die Tischplatte. »Lassen Sie mich eins sagen, Mrs. Appleyard: Alles, was ich hier im College von Bedeutung gelernt habe, habe ich von Miranda gelernt.«

»Es ist schade«, bemerkte die Direktorin, »daß Sie nicht auch etwas von Mirandas bewundernswerter Selbstbeherrschung angenommen haben.«

Mit einer Willensanstrengung, die jeden Nerv und jede Muskelfaser in ihrem Körper einschloß, gelang es ihr, sich von ihrem Stuhl zu erheben und recht freundlich zu fragen, ob es Irma auf ihrem Weg nach Melbourne etwas ausmachen würde, die Nacht in ihrem ehemaligen Zimmer zu verbringen.

»Nein, danke. Mr. Hussey wartet in der Auffahrt. Aber ich möchte gerne die Mädchen und Mademoiselle sehen, bevor ich gehe.«

»Aber selbstverständlich. Mademoiselle und Miß Lumley sind mit den Mädchen im Turnsaal. Dies eine Mal können wir die Disziplin wohl etwas lockern. Es entspricht zwar nicht den Vorschriften, aber Sie dürfen sie aufsuchen und sich verabschieden. Sagen Sie Mademoiselle, daß Sie meine Erlaubnis haben.« Ein eisiger Händedruck wurde ausgetauscht, als Irma ein letztes Mal den Raum verließ, in dem sie so oft gestanden hatte

– vor langer, langer Zeit als Schülerin –, um die Befehle und Verweise ganz nach Gutdünken der Direktorin über sich ergehen zu lassen. Sie hatte keine Angst mehr vor der Frau hinter der geschlossenen Tür, deren unkontrolliert zitternde Hand nach der Cognacflasche unter dem Tisch griff.

Minnie, die in dem verborgenen Bereich hinter der grünbespannten Tür auf der Lauer gelegen hatte, rannte jetzt mit offenen Armen auf sie zu.

»Liebe Miß Irma. Tom hat mir gesagt, daß Sie hier sind. Lassen Sie sich anschauen. Mein Gott, eine richtig erwachsene junge Dame!«

Irma beugte sich hinunter und küßte den weichen Nacken, der nach billigem Parfüm roch. »Liebe Minnie, es ist schön, Sie zu sehen.«

»Sie auch, Miß. Stimmt es, was wir gehört haben, daß Sie nach Ostern nicht zu uns zurückkommen?«

»Ganz richtig. Ich bin heute nur vorbeigekommen, um euch allen Auf Wiedersehen zu sagen.«

»Ich bin Ihnen nicht böse«, seufzte das Hausmädchen, »trotzdem tut es mir, wie allen hier, leid, Sie zu verlieren. Sie haben keine Vorstellung, wie es zur Zeit hier zugeht.«

»Das glaube ich Ihnen«, entgegnete Irma und musterte sie in der düsteren Halle, die auch durch Mr. Whiteheads letzte Dahlien, die in Messingvasen standen, nicht freundlicher wirkte.

Minnie hatte ihre Stimme fast zu einem Flüstern gesenkt. »Um von Schulregeln und Bestimmungen zu reden! Den Zöglingen ist so gut wie nicht erlaubt, außerhalb der Unterrichtsstunden zu sprechen! Nun, Gott sei Dank, haben Tom und ich es in ein paar Tagen hinter uns.«

»Oh Minnie, ich *bin* so glücklich. Ihr werdet also heiraten?«

»Ostermontag. Am gleichen Tag wie die Mademoiselle. Ich habe ihr gesagt, daß meiner Meinung nach Sankt Valentin für uns beide die Sache ins Rollen gebracht hat, und sie hat ganz ernst geantwortet: ›Minnie, Sie könnten recht haben.‹ Sankt Valentin ist der Schutzpatron der Liebenden.«

Der Turnsaal, von den Schülerinnen allgemein das Schreckenskabinett genannt, war ein langer, schmaler Raum im Westflügel, der nur von einer Reihe vergitterter Oberlichter erhellt wurde und von dem Erbauer des Hauses für Gott weiß für einen Zweck vorgesehen worden war: möglicherweise als Lagerraum für zusätzliche Vorräte oder überflüssige Möbel. Jetzt waren an den kahlen, getünchten Wänden verschiedene Geräte zur Förderung der weiblichen Gesundheit und Schönheit angebracht, außerdem hing eine Strickleiter von der Decke herab, daneben gab es noch Ringe und einen Barren. In der einen Ecke stand ein aufgerichtetes gepolstertes Brett mit Lederschlingen, an dem Sara, die unausgesetzt wegen ihrer gebeugten Haltung Ärger bekam, diesen Nachmittag die Turnstunde verbringen mußte. Ein Paar Eisenhanteln, bei denen nur Toms Muskelkraft ausreichte, sie zu heben, drückten zum Balancieren auf zarte Frauenkörper, ebenso wie ein Stapel schwerer Gymnastikkeulen, die Ausdruck für die große Verachtung der Collegeautorität gegenüber den grundlegenden Rechten der Natur waren.

An einem Ende des Raumes, auf einem Podest, das sich einen Meter über den Boden erhob, versahen Miß Lumley und Mademoiselle schon ihren Dienst; erstere war damit beschäftigt, auf kleinere Verfehlungen der Mädchen unter ihr zu achten, während die andere am Klavier sitzend den »March of the Men of Harlech« hämmerte. *Eins zwei, eins zwei, eins zwei*. Drei Reihen von Mädchen in schwarzen Pumphosen, schwarzen Baumwollstrümpfen und weißen Tuchschuhen mit Gummisohlen beugten und richteten sich nach den kriegerischen Klängen auf. Für Mademoiselle waren die Turnstunden eine immer wiederkehrende Strafe. Wenn heute die Zeit für die fünfminütige Pause gekommen war, würde sie sich die Freude machen und bekanntgeben, daß Irma Leopold im College war und schon bald in den Turnsaal käme, um sich zu verabschieden. *Eins zwei, eins zwei, eins zwei* ... es war möglich, dachte sie, vor sich hinträumend und auf die Tasten hämmernd, daß die Mädchen es schon durch die Gerüchteküche des Colleges erfahren hatten. *Eins zwei, eins zwei* ...

»Fanny«, rief sie und nahm ihre Hände für einen Moment von den Tasten, »Sie sind völlig aus dem Takt. Achten Sie bitte auf die Musik!«

»Das bedeutet einen Verweis, Fanny«, grollte Miß Lumley und kritzelte etwas in ihr kleines Buch. Die matten Bewegungen der Arme und Beine standen im Gegensatz zu dem Ausdruck der vierzehn Augenpaare, die von einer Seite zur anderen huschten. *Eins – zwei, eins – zwei*, wachsam und verschlagen wie die Augen von Hasen in ihren hölzernen Gitterkäfigen. *Eins zwei, eins zwei, eins zwei, eins zwei* ... diese monotone Klimperei war unmenschlich, fast unerträglich.

Die Tür des Turnsaals öffnete sich ganz langsam, so, als ob die Person davor sich scheute, einzutreten. Alle Köpfe im Raum drehten sich, als die »Men of Harlech« mitten in einem Takt abbrachen. Mademoiselle erhob sich lächelnd vom Klavier, als Irma Leopold, eine strahlende kleine Erscheinung in einem roten Kleid, auf der Schwelle stand.

»Kommen Sie herein, Irma! Comme c'est une bonne surprise! Mes enfants, zehn Minuten lang dürfen Sie sich nach Gutdünken unterhalten. Voilà, die Klasse ist entlassen!«

Irma, die ein paar Schritte in die Mitte des Raums gemacht hatte, blieb jetzt unsicher stehen und lächelte.

Niemand lächelte zurück, kein begeistertes Begrüßungsgemurmel. Schweigend lösten sich die Reihen mit dem Geräusch auf dem Boden kratzender Gummisohlen auf. Mit schwerem Herzen sah die Gouvernante in die ihr entgegenblickenden Gesichter unter ihr. Vierzehn

Augenpaare waren auf etwas hinter ihr gerichtet, schauten auf die weißgetünchte Wand und durch diese hindurch. Es war der starre, nach innen gerichtete Blick von Schlafwandlern. Gütiger Himmel, was sehen diese unglücklichen Kinder, was ich nicht erkennen kann? So breitete sich die allgemeine Vision vor ihnen aus, und die Mademoiselle wagte nicht, den straff gespannten Schleier durch ein Wort zu zerstören.

Sie sehen, wie die Wände des Turnsaals durchsichtig werden, die Decke öffnet sich wie eine Blume in den klaren Himmel über dem Hanging Rock. Der Schatten des Felsens fließt wassergleich über die schimmernde Ebene. Und sie sind wieder bei dem Picknick, sitzen auf dem trockenen Gras unter den Eukalyptusbäumen. Der Lunch ist am Bach vorbereitet. Sie sehen den Picknickkorb und eine andere Mademoiselle, hübsch anzusehen mit ihrem Sonnenhut, die Miranda das Messer reicht, um den herzförmigen Kuchen anzuschneiden. Sie sehen Marion Quade mit einem Sandwich in der einen, einem Stift in der anderen Hand und Miß McCraw, die in ihrem rostbraunen Mantel an einem Baum lehnt und vergessen hat zu essen. Sie hören Miranda ihren Toast auf Sankt Valentin ausbringen, die Elstern und das Plätschern des Wassers. Eine andere Irma, in einem weißen Musselinkleid, ihre Locken schüttelnd und Miranda anlachend und mit ihr im Bach Tassen spülend. Miranda, ohne Hut mit glänzendem Haar. Ein Picknick ohne Miranda machte keinen Spaß. Es ist immer Miranda, die in dem blendenden Licht erscheint und verschwindet. Wie ein Regenbogen. Oh, Miranda, Marion, wo seid ihr? Der Schatten des Felsens ist dunkler und größer geworden. Sie sitzen wie angewachsen auf dem Boden und können nicht weg. Die bedrohliche Form ist ein lebendes Ungeheuer, das sich über die Ebene, dabei Felsen und Steine verschlingend, auf sie zu bewegt. Jetzt so nahe, daß sie die Spalten und Löcher sehen können, in denen die vermißten Mädchen in schmutzigen Kavernen verwesen. Eine jüngere Schülerin, die sich daran erinnert, daß in der Bibel steht, daß die toten Menschen von Würmern durchsetzt seien, bricht auf dem mit Sägespänen bedeckten Boden zusammen. Jemand stolpert über einen Holzstuhl, und Edith bricht in lautes Geschrei aus. Mademoiselle, die den Ton der Hysterie erkennt, geht langsam mit wild schlagendem Herzen zum Rand des Podiums.

»Edith! Hör mit dem Geschrei auf! Blanche! Juliana! Seid ruhig! Ihr alle, seid ruhig!«

Zu spät; die zarte Stimme der Autorität verweht ungehört, als die glühenden Gefühle, die lange vom Gewicht der harten Disziplin und den geheimen Ängsten niedergehalten wurden, in Flammen ausbrechen.

Auf dem Deckel des Klaviers stand ein kleiner Messinggong, der normalerweise angeschlagen wurde, um für Ruhe und Ordnung zu sorgen. Mademoiselle schlug ihn jetzt mit der ganzen Kraft ihres schlanken Arms. Miß Lumley war hinter den Klavierschemel zurückgetreten.

»Es hat keinen Zweck, Mademoiselle. Die kümmern sich weder um den Gong noch um etwas anderes. Die Schülerinnen sind völlig außer Kontrolle.«

»Versuchen Sie, durch die Seitentür unbemerkt hinauszukommen, und holen Sie die Direktorin. Das hier ist eine ernste Angelegenheit.«

»Sie haben Angst, stimmt's?« Die Junggouvernante grinste höhnisch.

»Ja, Miß Lumley. Ich habe große Angst.«

Über einem Meer von drängenden Köpfen und Schultern stand Irma, eingekeilt von den lachenden und schluchzenden Mädchen, ein roter Federball, zitternd, hochgehoben und herabsinkend wie ein verwundeter Vogel. Die Stimme des Bösen überschlug sich, als der Tumult größer wurde. Jahre später, wenn Madame Montpelier ihren Enkeln die beängstigende Geschichte von der Panik in einem australischen Klassenzimmer erzählte – vor fünfzig Jahren, mes enfants, aber ich träume immer noch davon –, hatte der Vorfall die Dimensionen eines Alptraums angenommen. Es gab keinen Zweifel, daß Grandmère diesen Vorfall mit dem Eindruck der schrecklichen Darstellungen von der Französischen Revolution vermischte, die sie als kleines Kind in Angst versetzt hatten. Sie beschrieb ihnen die verrückten schwarzen Pumphosen, die Folterinstrumente im Turnsaal, die hysterischen Schülerinnen, deren Gesichter von Erregung verzerrt waren, die fliegenden Locken und die klauengleichen Hände.

»In diesem Augenblick dachte ich: Sie werden außer Kontrolle geraten und sie in Stücke reißen. Rache, blutige, sinnlose Rache. Das wollten sie, jetzt ist mir das klar. Rache an dem schönen, kleinen Wesen, das unschuldig zum Grund für so viel Leid geworden war.«

Jetzt aber, an diesem schönen Märztag des Jahres neunzehnhundert, mußte man sich der blutigen Realität stellen, und irgendwie mußte die auf sich allein gestellte junge Gouvernante Dianne de Poitiers damit fertig werden. Sie hob ihre weiten Seidenröcke an, sprang mit einem großen Satz vom Podest und rannte auf die sich vorwärtswalzende Gruppe der Mädchen zu; etwas sagte ihr, daß keine Zeit wäre, mit ernsthaft erhobenem Haupt gesetzt zu schreiten.

In der Zwischenzeit war Irma, benommen und völlig verstört, kurz davor zu ersticken. Irma, die alle weiblichen Gerüche mißbilligte und sich darüber beschwerte, daß sie Miß Lumleys Pfefferminzgeruch auf zwei Meter Entfernung im Klassenzimmer wahrnehmen konnte, war ausweglos zwischen den wütenden Gesichtern eingeschlossen, die in der unmittelbaren Nähe zu ihrem übernatürlich groß wirkten. Fannys kleine Stupsnase war undeutlich nahe, und sie schnaubte wie ein Terrier mit aufgestellten Haaren. Ein höhlengleicher Mund klaffte mit einem Goldzahn darin offen ... das mußte Juliana sein ... die feuchte Spitze einer geifernden

Zunge. Der warme, saure Atem traf ihre Wangen. Heiße Körper preßten sich gegen ihre Brust. Sie schrie vor Angst auf und versuchte vergeblich, sie wegzuschieben. Ein körperloses Mondgesicht erhob sich irgendwo im Hintergrund.

»Edith. Du!«

»Ja, Herzchen. Ich bin es.« In ihrer neuen Rolle als Rädelsführerin war Edith ganz außer sich und deutete selbstgefällig mit ihrem kleinen, kurzen Zeigefinger auf Irma. »Auf, Irma, erzähl's uns. Wir haben lange genug gewartet.«

Ein Murmeln und Nicken setzte ein. »Edith hat recht. Erzähl es uns, Irma! Erzähl es!«

»Was *soll* ich euch erzählen? Seid ihr alle verrückt geworden?«

»Vom Hanging Rock«, rief Edith und schob sich nach vorn. »Wir wollen wissen, was Miranda und Marion Quade dort oben zugestoßen ist.«

Die stillere der beiden neuseeländischen Schwestern, die sonst kaum etwas sagte, fügte hinzu: »In diesem Rattenloch sagt uns nie jemand etwas!«

Andere Stimmen fielen ein: »Miranda! Marion Quade! Wo sind sie?«

»Ich *kann* es euch nicht sagen. Ich weiß es nicht.«

Plötzlich bemächtigte sich ihres schlanken Körpers eine Kraft, die sie durch die geschlossenen Reihen trieb wie ein Keil, dann stand Mademoiselle neben Irma und hielt deren Arm. Sie schrie mit ihrer hohen, schwachen französischen Stimme.

»Imbéciles! Habt ihr keinen Verstand? Kein Herz? Wie kann uns la pauvre Irma etwas sagen, was sie nicht weiß?«

»Sie weiß es sehr gut, sie will es uns nur nicht sagen.« Blanches Puppengesicht war unter den verstrubbelten Locken zornesrot. »Irma gefällt es, Erwachsenengeheimnisse zu haben. Das *war* immer so.«

Ediths großer Kopf nickte wie der eines Mandarins.

»Dann sage *ich* es euch, wenn *sie* es nicht will. Hört alle zu! Sie sind *tot ... tot*. Miranda, Marion und Miß McCraw. Alle drei sind mausetot und liegen in einer der Höhlen voller Fledermäuse am Hanging Rock.«

»Edith Horton! Sie sind eine Lügnerin und ein Dummkopf.« Die Hand der Mademoiselle fuhr hart auf Ediths Wange herab. »Heilige Mutter Gottes«, betete die Französin laut.

Rosamunde, die sich an der ganzen Sache nicht beteiligt hatte, betete auch. Zu Sankt Valentin. Das war der einzige Heilige, mit dem sie vertraut war, also betete sie zu ihm. Miranda hatte Sankt Valentin geliebt. Miranda glaubte, daß die Liebe Macht über alles hätte.

»Sankt Valentin, ich weiß nicht, wie man richtig zu dir betet. Lieber Sankt Valentin, bitte mach, daß sie Irma in Ruhe lassen und sich lieben, in Mirandas Namen.«

Nicht oft, das ist sicher, wird dem guten Sankt Valentin, der traditionell mit den mehr weltlichen Seiten der romantischen Liebe beschäftigt ist, ein Gebet solch unschuldiger Dringlichkeit hinaufgeschickt. Es war nur fair, daß er darauf eine schnelle und passende Antwort gab. Ein lächelnder, himmlischer Bote in der Verkleidung von Tom erschien mit offenem Mund wunderbar stark und männlich an der Tür des Turnsaals. Der liebe, nette, zahnlose Tom, der gerade von einem Zahnarztbesuch in Woodend kam und sich trotz seines schmerzenden Kiefers freute, daß die Kleinen sich einmal so etwas wie einen Spaß gönnten. Tom, der Mademoiselle respektvoll angrinste und auf eine passende Gelegenheit wartete, bis sich das Treiben gelegt hätte und er Ben Husseys Nachricht an Miß Irma weitergeben konnte.

Das Erscheinen von Tom führte zu einem Moment der Unachtsamkeit, und die Köpfe drehten sich in seine Richtung, so daß sich Irma befreien konnte. Rosamunde erhob sich aus ihrer knienden Haltung, und Edith preßte ihre Hand an die brennende Wange. Der Bote überbrachte Mr. Husseys Grüße, und wenn Miß Leopold den Melbourne Express erreichen wollte, dann müßte sie jetzt sofort kommen, woran er noch einen persönlichen Zusatz fügte: »Und viel Glück von mir und allen in der Küche.«

Es war vorbei, ganz einfach, die Mädchen fielen wieder in ihr altes, gesittetes Benehmen zurück und ließen Irma zwischen sich hindurch. Mademoiselle küßte sie leicht auf die Wangen.

»Ihren Sonnenschirm finden Sie in der Halle, ma chérie. Au revoir, wir sehen uns wieder.« (Aber niemals, niemals wieder, meine kleine Taube.)

Es gab ein oberflächliches Abschiedsgemurmel, während sie ihr hinterherschauten, wie sie mit der bekannten Grazie zur Tür des Turnsaals ging. Dort drehte sie sich, erfüllt von einem grenzenlosen Mitgefühl, das niemand vermutete und das nie zum Ausdruck kam, um, winkte mit ihrer kleinen behandschuhten Hand und lächelte schwach. So verschwand Irma Leopold vom Appleyard College und aus dem Leben ihrer Mitschülerinnen.

Mademoiselle schaute auf ihre Uhr. »Wir sind heute nachmittag spät dran, Mädchen.« Im Turnsaal, der immer spärlich beleuchtet war, wurde es jetzt schnell dunkler. »Geht sofort auf eure Zimmer und vertauscht diese häßlichen Pumphosen mit etwas Hübschem für das heutige Abendessen.«

»Kann ich mein Rosanes anziehen?« wollte Edith wissen.

Die Gouvernante sah sie streng an. »Sie können tragen, was Sie wollen.«

Nur Rosamunde blieb noch zurück. »Kann ich Ihnen helfen, den Raum in Ordnung zu bringen, Mademoiselle?«

»Nein, danke, Rosamunde. Ich habe Migräne und möchte ein bißchen allein sein.«

Die Tür des leeren Raumes schloß sich. Erst jetzt fiel ihr auf, daß Dora Lumley gar nicht mit der Direktorin zurückgekommen war.

Es ist nicht einfach, mit Würde aus einer knienden Haltung in einem kleinen Schrank, mit einem Auge an das Schlüsselloch gepreßt, herauszukommen. Eine wirklich schwierige Angelegenheit! Dora Lumley, die es inzwischen für sicher erachtet hatte, ihr Versteck zu verlassen, traute ihren Ohren nicht.

»Aha! Die tapfere kleine Kröte ist aus ihrem Loch gekommen!« Ein Schweißtropfen befeuchtete Dora Lumleys trockene Lippen. »Sie sind anmaßend, Mademoiselle!«

Dianne, die sorgfältig ihre Noten einpackte, warf der Junggouvernante einen verachtungsvollen Blick zu. »Ich hätte es wissen müssen! Sie haben keinen Versuch unternommen, meine Nachricht der Direktorin zu überbringen?«

»Es war zu spät! Man hätte mich gesehen. Es erschien mir besser, hier zu bleiben, bis alles vorbei war.«

»In dem Schrank? Ja, die kluge kleine Kröte!«

»Nun, warum nicht? Die Mädchen haben sich unmöglich aufgeführt. Es gab nichts, was ich hätte tun können.«

»Also tun Sie jetzt etwas und helfen mir, diesen schrecklichen Raum wieder in Ordnung zu bringen. Ich möchte nicht, daß die Bediensteten morgen früh etwas Ungewöhnliches bemerken.«

»Die Frage ist, Mademoiselle, was sollen wir Mrs. Appleyard erzählen?«

»Nichts.«

»Nichts?«

»Sie haben gehört! Absolut nichts.«

»Sie erstaunen mich! Wenn es nach mir ginge, dann erhielten die Mädchen eine Tracht Prügel.«

»Es gibt im Französischen ein Wort, das auf Sie paßt, à merveille, Dora Lumley. Malheureusement, gut erzogene Leute benutzen es nicht.«

Die bleichen Wangen wurden rot. »Wie kommen Sie dazu, so mit mir zu reden! Wie können Sie nur! Ich werde Mrs. Appleyard persönlich von dem unschönen Vorfall unterrichten. Noch heute abend.«

Dianne de Poitiers hatte eine der Gymnastikkeulen vom Boden aufgehoben. »Sehen Sie die? Ich habe extrem starke Handgelenke, Miß Lumley. Wenn Sie mir nicht vor Verlassen des Raumes schwören, daß Sie niemandem auch nur ein Wort vom dem erzählen, was hier heute nachmittag vorgefallen ist, dann werde ich Ihnen damit einen sehr kräftigen Schlag verpassen. Und niemand wird die französische Gouvernante verdächtigen. Sie verstehen, was ich meine?«

»Sie sind nicht dafür geeignet, junge, unschuldige Mädchen zu erziehen.«

»Da haben Sie recht. Als ich aufwuchs, habe ich auf etwas viel Amüsanteres gehofft. Alors! C'est la vie. Schwören Sie?«

Dora Lumley schaute verzweifelt auf die geschlossene Tür und entschied, daß der notwendige Spurt dorthin zuviel für ihre Senkfüße und ihre Kurzatmigkeit wäre.

Die Französin schwang ruhig die Keule hin und her. »Ich meine es absolut ernst, Miß Lumley. Aber ich habe nicht vor, Ihnen meine Gründe zu nennen.«

»Ich schwöre«, keuchte die andere, zitternd und weiß wie ein Bettuch, während Mademoiselle ruhig die Keule auf den Stapel zurücklegte. »Gott sei uns gnädig! Woher kommt das seltsame Geräusch?«

Aus der gegenüberliegenden Ecke des Raumes, die schon fast ganz im Dunkeln lag, kam ein einzelner, keuchender Laut. Miß Lumley hatte aufgrund der Aufregung des Nachmittags vergessen, die Lederstricke zu lösen, die das Mädchen Sara stramm an das senkrechte Brett fesselten.

Dreizehntes Kapitel

Ob die eben geschilderten Ereignisse Mrs. Appleyard möglicherweise zur Kenntnis kamen, kann nur vermutet werden. Es ist unter diesen Umständen nicht anzunehmen, daß Dora Lumley ihren Eid, niemandem etwas zu sagen, gebrochen hat. Beim Abendessen dieses Tages, das die Direktorin, wie sie es manchmal tat, beaufsichtigte, waren die Zöglinge still und benahmen sich sittsam, obgleich sie keinen besonderen Hunger zeigten. Eine kleine, oberflächliche Unterhaltung entspann sich, und niemandem war, soweit Dianne de Poitiers es feststellen konnte, etwas anzumerken. Alles war wie immer, wenn man von Sara Waybournes Abwesenheit wegen einer Migräne und Edith Hortons Fehlen, die sich bei Miß Lumley über Nervenschmerzen in der rechten Wange beklagte, absah. Edith meinte, daß sie im Turnsaal wohl einen Zug abbekommen haben mußte.

»Im Turnsaal kann es sehr zugig sein«, bemerkte Mademoiselle von ihrem Ende des Tisches aus.

Die Direktorin, die am anderen Ende des Tisches in düsterer Stimmung ein Lammkotelett attackierte, hätte gut und gerne auch damit beschäftigt sein können, einen Menschen fressenden Hai zu zerstückeln. Tatsächlich aber hatte sie es mit viel größeren Fischen zu tun. Der Kampf mit dem Kotelett war nur ein äußeres Zeichen für den inneren Konflikt, den zwei Briefe in ihr ausgelöst hatten, einer von Mr. Leopold und einer von Mirandas Vater, die immer noch unbeantwortet auf ihrem Schreibtisch lagen. Wie auch immer, sie fühlte die Notwendigkeit, aus opportunen Gründen die Konversation in Gang zu halten, und zwang sich, Rosamunde nach dem Befinden ihrer rechten Hand zu fragen und ob Irma Leopold mit der Orient- oder der P.&O.-Linie nach England reisen würde.

»Ich weiß es nicht, Mrs. Appleyard. Irma ist heute nachmittag nur so kurz hier gewesen, daß wir kaum miteinander gesprochen haben.«

»Meine Schwester und ich sind der Meinung, daß sie ziemlich bleich und müde ausgesehen hat«, warf die Gesprächigere des neuseeländischen Pärchens ein.

»So? Irma hat mir gegenüber versichert, daß sie absolut gesund sei.« Der goldene Verschluß an dem schweren Armband der Direktorin klapperte gegen ihren Teller. Sie war erstaunt und überrascht, daß die französische Gouvernante am anderen Ende des Tisches sie auf ziemlich eigenartige Weise anblickte, sah die Smaragde an deren Arm glänzen und fragte sich, ob diese nicht zu groß wären, um echt zu sein. Der Anblick der Juwelen brachte ihre Gedanken wieder zu den Leopolds, von denen behauptet wurde, sie besäßen in Brasilien eine Diamantenmine. Sie unternahm noch einen vergeblichen Versuch bei dem Kotelett und beschloß, nötigenfalls die ganze Nacht aufzubleiben, damit Tom die Briefe mit der ersten Post am Freitagmorgen abschicken könnte.

Unmittelbar nachdem das Essen beendet und dem Herrn für Reispudding und eingemachte Pflaumen teilnahmslos gedankt war, stand die Direktorin vom Tisch auf, zog sich in ihr Arbeitszimmer zurück, verschloß die Tür und setzte sich mit dem Stift in der Hand hin, um sich an die verhaßte Aufgabe zu machen. Die meisten Frauen, die in einer so gefährlichen und von tausenden von Nebenaspekten beeinflußten Lage gewesen wären, hätten schon lange den einfachsten Ausweg gewählt. Es wäre zum Beispiel immer noch möglich gewesen, sich auf dringende Angelegenheiten in England zu berufen und das College einfach für immer zu schließen. Auch hätte man es, für was immer es noch bringen würde, solange es noch ein funktionierendes Unternehmen war, verkaufen können. Wie nannte man so etwas im Geschäftsleben? »Verkehrswert.« Sie knirschte mit den Zähnen. Das wäre ziemlich wenig. Man bezeichnete das College jetzt schon als heimgesucht, und Gott weiß, welch haarsträubenden Blödsinn man sonst noch von ihm erzählte. Mrs. Appleyard konnte die meiste Zeit des Tages hinter geschlossenen Türen in ihrem Arbeitszimmer sitzen, aber sie hatte Augen im Kopf und Ohren. Erst gestern hatte die Köchin gegenüber Minnie beiläufig erwähnt, daß man im Dorf von seltsamen Lichtern erzählte, die nach Einbruch der Nacht auf dem Gelände des College zu sehen wären.

In der Vergangenheit waren Mrs. Appleyard und ihr Arthur einigen Stürmen ausgesetzt gewesen, doch niemals zuvor waren sie mit einer Situation konfrontiert worden, die ein solches öffentliches wie auch privates Unheil in sich trug. Ein Schwert in die Hand zu nehmen und es dem Feind im Licht des Tages in die Brust zu rammen, ist eine Frage des Mutes, dem gegenüber erfordert die Niederwerfung eines unsichtbaren Gegners im Dunkeln ganz andere Fähigkeiten. An diesem Abend schrie alles in ihr nach Angriff. Doch wen und wie sollte sie angreifen? Nicht einmal Arthur hätte sich eine Vorgehensweise überlegen können, solange das verfluchte Geheimnis vom Hanging Rock ungelöst blieb.

Bevor sie sich zum zweiten Mal an diesem Tag daranmachte, einen der beiden Briefe zu schreiben, nahm sie das Haushaltsbuch aus der untersten Schublade und studierte es genau. Nach dem momentanen Stand der Dinge erschien es denkbar, daß für das neue Semester nach Ostern nur neun der ehemals zwanzig Schülerinnen erscheinen würden. Sie ging nochmals die Liste der Namen durch. Die letzte, die von der Liste gestrichen werden mußte, war Edith Horton, deren unglaublich dumme Mutter erst heute geschrieben hatte, daß sie für ihre einzige Tochter »andere Pläne« hatte. Vor einigen Monaten wäre diese Nachricht nur zu willkommen gewesen, und man hätte für das Schuldummchen nur zu leicht Ersatz finden können. Ohne Edith blieben nur noch neun Namen übrig, einschließlich Sara Waybourne. Im Schrank hinter dem Schreibtisch stand eine Flasche Cognac. Sie entkorkte sie und schenkte sich ein halbes Glas ein. Der brennende Geschmack des Alkohols unterbrach den klaren Gang der Gedanken. Sie setzte sich wieder an den Schreibtisch und machte mit ihrer gestochen scharfen Handschrift ein paar Notizen, die keinen Zweifel an dem Charakter und dem eisernen Willen der Frau, die den Stift hielt, aufkommen ließen. Es war fast drei Uhr nachts, als die Briefe schließlich versiegelt und mit Marken versehen waren und die Direktorin ihren müden Körper nach oben schleppte.

Der nächste Tag verging ohne Zwischenfälle. In der Post war eine Mitteilung von Constable Bumpher, daß es nichts Neues zu berichten gäbe, doch einer der Leute vom Russel Street Revier würde in der nächsten Woche gerne mit Mrs. Appleyard sprechen, wenn es ihr passen würde. Es gäbe ein oder zwei Sachen bezüglich des Tagesablaufs vor dem Tag des Picknicks, die einige Eltern gerne geklärt hätten. Das Wetter war mild und heiter, und Mr. Whitehead hatte sich einen schon lang versprochenen freien Tag genommen, den er mit dem Lesen der *Horticultural News* und ohne seine Stiefel anzuziehen verbrachte. Tom versah mit schmerzendem Kiefer, um den er einen Streifen von Minnies Flanellpetticoat gebunden hatte, seine Pflicht, und Sara Waybourne verbrachte auf Anweisung von Mademoiselle den größten Teil des Tages im Bett. Ansonsten war alles wie immer.

Samstag war üblicherweise der Tag für häusliche Angelegenheiten. Die Zöglinge waren mit Stopfarbeiten beschäftigt oder schrieben nach Hause, wobei ihre Briefe rigoros von der Direktorin beim Licht einer Spirituslampe auf ihrem Schreibtisch zensiert wurden, spielten bei schönem Wetter Krocket oder Tennis oder liefen ziellos auf dem Gelände umher. Tom führte neben dem Dahlienbeet eine schwerfällige Unterhaltung mit Miß Rammler, aus der ihn die Ankunft von Mr. Husseys Wagen vor der Eingangstür erlöste. Es gab kein Gepäck, das ausgeladen werden mußte, aber egal, im Wagen war nur ein heruntergekommen aussehender junger Mann von etwa seinem Alter, der eine heruntergekommen aussehende Tasche bei sich hatte und der dem Kutscher auftrug, außerhalb des Sichtbereichs der vorderen Fenster zu warten, bis weitere Anweisungen ergingen. So unscheinbar die Erscheinung auch war, Tom erkannte sofort Miß Lumleys Bruder, diesen unangenehmen Wichtigtuer. Dies war das erste Mal seit einigen Monaten, daß Reg Lumley seine Schwester im College besuchte. Warum, in Gottes Namen, ausgerechnet heute, dachte die Direktorin und beobachtete, wie er ein Paar Handschuhe anzog, seinen schäbigen Mantel glattstrich und die Türklingel betätigen wollte. Mrs. Appleyard, die im geheimen stolz darauf war, jeden unwillkommenen Besucher innerhalb von drei Minuten loszuwerden – wenn nötig in aller Höflichkeit –, hatte schon bei der ersten Begegnung gemerkt, daß Reg eine Klette war. Kurzum, genau wie seine Schwester Dora, ein Dummkopf und Langweiler. Doch wie auch immer, jetzt war er da, vielmehr seine nicht ganz saubere Visitenkarte mit seiner Geschäftsadresse in der Stadt Warragul darauf.

»Sie können Mr. Lumley hereinbitten, Alice, und sagen Sie ihm, ich wäre sehr beschäftigt.«

Reg Lumley, unangenehm, aufgeblasen und unausgegoren, war im Laden von Gippsland angestellt und hatte über alles unter der Sonne seine eigenen Meinungen und Ansichten, über die Erziehung von Mädchen bis hin zur Unfähigkeit der örtlichen Feuerwehr. Welche würde er wohl heute von sich geben, überlegte sich die Direktorin, während sie mit den Fingern auf ihre Schreibtischplatte trommelte. Warum war er ohne Vorwarnung den ganzen Weg von Warragul hierher gekommen?

»Guten Morgen, Mr. Lumley. Es wäre schön gewesen, wenn Sie uns mitgeteilt hätten, daß Sie uns heute besuchen wollen. Leider habe ich heute nachmittag sehr viel zu tun, genauso auch Ihre Schwester. Legen Sie Ihren Hut auf den Stuhl, wenn er Sie stört – und auch den Schirm.«

Reg, der die halbe Nacht wach gelegen und sich ausgemalt hatte, wie er sein Ultimatum, aufrecht stehend in einer Autorität ausstrahlenden Haltung, übermitteln würde, fand sich jetzt zu seinem Unwillen auf einem Stuhl wieder, den Schirm zwischen die Beine geklemmt.

»Ich muß sagen, daß ich nicht vorhatte, heute hier vorbeizukommen, Madame, bis ich gestern am späten Nachmittag ein Telegramm von meiner Schwester erhielt. Es hat mich sehr erstaunt.«

»So. Darf ich fragen, warum?«

»Weil es meine eigene Meinung bestätigt hat, daß Appleyard College nicht länger ein passender Ort für meine Schwester ist.«

»Ich kümmere mich nicht um rein persönliche *Meinungen*. Haben Sie einen *vernünftigen Grund* für Ihren gravierenden Vorwurf?«

»Ja, den habe ich. Eine ganze Menge sogar. Es ist so«, und er wühlte in seiner abgetragenen Jacke, »daß ich, für den Fall, daß Sie nicht da wären, einen Brief vorbereitet habe. Möchten Sie, daß ich ihn vorlese?«

»Nein, danke.« Sie blickte über ihre Schulter auf die Uhr hinter sich. »Wenn Sie mir so knapp wie möglich sagen würden, was Sie zu sagen haben.«

»Nun, zuerst einmal all das, was öffentlich über das

College geredet wird. Nach meiner Meinung wurde viel zuviel geredet, seit diesem, äh, diesen unschönen Vorfällen am Hanging Rock.«

»Ich kann mich nicht erinnern«, bemerkte die Direktorin scharf, »daß Ihre Schwester nur ein einziges Mal in den Presseberichten erwähnt wurde.«

»Nun, meine Schwester wahrscheinlich nicht, aber sie wissen ja, wie die Leute reden. Man kann heute keine Zeitung mehr aufschlagen, ohne etwas von dieser Geschichte zu lesen. Meiner Ansicht nach ist es nicht in Ordnung, wenn eine angesehene junge Dame wie Dora in irgendeiner Weise, wie auch immer, mit Verbrechen und diesen ganzen Sachen in Verbindung gebracht wird.«

Wenn das Herz des jungen Lumley offenliegen würde wie das eines Dichters, dann hätte man das Wort ANSEHEN dort eingraviert sehen können. (Gerede war nach Regs Dafürhalten immer etwas, was dem Ansehen abträglich war, es sei denn, man war jemand so furchteinflößend Wichtiges wie Lord Kitchener.)

»Achten Sie bitte auf Ihre Worte, Mr. Lumley. Kein Verbrechen. Geheimnis, wenn Sie so wollen. Das ist etwas ganz anderes.«

»Gut, in Ordnung – Geheimnis. Trotzdem gefällt mir die Sache nicht, Mrs. Appleyard. Und meiner Schwester auch nicht.«

»Meine Anwälte sind davon überzeugt, daß sich die Angelegenheit in Kürze aufklärt, dabei ist es unerheblich, was Sie und Ihre Freunde in Warragul denken mögen. War es das?«

»Nur, daß Dora mir gesagt hat, daß sie ihr Arbeitsverhältnis ab heute, dem einundzwanzigsten März, beenden möchte. Draußen wartet schon ein Wagen auf sie, und wenn Sie ihr freundlicherweise ausrichten lassen könnten, daß ihr Bruder hier sei und sie ihre Tasche packen soll. Das restliche Gepäck kann dann später nachgeschickt werden.«

In diesem Augenblick, wie er später gegenüber seiner

Schwester im Zug erwähnte, hatte der junge Mann bemerkt, wie Mrs. Appleyard vom Nacken, der von einem Netzkragen umschlossen wurde, aufwärts eine fleckige Farbe annahm. Ihre Augen, die er vorher nie beachtet hatte, wurden groß und rund wie Murmeln und schienen fast aus den Höhlen zu treten. In nächsten Moment verlor das alte Mädchen die Beherrschung. »Mann, Dora, ich wünschte, du hättest sie hören können. Glücklicherweise hatte ich alles unter Kontrolle und machte keinen Versuch, ihr zu antworten.«

Ein unparteiischer Zeuge hätte vielleicht bemerkt, daß der Besucher seinerseits wachsgrün im Gesicht wurde und deutlich zitterte.

»Ihre Schwester ist ein blauäugiges Dummchen, Mr. Lumley. Ich hätte sie auch ohne Ihr Eingreifen noch vor Ostern hinausgeworfen. Glücklicherweise haben Sie mir diese Mühe erspart. Sie verstehen sicher, daß durch dieses unmögliche Verhalten ihr Gehalt als Strafe für den Vertragsbruch einbehalten werden muß?«

»Da bin ich mir nicht sicher. Aber egal, das können wir später regeln. Übrigens, sie möchte natürlich ein schriftliches Zeugnis haben.«

»Das dachte ich mir. Doch jedes Zeugnis von mir, das nur ein Körnchen Wahrheit enthält, würde nicht angeraten sein, ihr zu einer Stellung zu verhelfen.« Ihre Hand schlug so hart auf die Tischplatte, daß der Tintenlöscher fast heruntersprang, worauf Mr. Lumley selbst auch aufsprang. »Ich bin eine ehrliche Dame, Mr. Lumley, und wenn Sie es nicht wissen sollten, dann erkläre ich es Ihnen. Ihre Schwester ist ein charakterloser, ungebildeter Dummkopf, und je schneller sie dieses Haus verläßt, desto besser.« Sie klingelte und erhob sich vom Schreibtisch. »Wenn Sie bitte in der Halle warten wollen. Eines der Hausmädchen wird Ihre Schwester holen, und dann können Sie ihr sagen, daß sie sofort mit dem Packen beginnen kann. Wenn sie sich beeilt, können Sie noch den Melbourne Express erreichen.«

»Mrs. Appleyard, ich bestehe darauf, daß Sie mich ausreden lassen. Wollen Sie nicht wissen, wie ich über die ganze Sache denke? Ich meine, es gibt da eine Menge Leute, die ...«

Irgendwie war die Tür des Arbeitszimmers auf einmal hinter ihm. Ohne Hut und vor unterdrückter Wut zitternd, stand Reg alleine in der Halle. Sein Redefluß war abrupt unterbrochen worden und sein Selbstbewußtsein angeknackst. Die nun folgende Wartezeit mußte er sich so gut es ging vertreiben. Er saß auf einem hochlehnigen Mahagonistuhl und dachte über verschiedene Möglichkeiten nach, wie er seinen Hut, ohne sein Gesicht zu verlieren, aus dem Arbeitszimmer bekäme.

Innerhalb einer Stunde hatte Dora Lumley es geschafft, ihre wenigen Habseligkeiten an Kleidung und einigen anderen persönlichen Dingen, einen japanischen Fächer, einen Geburtstagskalender, den Granatring ihrer Mutter, in einen Kleidungskorb und in mehrere Taschen und Päckchen aus braunem Papier zu verpacken und saß nun neben ihrem Bruder in Husseys Wagen. Man muß nicht hinzufügen, daß der Wagen unter den aufmerksamen Blicken vieler versteckter Augenpaare die Auffahrt hinausfuhr. Die Neugierde hat ihre eigenen, besonderen Formen des Ausdrucks; das gesprochene Wort, begleitet von einem Heben der Augenbrauen, Nicken, Kopfschütteln und Schulterzucken. Am Samstagabend, dem einundzwanzigsten, hatte die Neugierde im Appleyard College den Siedepunkt erreicht. Trotz der harten Gebote des Schweigens hätte ein sehr empfindliches Ohr ein unaufhörliches, insektengleiches Summen auf den Treppen und Gängen vernommen, das Vibrieren weiblicher Neugierde erhob sich, blieb aber noch unbefriedigt. Seit man Miß Lumley und ihren Bruder am späten Nachmittag mit der merkwürdigen Ansammlung von hastig zusammengepackten Habseligkeiten hinten im Wagen hatte wegfahren sehen, war es zu den wildesten Spekulationen gekommen. Verließ die

Junggouvernante das College endgültig? Und wenn ja, warum dann solche Eile? Man stimmte darin überein, daß es nicht zu Miß Lumley paßte, die Möglichkeit zu einem spektakulären Abgang auszulassen. Das Hausmädchen wurde angefleht zu wiederholen, was der Bruder bei seiner Ankunft gesagt und wie lange er in der Halle gewartet hatte. Und was Miß Lumley gesagt hatte, als sie von Alice davon unterrichtet wurde, daß ihr Bruder unten mit einem Wagen warte. Das alles war sehr geheimnisvoll und brachte einen Hauch von erfrischender Abwechslung in den ansonsten trüben Tag. Dora Lumley und ihr unmöglicher Bruder dienten schon lange zur Erheiterung.

Das einzige Mitglied des Haushalts, das kein Interesse an der Abreise von Miß Lumley zeigte, war Sara Waybourne, die den Nachmittag damit verbrachte hatte, mit einem Buch in der Hand auf dem Gelände herumzuspazieren. Alarmiert von der zunehmenden Blässe des Kindes, entschied sich Mademoiselle, »den Stier bei den Hörnern zu packen« und Mrs. Appleyard zu bitten, nach Doktor McKenzie zu schicken. Seit dem Vorfall im Turnsaal war sich Dianne einer seltsamen neuen Kraft bewußt. Sie fürchtete sich nicht länger vor Mrs. Appleyards persönlichem Zorn, der im Bewußtsein des allumfassenden göttlichen Zorns seinen Schrecken verloren hatte.

Bis zum Anbruch der Osterferien am Mittwoch waren es nur noch fünf weitere Tage. Danach würde Appleyard College nicht viel mehr als ein böser Traum sein, wenn sie in Louis' Armen lag. Rosamunde, die beim Abendessen über den Tisch blickte, sah sie über einem Teller von Irish Stew lächeln und deutete ihre Gedanken richtig. Ohne die heitere Art von Mademoiselle würde das Leben am College unerträglich sein.

Warum soll ich mit all den dummen Kindern hierbleiben? dachte Rosamunde und beschloß, ihre Eltern zu bitten, über Ostern nach Hause kommen zu dürfen.

Nicht nur Sara Waybourne, sondern auch Mrs. Appleyard brauchte die Hilfe von Doktor McKenzie. In den vergangenen paar Wochen hatte sie viel an Gewicht verloren, und der mächtige Seidenrock hing lose um ihre Hüften. Die schlaffen Wangen waren manchmal bleich und eingesunken, manchmal fleckig rot und »aufgebläht wie ein Fisch, der zu lange in der Sonne gelegen hat«, wie Blanche Edith zuflüsterte. Die beiden Mädchen kicherten hinter Aphrodite versteckt und beobachteten, wie die Direktorin langsam von der Halle aus die Treppe hinaufstieg. Auf halbem Weg zum ersten Absatz sah die Direktorin Minnie mit einem nett angerichteten Tablett, auf dem ein Spitzendeckchen lag und japanisches Porzellan stand, die Hintertreppe heraufkommen.

»Haben wir einen Krankheitsfall im Haus?« fragte sie säuerlich.

Anders als die Köchin und Alice hatte sich Minnie nie von Mrs. Appleyard einschüchtern lassen. »Das ist das Abendessen für Sara, Madame. Mademoiselle bat mich, etwas anzurichten, denn am Samstagabend haben die jungen Damen keine Hausaufgaben, und das Kind fühlt sich wirklich schlecht.«

Das Hausmädchen hatte gerade die Tür zu Saras Zimmer erreicht, als Mrs. Appleyard, die sich heute frühzeitig in ihr großes Schlafzimmer, das direkt über ihrem Arbeitszimmer lag, zurückziehen wollte, sie zurückrief. »Sagen Sie Miß Sara bitte, daß sie ihr Licht nicht löschen möge, bevor ich bei ihr war.«

Sara saß aufrecht im Bett, das Gaslicht ganz klein gestellt, ihr volles Haar fiel offen über ihre schmalen Schultern, und Minnie dachte bei diesem Anblick, daß das Kind dank einer fiebrigen Röte und der dunklen, glänzenden Augen fast schön aussah.

»Hier, Miß, ich habe Ihnen auf besondere Anweisung von Mademoiselle ein gekochtes Ei gebracht. Die Marmelade und die Sahne habe ich selbst vom Mittagessen der Madame stibitzt.«

Ein dünner Arm schoß unter der Bettdecke hervor. »Nehmen Sie es wieder mit. Ich werde es nicht anrühren.«

»Nun, Miß Sara, das ist wirklich kindisch! Ein großes Mädchen von dreizehn Jahren, oder etwa nicht?«

»Ich weiß nicht, wie alt ich bin. Selbst mein Vormund weiß es nicht genau. Manchmal fühle ich mich hundert Jahre alt.«

»Wenn Sie erst einmal die Schule verlassen haben und all die jungen Männer hinter Ihnen her sind, dann werden Sie sich nicht mehr so fühlen, Miß. Sie brauchen einfach ein bißchen Vergnügen.«

»Vergnügen!« wiederholte das Kind. »Vergnügen. Kommen Sie hierher. Ganz nah ans Bett, und ich erzähle Ihnen etwas, das niemand am College weiß, außer Miranda, und sie hat versprochen, es niemandem weiterzusagen. Minnie! Ich bin im Waisenhaus aufgewachsen. Vergnügen! Manchmal, wenn ich nicht einschlafen kann, dann denke ich heute noch daran. Eines Tages habe ich gesagt, daß es wohl Spaß machen würde, Zirkusreiterin in einem Paillettenkostüm auf einem weißen Pferd zu sein. Die Vorsteherin hatte Angst, ich könnte davonlaufen, und hat mir den Kopf rasiert. Ich habe sie in den Arm gebissen.«

»Da, Miß. Weinen Sie nicht.« Die warmherzige Minnie war fürchterlich entsetzt. »Hören Sie, Liebes. Ich lasse das Tablett hier auf dem Waschtisch, falls Sie Ihre Meinung ändern. Jesus, jetzt fällt's mir wieder ein. Madame hat mir aufgetragen, Ihnen auszurichten, nicht das Licht zu löschen, bevor sie nicht hier war. Wollen Sie die Marmelade wirklich nicht probieren?«

»Niemals! Auch wenn ich am Verhungern wäre!« Sie drehte das Gesicht zur Wand.

In einem Zweiterklasseabteil des Melbourne Express hatten Reg und Dora Lumley ohne Unterlaß geredet; die Schwester dann und wann in Tränen ausbrechend und

Einwürfe wie »Unglaublich! Natürlich nicht! Was du nicht sagst! Wie konnte sie nur!« von sich gebend, während die Bahnstationen in der einbrechenden Dunkelheit an ihnen vorbeihuschten. Ihr Bruder dachte schon über Wege und Möglichkeiten nach, wie er an das gesamte Gehalt für das Semester herankäme, was nach Regs Dafürhalten eine absolut dringliche Angelegenheit war.

»Du fragst, warum, Dora? Wir alle wissen, daß das alte Mädchen jeden Tag bankrott gehen kann – oder etwas in der Art.«

Als der Zug im Spencer Street Bahnhof einlief, war beschlossen, daß Dora ihren Bruder nach Warragul begleiten und dort den Dreipersonenhaushalt im heruntergekommenen Haus einer alten Tante führen sollte.

»Meiner Meinung nach hast du eine Menge falsch gemacht, Dora. Es ist so, daß Tante Lydia nicht ewig leben wird.«

Mit dieser bedeutungsvollen Bemerkung stiegen sie aus dem Zug und in eine Straßenbahn, die sie zu einem ordentlichen Hotel in einer ordentlichen Straße brachte. Dora war voll der Bewunderung für ihren vorausdenkenden, verläßlichen Bruder, der für die Nacht sogar schon zwei billige Einzelzimmer im hinteren Flügel reserviert hatte. Sie kamen gerade rechtzeitig für ein spätes Abendessen, und nachdem sie etwas kalten Hammelbraten mit einem starken Tee hinuntergespült hatten, zogen sich Bruder und Schwester erschöpft für die Nacht zurück. Gegen drei Uhr morgens wurde eine brennende Öllampe, die man zu nah am Fenster abgestellt hatte, von den sich im Wind bauschenden Vorhängen auf die hölzerne Treppe geworfen. Die Flammen leckten an der schäbigen Tapete mit der abblätternden Farbe hoch. Rauchwolken drangen ungesehen durch das Fenster nach draußen. Innerhalb von Minuten war der gesamte hintere Flügel ein Flammenmeer.

Vierzehntes Kapitel

Obgleich Reg Lumleys endgültiger Abgang unbedingt respektabel war, wurde er doch von den hochschlagenden Flammen des öffentlichen Geredes begleitet, so daß der junge Mann eine fast phönixgleiche, schillernde Wiedergeburt aus dem brennenden Hotel erfuhr. Der Laden in Warragul, in dem er fünfzehn unbedeutende Jahre gearbeitet, diskutiert und sich produziert hatte, war zur Beerdigung der Lumleys einen halben Tag geschlossen, eine öffentliche Anerkennung, die vielleicht, vielleicht auch nicht von dem Verstorbenen geschätzt worden wäre, zumindest war er nicht mehr in der Lage, seine Meinung darüber kundzutun.

Im vorherigen Kapitel wurden wir Zeuge, wie ein Teil des sich ausbreitenden Geflechts, das am Hanging Rock geknüpft worden war, im wahrsten Sinne des Wortes fünf Wochen später in einem Hotel verbrannte. Während des Wochenendes des Brandes kam ein anderer Teil zwischen den Gebirgsnebeln von Lake View zum Stillstand. Mike hielt sich schon seit fast einer Woche in Melbourne auf, und die Fitzhuberts waren für den Winter nach Toorak zurückgekehrt, als ein verlegter Anwaltsbrief ihn zwang, ein paar Tage am Mount Macedon zuzubringen. Am Samstagabend, dem einundzwanzigsten, hatte Albert ihn am Bahnhof in Macedon mit dem Dogcart abgeholt, Mikes Zug war doch tatsächlich auf der Strecke von Melbourne nur Zentimeter an dem der Lumleys in der Gegenrichtung vorbeigefahren.

Als der Wagen unter den jetzt kahlen Kastanien hindurchfuhr, hatte fast unmerklich Schneeregen eingesetzt.

»Wird dieses Jahr früh Winter«, bemerkte Albert und schlug seinen Kragen hoch. »Wundert mich nicht, daß all die Großen, die es sich leisten können, vor dem Winter abhauen.«

In der sonst so strahlendhell beleuchteten Hausfassade schienen nur ein paar Lichter.

»Die Köchin ist noch nicht in den Ferien, aber die Mädchen sind mit der Familie schon in Toorak. Dein altes Zimmer ist fertig gemacht und ein Feuer vorbereitet worden.« Er grinste. »Du weißt doch noch, wie man ein Feuer anzündet?«

In der Halle brannte ein schwaches Licht, und durch die offene Salontür konnten sie einen Blick auf die abgedeckten Sessel und Sofas werfen.

»Nicht viel los hier oben, nicht wahr? Besser, du ißt und kommst dann runter zu mir in die Ställe. Ich habe eine Flasche Schnaps, die mir der Colonel bei seiner Abreise gegeben hat.«

Mike war zu müde und lustlos, versprach aber, morgen zu kommen.

Lake View, von der täglichen Anwesenheit seiner Bewohner entblößt, wirkte langweilig und tot. Es stellte nur ein bequemes Umfeld für die Ferien seiner Tante und seines Onkels dar und hatte keine eigene Ausstrahlung. Michael, der sein Kotelett auf einem Tablett am Feuer sitzend aß, war sich undeutlich des Unterschieds zwischen Lake View und Haddingham Hall bewußt, dessen efeuumrankte Mauern schon Hunderte von Jahren existiert hatten und noch weitere Hunderte von Jahren existieren und das Leben erfolgreicher Generationen von Fitzhuberts bestimmen würden, die zu Zeiten, die bis zur Verteidigung des Normannenturms zurückgingen, dort gekämpft hatten und gestorben waren.

Am nächsten Morgen fand sich der Brief des Anwalts genau da, wo Mike ihn vermutet hatte, hinten in der Schublade eines Sekretärs, der in einem Nebenraum stand. Es war Sonntag, und da Albert eine geheimnisvolle Verabredung auf einer abgelegenen Farm hatte, bei der es um ein Pferd ging, verbrachte Mike den größten Teil des Tages damit, ziellos auf dem Gelände herumzulaufen. Um die Mittagszeit herum hob sich der feuchte Nebel und gab den Blick auf die Pinienwälder vor einem bleichen, blauen Himmel frei. Als nach dem Mittagessen die Sonne mit schwachem Glanz hervorkam, spazierte er zum Gärtnerhaus hinunter, wo er von den Cutlers mit offenen Armen empfangen und in der gemütlichen Küche mit warmen Hörnchen und Tee bewirtet wurde.

»Und wie geht es Miß Irma? Gott, Sie können sich nicht vorstellen, wie wir sie hier vermissen.«

Mike gestand ein, daß er sie während seines Aufenthalts in Melbourne nicht gesehen hatte, aber wußte, daß sie am Dienstag nach England reisen würde, was bei Mrs. Cutler vollständige Verwirrung auslöste. Sobald der Besucher weg war, sagte Mr. Cutler, der, wie die meisten Menschen, die in engem Kontakt mit der Natur standen, die elementaren Dinge intuitiv fühlte: »Ich habe schon immer gewußt, daß etwas zwischen den beiden steht. Schade!«

»Ich wollte meinen Ohren nicht trauen«, seufzte seine Frau, »als er so gleichgültig über mein armes, liebes Lämmchen sprach.«

In der Dämmerung war Mike zum See hinunter gegangen, wo ihn das rauhe Klappern des Schilfs und die kahlen Äste der Weiden, die in die kleine Bucht hingen (im Sommer war das ein schattiger Ankerplatz für das Boot gewesen) mit einer ruhelosen Melancholie erfüllten. Die Schwäne waren verschwunden, und die dunkelgrünen Blätter der Seerosen lagen wie Punkte auf der schwarzen Wasseroberfläche. Die Eiche, bei der er den Schwan an einem Sommernachmittag im Vogelbad gesehen hatte, ragte kahl in den Himmel. Aus einiger Entfernung konnte er den Bach aus dem Wald und unter der Brücke plätschern hören. Diese hell klingende Musik schien die Ruhe und die Stille dieses nicht enden wollenden Tages noch zu verstärken.

Sobald er sein Abendessen beendet hatte, nahm er die Sturmlaterne, die wie immer an der Seitenwand des Hauses hing, und begab sich durch den dichten Schneeregen zu den Ställen. Aus Alberts Zimmerfenster schien ein Licht, und die Falltür wurde zum Empfang des Besuchers von einem Stiefel aufgestoßen. Auf dem Tisch waren eine Flasche Whisky und zwei Gläser bereitgestellt.

»Tut mir leid, aber ich kann hier oben kein Feuer machen – es gibt keinen Kamin –, aber der Schnaps hält die Kälte ab, und die Köchin hat uns ein paar Brote gemacht. Bedien dich!«

Mike bemerkte die freudige Begrüßung und eine Gemütlichkeit, die im Speisesaal seiner Tante unbekannt war.

»Wenn du verheiratet wärest«, sagte er und ließ sich in dem defekten Schaukelstuhl nieder, »dann würdest du das sein, was die Frauenmagazine als ›häuslichen Typ‹ bezeichnen.«

»Ich habe es, wenn es sich einrichten läßt, gern gemütlich. Meinst du das?«

»Nicht nur das.« Wie so viele Dinge, die man gern sagen würde, war es auch in diesem Fall zu kompliziert, es auf den Punkt zu bringen. »Ich würde dich eines Tages gern einmal in deinem eigenen Haus sehen.«

»So, würdest du gern? Ich würde schnell Hummeln in den Hintern bekommen, Mike. Selbst wenn ich es soweit brächte, mich irgendwo niederzulassen und einen Stall voll Kinder in die Welt zu setzen. Wie gefällt dir das Stadtleben der Reichen?«

»Überhaupt nicht. Meine Tante denkt an nichts anderes als daran, eine ihrer schrecklichen Partys zu geben

– für *mich*. Ich habe ihnen noch nicht gesagt, daß ich in ein oder zwei Wochen in den Norden gehen werde, wahrscheinlich nach Queensland.«

»Da bin ich noch nicht gewesen, nur einmal in Brisbane am Strand und im Gefängnis von Toowoomba, aber nur für eine Nacht. Damals war ich mit einer wilden Truppe unterwegs.«

Mike musterte teilnahmsvoll die groben, geröteten Gesichtszüge, die im flackernden Kerzenlicht ehrlicher erschienen als die Gesichter vieler seiner Freunde in Cambridge, die ihre Schneiderrechnungen jahrelang nicht bezahlten und noch nie eine Nacht hinter Gittern zugebracht hatten.

»Warum machst du nicht Ferien und kommst mit mir in den Norden?«

»Jesus, ist das dein Ernst?«

»Natürlich ist das mein Ernst.«

»Wo willst du hin?«

»Es gibt dort eine große Viehfarm, die ich besuchen möchte, hoch oben nahe der Grenze. Goonawingi heißt sie.«

»Meiner Meinung nach könnte ich leicht auf einer der großen Farmen Arbeit finden«, meinte Albert nachdenklich. »Aber egal, Mike, ich kann deinen Onkel und die Pferde hier nicht im Stich lassen. Zuerst müßte ich jemanden finden, der sich um Lake View kümmert. Der alte Knabe hat mich im großen und ganzen gut behandelt.«

»Das verstehe ich«, pflichtete Mike bei. »Aber halte auf jeden Fall Ausschau nach jemandem, der die Sache hier übernimmt, und ich schreibe Dir, sobald ich genau weiß, was ich mache.«

Geld wurde selbstverständlich nicht erwähnt. Zu diesem Zeitpunkt wäre das Angebot, die Zugkarte nach Queensland zu bezahlen, ein Bruch gewesen mit der Würde des gegenseitigen Verständnisses. Der stickige kleine Raum wirkte durch den Whisky und das Licht zweier Kerzen fast gemütlich. Mike nahm sich ein zweites Glas und fühlte, wie die sanfte Wärme durch seine Adern floß.

»Als ich klein war, hielt ich Whisky immer für ein Mittel gegen Zahnschmerzen. Meine Kinderfrau hat einen Baumwollappen in die Flasche getunkt. Dann habe ich herausgefunden, daß ein anständiger Whisky eine große Hilfe ist, wenn ich nicht einschlafen kann.«

»Denkst du immer noch an den blöden Felsen?«

»Ich kann's nicht ändern. Es kommt immer nachts, in meinen Träumen.«

»Wenn wir schon über Träume sprechen«, meinte Albert, »ich hatte gestern nacht einen wirklich schlimmen. Als ob es Wirklichkeit gewesen wäre.«

»Erzähl! Seit ich in Australien bin, bin ich ein Experte in Alpträumen.«

»Es war nicht direkt ein Alptraum ... Zum Teufel, ich kann es nicht beschreiben.«

»Versuch es. Meine sind manchmal so real, daß ich kaum glauben kann, daß es Träume *sind.*«

»Ich habe verdammt tief geschlafen. Hatte einen tollen Samstagabend. Muß so gegen Mitternacht gewesen sein, als ich ins Bett ging. Nun, ganz plötzlich war ich hellwach, genauso wie jetzt, und im Raum war der Gestank von Stiefmütterchen. Ich öffnete meine Augen, um zu sehen, wo das herkäme. Ich hätte nie gedacht, daß Stiefmütterchen so stark riechen. Ganz schön seltsam, aber es war halt so. Hört sich verdammt blöd an, wie?«

»Für mich nicht«, entgegnete Mike, und seine Augen waren auf das Gesicht seines Freundes gerichtet. »Erzähl weiter.«

»Nun, ich habe meine Augen geöffnet, und die Bude war taghell, obwohl es draußen stockdunkel war. Das ist mir die ganze Zeit nicht komisch vorgekommen, erst jetzt, wo ich es dir erzähle.« Er machte eine Pause und zündete sich eine Zigarette an. »Das tut gut. Es war, als ob das Gaslicht ganz hochgedreht wäre. Und da stand sie am Fußende des Bettes, genau da, wo du jetzt sitzt.«

»Wer? Wer war es?«

»Mein Gott, Mike. Es gibt keinen Grund, über so einen blöden Traum aus dem Häuschen zu geraten.« Er schob die Flasche über den Tisch. »Meine kleine Schwester. Erinnerst du dich, die, von der ich erzählt habe, daß sie verrückt nach Stiefmütterchen sei? Es sah so aus, als trüge sie eine Art Nachthemd. Und das kam mir bis jetzt auch nicht seltsam vor. Ansonsten sah sie in etwa so aus, wie ich sie zuletzt gesehen habe, vor ungefähr sechs oder sieben Jahren, denke ich. Ich hab's vergessen.«

»Hat sie irgend etwas gesagt, oder stand sie einfach nur da?«

»Sie stand hauptsächlich da, blickte auf mich herab und lächelte. ›Erkennst du mich, Bertie?‹ fragte sie. Und ich antwortete: ›Natürlich erkenne ich dich.‹ ›Oh, Bertie‹, sagte sie, ›deine Arme mit den Meerjungfrauen und wie du da liegst, den Mund offen, der abgebrochene Zahn darin, ich hätte dich immer erkannt.‹ Ich wollte mich gerade aufrichten, um sie besser sehen zu können, da begann sie so ... wie nennt man das, wenn eine Person wie im Nebel verschwindet?«

»Sie wird transparent«, half ihm Mike.

»Richtig. Wieso wußtest du das? Ich rief: ›He, Schwester! Geh noch nicht weg.‹ Aber sie war schon verschwunden, bis auf ihre Stimme. Ich konnte sie genauso deutlich hören, wie ich dich jetzt höre. Sie sagte: ›Auf Wiedersehen, Bertie. Ich bin von weither gekommen, um dich zu sehen, doch jetzt muß ich gehen.‹ Ich habe noch Auf Wiedersehen gesagt, dann war sie weg. Direkt durch die Wand dort drüben. Hältst du mich für verrückt?«

Verrückt! Wenn nicht Alberts so fest auf den Schultern sitzender runder Kopf für den gesunden Menschenverstand stand, was dann? Wenn Albert verrückt war, dann konnte man an nichts mehr glauben. Dann gab es keine

Hoffnung mehr. Dann half kein Beten. Dann machte es keinen Sinn mehr, zu dem Gott zu beten, an den zu glauben man Mike seit dem Tag beigebracht hatte, an dem ihn sein Kindermädchen zum ersten Mal in die Sonntagsschule geschleppt hatte. Dann war da Gott selbst, in einem roten und blauen Bildfenster, ein furchteinflößender alter Mann, der seinem Großvater, dem Earl of Haddingham, sehr ähnlich war und der auf einer Wolke saß und sich bei allem auf der Erde einmischte. Bestrafte die Sünder, kümmerte sich um die Spatzen im Park, die aus dem Nest gefallen waren, hatte ein Auge auf die Königliche Familie, wo immer sie sich befand, ließ Menschen Schiffbruch erleiden oder auch nicht, ganz nach seinem Gutdünken. »Those In Peril On The Sea«.

Gefunden und gerettet werden oder zum Untergang verurteilt werden, wie die Schülerinnen am Hanging Rock, lag in seiner Macht. Alles dies und noch viel mehr ging dem armen Mike in einem wilden Durcheinander durch den Kopf, während er dasaß und seinen Freund anstarrte, der nun grinste und wiederholte: »Verrückt! Warte nur ab, bis *du* mal so einen Traum hast!«

»Verrückt oder nicht, du hast mich geschafft, Albert«, meinte Mike und erhob sich gähnend. »Ich denke, ich nehme noch einen Schluck und gehe dann. Gute Nacht.«

Obwohl sich der Nebel verzogen hatte und die Sonne schon seit einiger Zeit am Himmel stand, als Mike am nächsten Morgen frühstückte, hatte das Sonnenlicht noch nicht die Anwesen auf der Schattenseite des Berges erreicht. Vom Speisesaal aus schaute er ein letztes Mal auf den kleinen See, der immer noch im tiefen Schatten wie eine kalte, graue Felsplatte dalag. Seiner sommerlichen Schönheit entblößt, war Mount Macedon genauso öde wie die durchweichten Felder von Cambridge. Es schüttelte ihn, als er seine Reisetasche aufnahm, seinen Mantel anzog und hinunter zu den Ställen ging. Albert, der ihn zum Zug nach Melbourne bringen sollte, pfiff, auf einer Backsteinmauer sitzend, zwischen den Zähnen, und Toby war schon vor den Dogcart gespannt. Das Pferd wartete ungeduldig darauf wegzukommen, schüttelte seinen zart gebauten, kleinen Kopf und zog an dem glänzenden Zaumzeug.

»Laß dir Zeit, Mike. Der kleine Teufelsbraten ist ganz schön stark, aber ich kann ihn schon ruhighalten, während du einsteigst.«

Sie waren gerade auf die Landstraße gebogen, als Albert beim Anblick von Manassas Jungen, der auf dem Fahrrad seiner Schwester daherkam, das unruhige Pferd zum Stehen brachte. In seiner vor Kälte geröteten Hand befand sich die Morgenpost.

»Das sind die Hustentropfen für die Köchin, Mr. Crundall. Können Sie sie mitnehmen? Eine Sekunde noch, hier ist ein Brief für Sie.«

»Soll das ein Witz sein. *Mir* schreibt niemand einen Brief.«

»Ich kann doch lesen, oder? Ihr Name ist Mr. Crundall, stimmt's?«

»Na gut, gib ihn her, und daß es keiner deiner Späße ist. Nun bin ich aber platt. Von wem kann der wohl sein?«

Als keine Antwort gegeben wurde und auch keine zu erwarten war, strampelte der Junge verärgert einen Seitenweg hinunter, und die Fahrt wurde schweigend fortgesetzt, bis sie vor dem Bahnhof von Macedon vorfuhren. Bis zur Ankunft des Zuges waren noch gut zehn Minuten Zeit, und da Albert mit dem Bahnhofsvorsteher auf gutem Fuß stand, wurden sie aus der Kälte hereingebeten, um sich am Kamin im Büro zu wärmen.

»Willst du nicht deinen Brief öffnen?« fragte Mike. »Laß dich durch mich nicht stören.«

»Um die Wahrheit zu sagen, mir fällt es nicht so leicht, Handschriftliches zu lesen, bei gedruckten Sachen bin ich besser. Willst du es mir nicht vorlesen?«

»Herr im Himmel, vielleicht steht etwas Privates darin.«

Albert grinste. »Kaum, außer die Polizei ist hinter mir her. Leg los.«

Albert, der kein Geheimnis aus seinem Aufenthalt im Gefängnis von Toowoomba machte und sich seine Post laut vorlesen ließ, erstaunte Mike immer wieder. Daheim wurden die Briefe, die die Familie erhielt, säuberlich in einer Reihe vom Butler auf einem Tisch ausgebreitet und verkörperten einen fast göttlichen Anspruch auf Privatsphäre. Mit einem Gefühl, ähnlich dem, eine Bank auszurauben, nahm Michael den Brief, öffnete ihn und begann zu lesen.

»Er kommt aus dem Galleface Hotel ...«

»Kenne den Schuppen nicht. Wo ist das?«

»Es sieht so aus, als ob er dort geschrieben und später dann in Freemantle aufgegeben worden wäre.«

»Laß das Unwichtige, sag mir einfach, was drinsteht, und dann kann ich es mir nochmal auseinanderklabüstern, wenn ich zu Hause bin.«

Der Brief kam von Irma Leopolds Vater, der Mr. Albert Crundall dafür dankte, daß er seine Tochter am Hanging Rock gefunden und gerettet hatte.

Wie ich weiß, sind Sie ein junger Mann und unverheiratet. Meine Frau und ich wären dankbar, wenn Sie den beigefügten Scheck als Ausdruck unserer ewigen Dankbarkeit annehmen würden. Wie mir mein Rechtsanwalt gesagt hat, sind Sie zur Zeit als Pferdeknecht angestellt. Wenn Sie in der Zukunft den Wunsch haben sollten, eine andere Stelle anzunehmen, dann zögern Sie nicht, sich mit meinem Bankier an der unten angegebenen Adresse in Verbindung zu setzen ...

»Meine Herrn!«

Jeder weitere Kommentar, so da einer war, wurde von dem Dröhnen des Melbourne Express übertönt, der in den Bahnhof einfuhr. Mike drückte den Brief in Alberts erstarrt wirkende Hand, griff sich seine Reisetasche und sprang, gerade als der Zug den Bahnsteig verließ, in das nächstgelegene Abteil. Fünf Minuten später stand Albert immer noch vor dem Kamin des Bahnhofsvorstehers und starrte auf einen Scheck über eintausend Pfund.

Die Kneipen in der Stadt hatten noch nicht geöffnet, doch Mr. Donovan von Donovan's Railway Hotel wurde jetzt durch ein anhaltendes Klopfen aufgeweckt, das ihn dazu brachte, im Schlafanzug an der Seitentür der geschlossenen und verlassenen Bar aufzutauchen.

»Was, zum Teufel ... Ach du bist es, Albert! Himmel, vor einer Stunde machen wir nicht auf.«

»Mir ist egal, ob ihr aufhabt oder nicht. Einen doppelten Brandy, aber so schnell es geht. Das verdammte Pferd bleibt nicht eine Minute ruhig stehen ...«

Mr. Donovan, eine treue Seele und mit den Nöten von Menschen vertraut, die schon vor dem Frühstück verzweifelt einen starken Schnaps brauchten, stellte ohne zu fragen eine Flasche und ein Glas auf die Bar.

Albert befand sich zu diesem Zeitpunkt in genau demselben Zustand von Körper und Geist wie bei der denkwürdigen Gelegenheit, als er bei der zehnten Runde von Castlemaine Wonder ausgeknockt wurde. Er war auf dem Weg nach Hause und hatte die Hauptstraße schon halb hinter sich, als er Tom vom College bemerkte, der in einem überdachten Buggy auf der anderen Seite der Straße fuhr. Albert war nicht in der Stimmung, mit Tom oder jemandem anderen zu sprechen, und hob nur schwach seine Peitsche zum Gruß. Tom aber fuhr an die Seite, winkte ihm zu und verzog das Gesicht mit solcher Eindringlichkeit, daß Albert das Pferd zügelte. Daraufhin sprang Tom aus dem Buggy, warf die Zügel über den Hals des geduldig dastehenden braunen Gauls und kam über die Straße auf den Dogcart zu.

»Albert Crundall. Dich habe ich seit dem Sonntag, als wir zusammen mit den Polizisten am Hanging Rock waren, nicht mehr unter die Augen bekommen. Hast du die Morgenzeitung gelesen?«

»Noch nicht. Ich kümmere mich nicht viel um die Zeitung, außer um die Pferderennen.«

»Dann weißt du das Neueste noch gar nicht?«

»Verdammt nochmal! Erzähl mir nicht, daß sie die anderen beiden Mädels gefunden haben?«

»Ach nein, nichts in der Art, die armen jungen Dinger! Schau hier, auf der Titelseite: FEUER IM CITY HOTEL. GESCHWISTERPAAR IN DEN FLAMMEN UMGEKOMMEN. Mein Gott, was für ein Ende. Wie ich schon zu Minnie sagte: Ist es heutzutage nicht das eine, dann ist es das andere.«

Albert überflog den Bericht, aus dem hervorging, daß das Pärchen auf dem Weg nach Warragul gewesen war und daß Miß Dora Lumley als letzte Adresse »Appleyard College, Bendigo Road, Woodend« ins Gästebuch des Hotels eingetragen hatte. Albert tat ein jeder leid, der das Pech hatte, in seinem Bett zu verbrennen, doch im Moment hatte er anderes, viel Wichtigeres im Kopf.

»Gut, ich muß jetzt weiter. Toby bleibt nicht gern lang stehen.«

Tom aber hatte sich darauf eingerichtet, noch länger an das Rad des Dogcart gelehnt zu stehen und sich zu unterhalten. »Das ist ein schönes Tier, was du da hast, Albert.«

»Ziemlich lebhaft«, gab der andere zurück. »Paß auf, er mag es nicht, wenn man seine Hinterhand berührt, solange er im Dogcart eingespannt ist.«

»Das nehme ich ihm nicht übel. Wir haben genauso einen Kerl bei uns unten im College. Übrigens, du kennst niemanden hier in der Gegend, der ein Ehepaar sucht? Minnie und ich heiraten am Ostermontag. Danach suchen wir eine Arbeitsstelle.«

Immer noch mehr oder weniger betäubt von der Wirkung, die Mr. Leopolds Brief auf ihn hatte, konnte es der Pferdeknecht nicht erwarten, in die Abgeschiedenheit seines Dachzimmers zu kommen, um ihn nochmals zu lesen, und er war gerade dabei, dem Pferd die Zügel zu geben, als das Wort Arbeitsstelle bei ihm eine Glocke anschlug.

Tom quasselte schon weiter. »Minnies Tante möchte, daß wir ihr in einer Art Kneipe in Point Lonsdale zur Hand gehen, habe ich dir schon gesagt, daß wir dorthin unsere Hochzeitsreise machen? Doch ich würde lieber mit Pferden arbeiten, und Minnie, du kennst meine Minnie nicht, sie ist eine richtige Hausfee, wie ich immer sage, ist ganz verrückt nach Silbergeschirr.«

»Ich halte die Augen für dich offen, Tom. Vielleicht ergibt sich nach Ostern etwas für euch, man weiß ja nie. Tschüß.« Und dann klapperten die Hufe um die Ecke in die Upper Macedon Road.

Doch in weniger Zeit, als Tom brauchte, über die Straße zu seinem Buggy zu kommen, wurde für Minnie und ihn eine strahlende Zukunft beschlossen, die weit jenseits ihrer kühnsten Träume lag. Ein weiterer Teil des Geflechts vom Hanging Rock näherte sich seiner Vollendung, in diesem Fall mit aufsehenerregender Blüte und verschönt durch unerwartete zukünftige Freuden: ein gemütliches Häuschen, das hinter den Ställen auf Lake View errichtet wurde, und später glückliche Kinder, die Tom wie aus dem Gesicht geschnitten waren. Eines von ihnen wurde, wie zu erwarten, Bursche in einem der Rennställe in Caulfield und erreichte unsterblichen Ruhm für sich und seine Eltern, als es beim Caulfield Cup als zweiter in einem Feld von siebenundzwanzig Reitern ins Ziel kam. An diesem Punkt können wir uns nicht länger mit der Zukunft von Tom und seiner Minnie aufhalten, die trotz allem nur Nebenfiguren in dem Geflecht des Collegegeheimnisses waren, das schon bald eine neue, nicht vorauszusehende Wendung nahm, mit der sie glücklicherweise nichts zu tun hatten.

Sobald Albert Toby ausgespannt hatte, setzte er sich

in den Schaukelstuhl und zog Mr. Leopolds Brief hervor, der den ganzen Weg vom Bahnhof an seiner rechten Hüfte gebrannt hatte. Nachdem er den Inhalt schwerfällig ein paarmal entziffert hatte, kannte er ihn samt der Adresse auswendig, ein Vorteil, der dem analphabetischen Teil der Menschheit zugute kommt, um wichtige Informationen sicher aufzubewahren. Für den Farmer, der weder schreiben noch lesen kann und der nach den Jahreszeiten aussät und erntet, besteht keine Notwendigkeit, diese Daten aufzuschreiben. Ebenso hatte Albert, der immer genau wußte, wann Tobys Mähne zuletzt gestutzt und wann das Pferd in Woodend beschlagen worden war, und der nun Leopolds Scheck sorgfältig in einem Marmeladenglas unter seinem Bett verstaute, keine weitere Verwendung für den Brief, und er setzte sich, nachdem er ihn über einem Kerzenstumpf verbrannt hatte, hin und dachte nach. Genauso, wie er heute morgen nach ein paar beiläufigen Worten die Zukunft von Tom und Minnie bestimmt hatte, so hatte Irmas Vater in einem Moment der Großzügigkeit Alberts ganzes Leben verändert. Es ist möglicherweise gut für das Gleichgewicht unseres Gemüts, daß solche Umwälzungen im persönlichen Schicksal wie alltägliche Ereignisse daherkommen, so, als ob man beim Frühstück zwischen gekochten und verlorenen Eiern wählt. Der junge Pferdeknecht, der sich nach dem Essen am Montagabend in seinen Schaukelstuhl setzte, war sich nicht bewußt, daß er bereits einen langen, schicksalhaften Weg ohne Umkehr angetreten hatte.

Albert war der Meinung, daß er sich einen kurzen Urlaub gönnen sollte. Er hatte sich schon immer einmal Queensland anschauen wollen, und nun war eine gute Gelegenheit dazu. Die Entscheidung fiel ihm leicht und war weniger bedrückend als die Notwendigkeit, noch zumindest drei Briefe an diesem Abend zu schreiben, was einschloß, sich das Schreibpapier und drei Briefumschläge von der Köchin zu leihen sowie eine Schreibfeder auszugraben, die von harter, roter Tinte dick verkrustet war. Abgesehen von diesen kleineren Schwierigkeiten wußte er, was er jedem seiner drei Briefadressaten schreiben wollte, was bei Leuten, die schreiben und sich viel besser ausdrücken konnten als Albert Crundall, beileibe nicht immer der Fall ist. Nun, die Feder war gesäubert, bevor er noch mit dem ersten Brief richtig begonnen hatte, der leicht genug mit:

Verehrter Mr. Leopold, Sir – Sie hätten mich mit einer Feder zu Boden strecken können, als heute morgen (23. März) ich Ihren Brief und den Scheck ankam begann. Danach wurde dem Schreiber bewußt, daß er, außer manchmal einem Trinkgeld und dem Sovereign vom Colonel an Weihnachten, sich nicht daran erinnern konnte, jemals bis zu der heutigen überaus großzügigen Gabe ein Geschenk erhalten zu haben. Außer einmal, als ihm im Waisenhaus eine gutmeinende alte Kuh eine Bibel geschenkt hatte. Da es ihm notwendig erschien, mehr als einfach Dankeschön für einen Scheck (Ja, da steckte er tatsächlich in dem Marmeladenglas) über eintausend Pfund zu sagen, beschloß er, Mr. Leopold zu schreiben, wie er die Bibel für fünf Schilling in der Hoffnung, sich eines Tages ein Pferd leisten zu können, verkauft hatte.

Nun, Sir, damals war ich nur ein Dreikäsehoch und natürlich denke ich heute anders weil ich seit ich zwölf bin, für meinen Lebensunterhalt erbeiten muß; deshalb schaue ich mich jetzt nach etwas um, das was darstellt, so mit vierzehn Leuten. Hier gibt es ein paar ächt gute Pferde, wenn man so sagen wir dreißig Pfund in bar hat, die ich ja dank Ihrer Kroszügigkeit habe. Der rest vom Geld kann gut auf der Bank bleiben, bis ich einen guten Einfahl habe, waß ich damit mache. Nun, Mr. Leopold, sir ich bin immer noch ganz platt von Ihrer Kroszügigen Geschenk und will jetzt Schluß machen denn ist bald Mitternacht. Nachmal vielen Dank und ich wünsche Ihnen und Ihrer Familie ein langes, erfolgreiches Leben.

Ihr dankbarer
Albert Crundall

Doch da gab es noch etwas, das in einem Nachsatz dem Brief hinzugefügt werden mußte, und dies zu formulieren und niederzuschreiben dauerte fast so lange wie der gesamte Brief.

Waß ich für Ihre Dochter am Hanging Rock getan habe war würklich nichts. Jeder hier kann das bestätigen. Es war mein Kumpel. Ein junger Kerl mit Namen Ehrenwerter Fitzhubert rettete ihr Leben. Nicht ich. Albert Crundall.

Der zweite Brief an Colonel Fitzhubert war viel einfacher zu schreiben; er enthielt die Kündigung des Pferdeknechtes zu einem Termin, der beiden Seiten genehm wäre, und empfahl Tom vom College als einen Mann, der wirklich gut mit Pferden umzugehen verstände, und endete:

Sie waren immer ein guter Boß. Ich hoffe ich auch und wenn Sie Lancers neuen Sattel vor dem Frühjahr schon haben wollen, er hängt in meinem Zimmer, weil er da besser trocken bleibt bei dem feuchten Wedder herzlich Albert Crundall.

Der letzte Brief an Mike wurde in halsbrecherischer Geschwindigkeit verfaßt und schlug alle Rechtschreibregeln in den Wind. Der gute alte Mike wußte ja, daß er kein guter Schreiber war.

Liber Mike. Mann, Jesus, der Scheck ist die Sache schlächthin.

Der Rest des Briefes ist nicht von Interesse, bis auf den letzten Satz vielleicht:

Nun, Mike kannst mich jeden Tag in der Stadt treffen, wann du willst kännst du das Post Office Hotel in der Bruke Street? Wir können ein Bier nehmen und die Abreise nach Q'land festmachen? Ich hab deinem Ongel geschrieben, das ich die Arbeit in Lake V. aufgeb. Alles in Ordnung hier, also sagst du, wann's losgeht. Albert.

Fünfzehntes Kapitel

Am Sonntagmorgen, dem zweiundzwanzigsten März, gab Appleyard College das übliche Bild geschäftiger Vorbereitungen ab, als sich die Zöglinge für den Kirchgang nach Woodend aufstellten. Da sie in diesen Tagen fast vollständig von überflüssigen Kontakten mit der Außenwelt abgeschnitten waren, blieb das Haus den ganzen, langweiligen Sonntag lang von der schockierenden Neuigkeit verschont, die ansonsten eine jede Zunge, ob erlaubt oder nicht, in Bewegung versetzt hätte. Es gab keine Sonntagszeitung, und man nahm das Abendessen ein, während die verkohlten Balken des Hotels, in dem die Lumleys abgestiegen waren, rauchend in der bleichen Herbstsonne lagen. Constable Bumpher hatte sich den Sonntag zum Fischen in Kyneton freigenommen und kehrte gegen Mitternacht freudig mit einem einzigen Fisch zurück, der am Montag zum Frühstück gebraten werden sollte; eine Mahlzeit, die auf grausame Art von der Ankunft des jungen Jim unterbrochen wurde, der ihm die Anfragen Melbourner Zeitungen überbrachte. Der dramatische Tod der verschrobenen kleinen Gouvernante wurde in den Köpfen der Journalisten sogleich mit dem fast vergessenen Geheimnis des College in Verbindung gebracht.

Am Sonntag war das College knapp an Bediensteten, und so mußten Mademoiselle und Miß Rammler einspringen. Mit der Abreise von Miß Lumley am gestrigen Nachmittag war das Haus unterbesetzt, und obwohl es

Minnies freier Tag war, hatte die treue Seele doch ihre Pflichten wahrgenommen. Während sie in der Kammer das Silber putzte, sah sie durch das kleine Fenster, wie die beiden Gouvernanten die Mädchen, die Handschuhe und Hüte trugen, in die wartenden Wagen beorderten, dazu kamen noch Tom mit Alice und der Köchin, die den Buggy nahmen. Minnie war gerade durch die stoffbespannte Tür in die Halle getreten, als sie zu ihrer Überraschung die Direktorin fast im Laufschritt die Treppe herunterkommen sah; sie trug etwas in der Hand, das wie ein kleiner Korb aussah. Als sie das Hausmädchen bemerkte, blieb sie stehen, hielt sich am Treppengeländer fest, so, als ob ihr schwindlig wäre, und beugte sich dann zu ihr hinunter. »Minnie, heute ist doch Ihr freier Sonntag?«

»Ist nicht so wichtig, Madame«, gab Minnie zurück. »Wir hängen heute morgen alle etwas hinterher, nach dem, was gestern war.«

»Kommen Sie doch für einen Augenblick in mein Arbeitszimmer. Ist Alice im Dienst?«

»Nein, Madame. Tom hat sie und die Köchin im Buggy zur Kirche gebracht. Wollten Sie etwas Bestimmtes von ihr?«

»Nein, im Gegenteil. Sie sehen müde aus, Minnie. Warum legen Sie sich nicht etwas hin?« (Da war der arme Tom, der seit Donnerstag ohne einen Zahn im Mund herumlief und für den sie nicht ein Wort des Mitgefühls gehabt hatte.)

»Ich werde erst noch die Tische decken. Außerdem könnte ein Besucher kommen.«

»Genau. Ich wollte Ihnen gerade sagen, daß ich Mr. Cosgrove im Laufe des Morgens erwarte. Miß Saras Vormund. Wenn er eintrifft, kann ich ihn vom Fenster aus sehen und ohne Probleme selbst die Tür öffnen.«

»Nun, Madame, das erscheint mir nicht richtig«, entgegnete Minnie, die zusammenzuckte, als ihr ein stechender Schmerz durch den Bauch fuhr.

»Sie sind ein gutes, verläßliches Mädchen, Minnie. Zu Ihrer Hochzeit erhalten Sie fünf Pfund von mir. Jetzt machen Sie, was ich Ihnen gesagt habe, und lassen mich allein. Ich muß noch ein paar Geschäftsbriefe erledigen, bis Mr. Cosgrove kommt.«

»Und ehrlich, Tom«, meinte Minnie in dieser Nacht, »das alte Mädchen sah wirklich schlecht aus, weiß wie ein Laken und schnaufte wie eine Dampfmaschine. Fünf Pfund! Du hättest mich mit einer Feder umhauen können.«

»Halleluja, Wunder gibt es immer wieder«, sagte Tom, legte ihr den Arm um die Taille und gab ihr einen Kuß. Er hatte recht, Wunder gab es immer wieder.

Sobald die Mademoiselle aus der Kirche zurück war und ihren Hut und Schleier abgelegt hatte, legte sie einen Hauch von farblosem Puder und etwas Lippenstift auf und trat vor die Tür des Arbeitszimmers. Es war kurz vor eins. Wie in letzter Zeit üblich, war die Tür versperrt.

»Treten Sie ein, Mademoiselle. Was gibt es?«

»Kann ich vor dem déjeuner kurz mit Ihnen sprechen, Madame? A propos de Sara Waybourne?«

Obwohl der Gouvernante bewußt war, daß Sara alles andere als ein willkommenes Gesprächsthema für die Direktorin war, hatte sie doch nicht mit diesem Ausdruck im Gesicht der Frau gerechnet, der dort wie Donnergrollen erschien.

»Was ist mit Sara Waybourne?«

»Die muschelgroßen Augen signalisierten Wachsamkeit, fast Mißtrauen«, wie Dianne später meinte, »so, als ob sie sich vor dem fürchtete, was ich sagen würde.«

»Ich hätte Ihnen schon Mitteilung machen sollen, Mademoiselle. Sie verschwenden Ihre und meine Zeit. Sara Waybourne ist heute morgen mit ihrem Vormund abgereist.«

Der Gouvernante entschlüpfte ein nicht zu unterdrückendes: »Nein, oh nein! Als ich das arme Kind gestern gesehen habe, war es nicht in der Lage, eine Reise zu unternehmen. Genau darüber wollte ich mit Ihnen sprechen, Madame, über Saras Gesundheit.«

»Heute morgen sah sie gesund genug aus.«

»Ach, das pauvre enfant ...«

»Ein Störenfried«, entgegnete die Direktorin mit stechendem Blick. »Von Anbeginn an.«

»Eine Waise«, widersprach Mademoiselle kühn. »Man muß mit diesen einsamen Seelen etwas Nachsehen haben.«

»Nun, ich bin mir nicht einmal sicher, ob ich sie im nächsten Semester noch als Schülerin akzeptiert hätte. Aber egal, das spielt jetzt keine Rolle mehr. Mr. Cosgrove bestand darauf, das Kind auf der Stelle mit sich zu nehmen. Das war mit einigen Unannehmlichkeiten verbunden, aber mir blieb in der Angelegenheit keine Wahl.«

»Das überrascht mich«, meinte die Mademoiselle. »Mr. Cosgrove ist ein charmanter Herr mit perfekten Manieren.«

»Männer, Mademoiselle, sind in solchen Angelegenheiten häufig sehr taktlos, wie Sie bald selbst werden feststellen können.«

Das dünne, humorlose Lachen stand im Widerspruch zu den unverändert wachsamen Augen.

»Saras Sachen«, bemerkte Dianne und erhob sich, »ich bedauere, daß ich nicht hier war, um ihr beim Packen zu helfen.«

»Ich selbst habe Sara dabei geholfen, ein paar Sachen, an denen ihr Herz hing, in einen Deckelkorb zu packen. Mr. Cosgrove hat unruhig in der Halle gewartet, um wegzukommen. Er hatte einen Mietwagen oder eine Kutsche bestellt.«

»Wir sind ihnen vielleicht auf dem Heimweg von der Kirche begegnet. Ich wünschte mir, ich hätte sie gesehen und ihr zum Abschied gewunken.«

»Sie sind sentimental, Mademoiselle, wie die meisten

Ihres Volkes. Wie auch immer, das Kind ist von uns gegangen.«

Die Gouvernante verharrte noch einen Moment an der Tür. Sie hatte vor der Frau, deren sonntägliches, knisterndes Taftkleid einen alternden Körper bedeckte, der dringend Ruhe, Wärmflaschen und andere kleine, weibliche Pflege brauchte, keine Angst mehr.

»Möchten Sie noch etwas sagen, Mademoiselle?«

Sich an eine elegante kleine Großmutter, die sich jeden Nachmittag für zwei Stunden auf eine Chaiselongue zurückzog, erinnernd, erdreistete sich Mademoiselle zu fragen, ob Madame nicht in Betracht ziehen wollte, den guten Doktor McKenzie nach einer Medizin für sich selbst zu fragen. In der letzten Zeit war viel Ermüdendes geschehen, der frühe Herbst ...

»Nein, danke, nein. Ich habe schon immer sehr unregelmäßig geschlafen. Wie spät ist es? Ich habe gestern abend vergessen, meine Uhr aufzuziehen.«

»Zehn vor eins, Madame.«

»Ich werde nicht am Mittagessen teilnehmen. Richten Sie bitte aus, daß kein Gedeck für mich aufgelegt wird.«

»Auch nicht für Sara«, ergänzte Mademoiselle unerklärlicherweise.

»Auch nicht für Sara. Sehe ich da Rouge auf Ihren Wangen, Mademoiselle?«

»Puder, Mrs. Appleyard. Und ich finde, es steht mir.«

Sobald das aufdringliche Flittchen den Raum verlassen hatte, stand die Direktorin auf und lehnte sich an den Schrank hinter dem Schreibtisch. Ihre Hand zitterte so stark, daß sie es kaum schaffte, die Tür zu öffnen. Sie trat wild mit ihrem in einem schwarzen Glacéslipper steckenden Fuß dagegen. Die Tür flog auf, und ein kleiner, geschlossener Korb fiel auf den Boden.

Die Direktorin blieb den Rest des Tages in ihren Privaträumen und ging früh zu Bett. Am folgenden Morgen hatte Tom das traurige Vergnügen – es gibt immer ein paar warmherzige Personen, die es angenehm finden, eine schlechte Nachricht zu überbringen –, Mrs. Appleyard persönlich die Zeitung zu bringen, die mit den unappetitlichen Berichten über die Tragödie der Lumleys gefüllt war. Zu Toms Enttäuschung wurde die Nachricht im Hauptquartier mit eiskalter Ruhe und einem barschen »Gib sie her« entgegengenommen. Demgegenüber war es in der Küche zu dramatischen Szenen gekommen, wobei entsetzte Gesichter mit Schürzen verhüllt wurden und schrille Schreie des Unglaubens darüber ausgestoßen wurden, wie so etwas nur zwei Tage, nachdem Miß Lumley und ihr Bruder noch hier in diesem Haus gewesen waren, passieren konnte, was irgendwie diese schreckliche Sache noch verstärkte und die Flammen noch näher und viel realer erscheinen ließ.

Der Dienstag verging ohne Zwischenfall. Rosamunde hatte sich darum gekümmert, daß während des Nachmittags ein gemeinsames Abschiedstelegramm verfaßt und an Irma geschickt wurde, da die Leopolds nach London in See stachen, begleitet von einer Zofe, einem Sekretär und einem Stallburschen sowie einem halben Dutzend Polopferden. Mit dem Wegfall von Dora Lumleys kleinlichen Bestrafungen zog ein Hauch von Freiheit ein, die Abwesenheit der gespenstischen kleinen Gestalt in braunem Kattun bedeutete, zumindest für die Zöglinge, daß sie aufgeregt ihren Vorbereitungen für den großen Abmarsch in die Osterferien am Mittwoch nachgehen konnten. Es war schon lange her, daß man ein solches Flüstern und den Austausch von Zetteln, ja sogar ein gelegentliches Lachen am Appleyard College gehört hatte. Zusätzlich zu der guten Stimmung stellte sich ein paar Tage lang der Altweibersommer ein, der dem Garten noch einmal Glanz verlieh, und Mr. Whitehead wurde angewiesen, die Hortensienbeete zu wässern, wo die Blumen unter den Fenstern des Westflügels mit schweren blauen und roten Blütenkelchen strahlten. Die Wettervorhersage der Zeitung sagte ein klares, mildes Ostern mit einer Wetteränderung am Ostermontag voraus.

Die beiden Bräute in spe tauschten sich über ihre ehrenwerten trousseaux aus, und Dianne, freudig indiskret, gestand dem glubschäugigen Hausmädchen die Geschichte des Smaragdarmbands.

»Ich habe sonst keinen Schmuck«, erzählte ihr die Gouvernante. »Wir werden eine ganz einfache Hochzeit feiern. Wir haben nicht viel Geld und keine Verwandten, außer denen in Frankreich.«

»Meine Tante wird unsere Hochzeit ausrichten«, kicherte Minnie, »und Tom meint, daß sie so viele Verwandte eingeladen hat, daß in der Kirche kein Platz mehr für die Braut und den Bräutigam sein wird.«

Da sich Miß Rammler während ihres erst kurzen Aufenthalts am College zu nichts weiter fähig gezeigt hatte als der rudimentären Vermittlung von Euklid und Arithmetik, wurde Mademoiselle die meiste Zeit des Tages von der Erledigung kleinerer häuslicher Angelegenheiten in Anspruch genommen. Jeder, einschließlich der Köchin und Mr. Whitehead, wandten sich an die französische Gouvernante, um ihre Anweisungen zu erhalten.

Während des Morgens war sie die Treppe nach einem Päckchen Nadeln hinaufgerannt und auf Alice gestoßen, die, mit Eimer und Besen bewaffnet, auf dem Treppenabsatz stand.

»Minnie hat mir gesagt, ich soll das große Doppelzimmer in Ordnung bringen, aber da liegen so viele Klamotten und Sachen herum, daß ich nicht weiß, wo ich anfangen soll.«

»Ich helfe Ihnen«, erklärte Mademoiselle. »Australische Schulmädchen sind sehr unordentlich, wie ich finde. Ich habe in letzter Zeit viel Übung im Zusammenlegen und Wegräumen von ihren Kleidern gesammelt.«

»Es war hauptsächlich Miß Irma!« meinte Alice. »Meine Herrn. Goldene Haarbürsten lagen zwischen ihren Schuhen, und Anstecknadeln steckten in ihren Petticoats. Wenn Miß Sara das gemacht hätte, dann wäre Madame wie ein Wirbelwind über sie gekommen. Da sieht man, was es ausmacht, eine reiche Erbin zu sein.«

Als sie die Tür öffneten, lag Mirandas ehemaliges Zimmer, das sonst immer hell und von der Gartenluft, die durch die beiden großen Fenster hereindrang, erfüllt war, im Dunklen. Die Jalousien waren, außer bei dem kleinen Fenster über Saras Bett, das ungemacht und zerwühlt war von der letzten Nacht, die sie darin geschlafen hatte, heruntergelassen.

»Ein bißchen unheimlich hier drin, nicht wahr?« meinte das große, rotgesichtige Hausmädchen, legte den Besen weg und ging an die Arbeit. Die Jalousien ratterten nach oben, und Licht fiel auf eine Szene von deprimierender Unordnung. Saras Morgenmantel hing über eine Stuhllehne, ein paar Hausschuhe lagen auf dem Toilettentisch.

»Nun, kaum zu glauben! Es sieht nicht so aus, als ob sie viel mitgenommen hätte«, bemerkte das Hausmädchen und richtete die Bettlaken.

»Hier ist ein Toilettenbeutel und ein Schwammbehälter«, stellte Mademoiselle fest, »und der Schwamm befindet sich noch darin. Madame hat mir gesagt, Sara hätte nur ein paar unabdingbare Utensilien für die Reise in einen Korb gepackt. Das Beste wird sein, wir legen alles in den Kleiderschrank, bis Miß Sara nach den Osterferien wiederkommt.«

»Man sagt, der Vormund hätte jede Menge Geld«, meinte Alice vorlaut. »Würde ihm nichts ausmachen, dem Kind neue Garderobe zu kaufen. Soll ich das Bett dort frisch beziehen? Da hat Miß Miranda geschlafen, stimmt's? *Das* war ein Mädchen, wie man es sich wünscht. Eine richtige junge Dame, aber sie trug die Nase nie so hoch, daß sie nicht mit Minnie und mir zusammen gelacht hätte.«

Dieses vor sich hinplappernde Wesen war nicht zu ertragen.

»Nein, nehmen Sie das Bettzeug weg und ziehen Sie den Schonbezug glatt. Comme ça.« Miranda würde niemals wieder in diesem Haus schlafen.

»Es will mir nicht in den Kopf, warum die kleine Sara am Sonntagmorgen nicht diesen hübschen blauen Mantel mit dem Pelzkragen angezogen hat. Ich sage immer, ein Kind von dreizehn Jahren hat nicht viel Verstand, wenn es um Kleidung geht.«

»Miß Sara war in Eile, und was sie für die Fahrt angezogen hat, ist ihre Sache. Alice, würden Sie sich bitte um das Staubwischen kümmern, es muß schon fast Zeit fürs Mittagessen sein.«

Sie blickte zu der stehengebliebenen Uhr auf dem Kaminsims, von wo eine Fotografie von Miranda aus einem Silberrahmen sanft herablächelte. Anders als die Mehrzahl der Fotografien gab diese ein hervorragendes Bild der Wirklichkeit und der Erscheinung Mirandas wieder. Alice wischte mit einem anklagenden Schweigen Staub, während Mademoiselle nachdenklich das Foto von Miranda betrachtete.

»Alice«, fragte sie plötzlich, »haben Sie Sara am Sonntagmorgen das Frühstück gebracht?«

»Ja, Miß. Minnie hat ausgeschlafen.«

»Ich hoffe, sie hat ein Ei bekommen und etwas Obst? Den ganzen Samstag hatte sie unter Migräne gelitten und nichts gegessen.«

Alice, die die Anweisungen von Minnie bezüglich des Frühstücks für das kranke Mädchen völlig vergessen und ihr in Wirklichkeit nichts gebracht hatte, nickte lediglich, was ihr als geringere Todsünde erschien als eine ausgesprochene Lüge. Im übrigen hatte sie die Zöglinge und ihren Unsinn satt. Als sie mit dem Staubwischen hinter den beiden Betten fertig war, beschloß sie, sich nach Ostern eine Stelle als Kellnerin zu suchen.

Dianne de Poitiers lag ausgerechnet in der Dienstagnacht lange wach. Der Ostermond, der schon voll und glänzend am Himmel stand, warf einen silbernen Strahl durch das offene Fenster, von dem aus man, zwischen den halbgeöffneten Gardinen hindurch, einen Teil des Westflügels überblicken konnte. In Minnies Zimmer brannte ein Licht, ansonsten war das Gebäude, soweit sie sehen konnte, dunkel. Wenn sie sich aus dem Fenster hinauslehnte, konnte sie das steile Dach im Mondlicht glänzen sehen und dahinter den rechteckigen kleinen Turm, der sich schwarz vor dem Himmel abzeichnete. Stimmte es wirklich, daß der Mond die Gedanken, ja sogar die Handlungen von menschlichen Wesen, die sich Millionen von Meilen weit weg auf der Erde befanden, beeinflußte? Sie fühlte, wie die Wellen silbernen Lichts über ihre empfindliche Haut flossen. Nicht nur ihr Geist, sondern ihr ganzes Wesen war auf unnatürliche Art wach und angespannt. Sie legte sich wieder aufs Bett, doch das schwache Summen einer Mücke nahe ihrem Kissen ließ die Stille wie eine Harfe erklingen. In einer solchen Nacht war es unmöglich, Schlaf zu finden. In dem Moment, in dem sie ihre Augen schloß, dachte sie sofort an das Mädchen Sara. Lag auch sie unter diesem Mond wach? Was für ein Mensch war ihr Vormund hinter seiner freundlichen Maske guter Manieren? Wohin hatte er sie für die Ferien gebracht? Was würde die Zukunft dem einsamen, ungeliebten Kind bringen? Miranda war die einzige im College gewesen, die Sara zum Lächeln gebracht hatte, und jetzt war Miranda fort. Miranda, Miranda, die aus ihrem ovalen Rahmen vom Kaminsims herablächelte, war Saras wertvollster Besitz gewesen. »Stellen Sie sich vor, Mademoiselle. Miranda hat es *mir* zum Geburtstag geschenkt.«

»Du solltest es farbig ausmalen, Sara, du bist doch sehr geschickt mit deinen Pinseln«, hatte die Mademoiselle vorgeschlagen. »Mirandas Haar hat eine solch liebliche Farbe wie geschnittenes Korn.«

»Ich glaube nicht, daß das Miranda gefallen würde, Mademoiselle. Irma Leopold wollte ihr unbedingt für das Foto Locken in die Haare machen, doch Miranda hat gesagt: ›glatte Haare oder gar nicht. So wie ich sie zu Hause immer trage. Der kleine Jonnie würde seine Schwester mit Locken nicht wiedererkennen‹.«

Und dann der Tag in den Ballarat Gardens. Wie deutlich das jetzt alles vor ihr stand. »Sara, deine Tasche. Sie ist ausgebeult, als ob du eine Kröte darin hättest!«

»Ach nein, Mademoiselle. Es ist keine Kröte darin.«

»Was ist es dann? Es sieht sehr häßlich aus.«

»Es ist Miranda, Mademoiselle. Nein, lachen Sie nicht. Bitte! Wenn Blanche und Edith dahinterkämen, dann würden sie mich endlos damit aufziehen. Verstehen Sie, ich nehme es überall mit hin, sogar in die Kirche, es paßt genau in den kleinen ovalen Rahmen. Versprechen Sie mir, es niemals Miranda zu sagen.«

Das schmale, spitze Gesicht errötete und hatte einen ernsten Ausdruck angenommen.

»Warum nicht?« fragte Dianne lachend. »Das ist doch nett, ça – niemand hat mich jemals in seiner Tasche mit in die Kirche genommen.«

»Weil«, meinte das Kind ernst, »es Miranda nicht billigen würde. Sie meinte, daß sie nicht mehr lange hier sein wird und ich lernen müßte, andere Leute außer ihr zu mögen.«

Was konnte am Sonntagmorgen passiert sein, daß sie vergessen hatte, das Foto wie üblich vom Kaminsims zu nehmen? So ein kleiner Gegenstand, den man so einfach tragen konnte. Sie war in Eile, Alice. Das habe ich Ihnen doch gesagt. Miß Sara war in Eile und hat ihren Morgenmantel vergessen. Ein Morgenmantel, ein Schwammbehälter. Schnell vergessen von einem aufgeregten Kind und einer grimmigen, unkultivierten Erwachsenen, die ihm geholfen hatte, ein paar Sachen in einen kleinen Korb zu packen. Aber nicht das Porträt. Niemals, nie hätte sie das Bild vergessen oder zurückgelassen. War sie vielleicht ernsthaft krank? So krank, daß Madame es nicht sagen konnte? Hatte der Vormund sich bereit erklärt, sie heimlich in ein Krankenhaus zu bringen? Eine nächtliche Brise wehte die Vorhänge in den Raum. Ihr war kalt, schrecklich kalt. Und sie hatte Angst. Sie warf sich eine Decke über die Schultern, zündete eine Kerze an und setzte sich an ihren Toilettentisch, um Constable Bumpher zu schreiben.

Als der Nachmittag des Mittwoch, des fünfundzwanzigsten, kam, hatte der letzte Wagen von Mr. Hussey die letzten Zöglinge die Auffahrt hinuntergebracht. Die nun stillen Räume waren übersät von Papierfetzen, heruntergefallenen Nadeln, Stücken von Bändern und Schnüren. Das Feuer im Speisesaal war erloschen, und die Nelken in den hohen Glasvasen lagen in den letzten Zügen. Von der Treppe her erklang die Standuhr so laut, daß Mrs. Appleyard meinte, das ewige Tick-Tack durch die Wände ihres Arbeitszimmers hindurch hören zu können. Minute für Minute, Stunde um Stunde, wie ein Herz, das in einem schon toten Körper schlägt. Minnie war bei Einbruch der Abenddämmerung mit einem silbernen Tablett hereingekommen, auf dem die Post lag.

»Sie ist heute spät gekommen, Madame. Tom meint, das läge an den verspäteten Zügen zu Ostern. Soll ich die Vorhänge schließen?«

»Ganz wie Sie wollen.«

»Es ist einer für Miß Lumley dabei, nehmen Sie ihn an sich?«

Die Direktorin streckte die Hand aus. »Ich muß mich nach der Adresse von dem Bruder in Warragul erkundigen.«

Wer, außer den Lumleys, brachte es fertig zu sterben, ohne eine Adresse zu hinterlassen? Dora Lumley war immer sehr nachlässig mit ihrer Post gewesen. Sogar jetzt noch. Die Direktorin saß da, starrte auf die schweren Vorhänge, die den Blick auf den im sanften Dämmerlicht daliegenden Garten versperrten, und dachte daran, wie wenige Dinge im Leben sich nicht verwirrten, sondern klar vor einem lagen, wie es der Fall sein sollte.

Man konnte eine jede Stunde organisieren, bestimmen und planen, und dennoch wurde man von dem Chaos eingeholt. Nichts im Leben stand wirklich fest, nichts blieb geheim, nichts war sicher. Man brauchte nur Menschen wie Dora Lumley nehmen oder das Mädchen Sara. Schwächlinge. Man hatte sie völlig unter Kontrolle, doch wenn man ihnen den Rücken zukehrte, dann gerieten sie außer Kontrolle. Automatisch griff sie nach dem Stapel Briefe und sortierte sie eigenhändig, etwas, worauf sie immer Wert gelegt hatte. Zwei oder drei waren für die Bediensteten, einer war mit den schmalen, in roter Tinte ausgeführten Schriftzügen von Louis Montpelier für Mademoiselle, eine Farbpostkarte für Minnie aus Queenscliff. Die lächerliche Rechnung des Bäckers war persönlich in einem schmutzigen Umschlag abgeliefert worden. Kein Schecks. Direkt nach Ostern würde sie nach Melbourne gehen müssen und ein paar Aktien verkaufen, dabei konnte sie dann auch in der Russel Street vorbeischauen. Wenn jemals konstruktives Denken vonnöten gewesen war, dann jetzt. Obwohl sie es an diesem Abend vorgezogen hätte, allein und in Ruhe zu essen, zog sie doch an der Klingelschnur neben dem Kamin.

»Alice, ich werde heute unten speisen, zusammen mit Mademoiselle und Miß Rammler. Sagen Sie der Köchin bitte, daß sie nach dem Dessert Kaffee, Zucker und Milch für drei Personen serviert.«

In der momentanen Situation mußte man auf jede Kleinigkeit achten, auch darauf, sich sorgfältig herzurichten, eine Samtschleife um den Hals und eine besondere Brosche. Mademoiselle würde diese Kleinigkeiten bemerken und sie als Ausdruck der Selbstsicherheit werten. Miß Rammler mit dem breiten Grinsen und den dicken Brillengläsern mochte gut zu den argwöhnischen Leuten gehören. Man wußte bei den jungen Frauen, von denen man annehmen mußte, daß sie Verstand hatten, nie Bescheid. Es gab Tölpel und Dummköpfe, die alles bemerkten, und solche, die nie etwas mitbekamen. Wenn doch nur Arthur mit seiner starken Hand bei ihr wäre. Oder auch nur die kühle Sicherheit von Greta McCraw. Zum erstenmal seit vielen Wochen dachte sie an die Mathematiklehrerin und schlug dabei mit der Faust so heftig auf den Toilettentisch, daß die Kämme, Bürsten und Lockenwickler auf der polierten Tischplatte tanzten. Es war unbegreiflich, daß diese Frau mit männlichem Intellekt, auf die sie sich in den letzten Jahren verlassen hatte, es fertiggebracht hatte, am Hanging Rock ihren klaren Verstand zu verlieren, sich zu verlaufen, vergewaltigt, kaltblütig ermordet zu werden wie ein unbedarftes Schulmädchen. Die Direktorin hatte den Hanging Rock nie gesehen, doch in letzter Zeit war er immer präsent, eine brütende Schwärze, fest wie eine Mauer.

Keine der beiden jungen Frauen hatte die Direktorin je so freundlich erlebt wie bei dem Abendessen dieses Tages. Absolut redselig. Die Gouvernanten waren schon dabei, ihr Gähnen nach einem Tag hektischer Betriebsamkeit zu unterdrücken, als Miß Rammler gebeten wurde, nach Minnie zu läuten.

»Ich glaube, da ist noch ein bißchen Brandy in der Karaffe in der Speisekammer. Erinnern Sie sich, Minnie, als der Bischof von Bendigo zum Essen hier war?«

Die Karaffe und drei Gläser wurden gebracht. Sie nippten vorsichtig daran und tranken dann sogar auf die Zukunft von Mademoiselle und M. Montpelier. Dianne nahm um elf Uhr ihre Kerze, es war der längste Abend, den sie je zugebracht hatte.

Die Standuhr auf der Treppe hatte gerade halb eins geschlagen, als sich die Tür von Mrs. Appleyards Raum Zentimeter für Zentimeter geräuschvoll öffnete und eine alte Frau mit einem Nachtlicht auf den Treppenabsatz trat. Eine alte Frau, den Kopf, der sich unter einem Wust von Lockenwicklern befand, gebeugt, mit hängenden Brüsten und einem Hängebauch unter dem Flanellmorgenmantel. Keine menschliche Seele, nicht einmal Arthur, hatte sie je so gesehen, ohne ihre Rüstung aus Stahl und Walknochen, mit der sie normalerweise achtzehn Stunden am Tag der Welt gegenübertrat.

Durch das Fenster am oberen Ende der Treppe fiel das Mondlicht auf die Reihe von geschlossenen Zedernholztüren. Mademoiselle schlief am gegenüberliegenden Ende des Korridors, Miß Rammler in einem kleinen Raum hinten beim Turm. Die Frau mit dem Nachtlicht stand da und lauschte dem Tick-Tack, Tick-Tack, das aus den Schatten weiter unten kam. Ein Opossum, das über die Dachschindeln lief, löste bei ihr eine so heftige Bewegung aus, daß ihr fast die Lampe aus der Hand fiel. In ihrem schwachen Licht schien das große Doppelzimmer in perfektem Zustand zu sein; frisch, mit neuen Decken und leicht nach Lavendel duftend. Die Jalousien waren alle exakt auf gleiche Höhe gezogen und ließen identische Rechtecke von Mondlicht und Schatten der Bäume herein. Die beiden Betten, auf jedem lag ordentlich zusammengelegt eine rosa Seidendaunendecke, waren makellos. Auf dem Toilettentisch, der von zwei hohen in rosa und gold gehaltenen Vasen flankiert wurde, lag das herzförmige Nadelkissen, wo sie die Nachricht gefunden und sofort vernichtet hatte. Wieder sah sie sich über das Kind in dem kleineren der beiden Betten beugen. Die Augen, jetzt kaum noch ein ganzes Gesicht, nur diese riesigen, dunklen Augen, die sich in die ihren hineinbrannten. Wieder hörte sie es schreien: »Nein, nein! Nicht das! Nicht wieder ins Waisenhaus!« Die Direktorin zitterte vor Kälte, hätte sie nur eine wollene Jacke unter das Nachthemd gezogen. Sie stellte die Lampe auf den Nachttisch, öffnete den Schrank, in dem auf der linken Seite immer noch Mirandas Kleider hingen, und begann systematisch die Fächer zu durchsuchen. Auf der rechten Seite hingen Saras blauer Mantel mit dem Pelzkragen und ein kleiner Filzhut. Schuhe, ein Tennisschläger. Jetzt die Schubladen. Strümpfe, Taschentücher. Diese schrecklichen Karten, Dutzende davon. Valentinsgrüße. Direkt nach den Ferien würde sie Mirandas Sachen ausräumen lassen. Nun der Toilettentisch. Der Waschtisch. Der kleine Arbeitstisch aus Walnußholz, in dem Miranda ihre gefärbte Wolle aufhob. Zum Schluß der Kaminsims. Da gab es nichts von Bedeutung, nur eine Fotografie von Miranda in einem silbernen Rahmen. Das erste graue Tageslicht fiel durch die Jalousien, als sie ihre Zimmertür hinter sich schloß, das Nachtlicht löschte und sich auf ihr großes englisches Bett warf. Sie hatte nichts gefunden, war zu keinem Ergebnis gekommen, hatte nichts entschieden. Ein weiterer, schrecklicher Tag von erzwungener Untätigkeit lag vor ihr. Die Uhr schlug fünf. An Schlaf war nicht zu denken. Sie stand auf und begann, die Lockenwickler zu entfernen.

Der Donnerstag war ungewöhnlich warm, und Mr. Whitehead beschloß, da er den Karfreitag frei hatte, heute soviel wie möglich im Garten zu erledigen. Es sah nicht nach Regen aus, obwohl die Bergkuppe wie üblich von lockeren, weißen Wolken umgeben war. Er war der Meinung, das Hortensienbeet hinter dem Haus könnte etwas Wasser vertragen. Trotz des friedlichen Gackerns der Hühner, des entfernten Grunzens der Schweine und des herüberklingenden Geräuschs von Rädern auf der Hauptstraße war der Ort ohne die jungen Damen seltsam still. Tom war mit dem Buggy nach Woodend gefahren, um die Post zu holen. Die Köchin, die anstelle der üblichen Anzahl von hungrigen Schulmädchen nur ein paar Erwachsene zu versorgen hatte, hatte ein Großreinemachen in der steingefliesten Küche angesetzt. Alice wischte, wie sie hoffte zum letztenmal, die Hintertreppe. Miß Rammler war von einem Wagen abgeholt worden und wollte den Frühzug erreichen. Minnie hatte sich für zehn Minuten in ihr Zimmer verzogen und genoß ein Bündel reifer Bananen, für die sie in den letzten Monaten eine Vorliebe entwickelt hatte, wobei sie freudig das Hüftband ihres gemusterten Sommerkleides löste, das zu eng war, um sich wohlzufühlen.

Dianne de Poitiers, in einem Wust von Papier, packte ihre kleine, aber elegante Garderobe ein. Der Anblick des einfachen weißen Satinhochzeitskleides ließ ihr Herz höher schlagen. In ein paar Stunden würde Louis sie in das einfache Hotel von Bendigo begleiten, wo er bis Ostermontag ein Zimmer für seine Verlobte reserviert hatte. Sie fühlte sich wie ein Vogel, der nach Jahren der Gefangenschaft in dem tristen Raum, wo sie sich so oft in den Schlaf geweint hatte, seine Freiheit erhält, und begann sehr leise zu singen: »Au claire de la lune, mon ami Pierrot«. Vom offenen Fenster drang das kleine, melancholische Lied über den Rasen, wo Mrs. Appleyard mit Mr. Whitehead über eine neue Bepflanzung für die Auffahrt sprach.

»Da muß ich mich gleich nach Ostern dranmachen, Madame, wenn Sie etwas Schönes für den Frühling haben wollen.«

»Salbei? Das ist eine nützliche Pflanze«, schlug Madame vor. Halbherzig stimmte der Gärtner zu.

»Die meisten der jungen Damen haben ihre Lieblingsblume. Komisch, ich kann keine Lilien mehr sehen, ohne an Miß Miranda zu denken. ›Mr. Whitehead‹, pflegte Miranda zu sagen, ›bei Lilien muß ich immer an Engel denken.‹ Nun, wahrscheinlich ist sie jetzt selbst einer, armes junges Ding«, seufzte er. »Wie wäre es mit Stiefmütterchen?«

Die Direktorin zwang sich, darüber nachzudenken, und kam zu dem Schluß, daß Stiefmütterchen an der Auffahrt ein gutes Bild abgeben würden.

»Ja, die kleine Miß Sara, sie liebte Stiefmütterchen. Oft hat sie mich um ein paar für ihr Zimmer gebeten. Ist Ihnen kalt, Madame? Soll ich Ihnen einen Schal holen?«

»Es ist wohl nicht ungewöhnlich, daß man im März

friert, Whitehead. Gibt es noch etwas, was wir besprechen müssen, bevor ich wieder hineingehe?«

»Nur die Sache mit der Fahne, Madame.«

»Mein Gott, was für eine Fahne? Ist das wichtig?« Sie scharrte ungeduldig mit dem Fuß im Kies. »Ich habe drinnen eine Menge zu erledigen.«

»Nun, das ist so«, meinte der Gärtner, der ein aufmerksamer Leser der örtlichen Zeitung war, »der *Macedon Standard* bittet jeden im Bezirk, der eine Fahne hat, sie am Ostermontag zu hissen. Es ist wohl so, daß der Bürgermeister von Melbourne zum Mittagessen ins Rathaus kommt.«

Ein doppelter Brandy nach dem Frühstück hatte ihren Kopf glasklar werden lassen. Sie konnte den Union Jack am Turm wehen sehen, ein Zeichen gegenüber der sie verfolgenden, Gerüchte verbreitenden Welt, daß am Appleyard College alles in Ordnung war.

»Auf jeden Fall«, entschied sie großzügig. »Sie finden die Fahne unter der Treppe, erinnern Sie sich, da haben wir sie nach dem Geburtstag der Königin letztes Jahr hingetan.«

»Das stimmt. Ich habe sie noch selbst zusammengelegt und dort verstaut.«

Tom war auf einmal mit dem Postsack bei ihnen. »Nur ein Brief für Sie, Madame. Wollen Sie ihn gleich hier haben, oder soll ich ihn hineinbringen?«

»Geben Sie her.« Sie drehte sich um und ging ohne ein weiteres Wort.

»Sie ist schon ein merkwürdiger Mensch«, bemerkte der Gärtner. »Ich würde jede Wette eingehen, daß sie ein Stiefmütterchen nicht von einer Chrysantheme unterscheiden kann, außer ich erkläre es ihr.« Und er beschloß, die ganze Auffahrt entlang Begonien zu pflanzen.

Der Brief war in einer gesitteten präzisen Handschrift, die ihr nicht vertraut war, an Mrs. Appleyard adressiert. Er datierte zwei Tage zurück und kam aus einem teuren Hotel in Melbourne.

Liebe Mrs. Appleyard,
es tut mir leid, daß ich den beiliegenden vierteljährlichen Scheck für das Schulgeld von Sara Waybourne nicht früher senden konnte, aber ich habe mich zur Förderung meiner Unternehmungen im Bergbau im Nordwesten von Australien aufgehalten und hatte keine Möglichkeit, mich mit Ihnen in Verbindung zu setzen. Der Grund dieses Briefes ist, Sie wissen zu lassen, daß ich vorhabe, Sara am Ostersamstag (28.) im College abzuholen. Ich hoffe, daß diese Regelung Ihre Zustimmung findet, denn ich habe den gesamten Karfreitag zu tun und möchte nicht, daß Sara den ganzen Tag alleine im Hotel ist. Wenn Sara neue Kleider, Bücher, Zeichenmaterial etc. benötigt, würden Sie mir dann bitte eine Liste zusammenstellen, damit ich zusammen mit ihr diese Dinge in Sydney einkaufen kann, wohin ich mein Mündel für ein paar Ferientage mitnehmen möchte. Da Sara jetzt schon fast vierzehn Jahre alt sein muß, was mir schwerfällt zu glauben, denke ich an etwas mehr Distinguiertes in der Art von einem Abendkleid, oder wie denken Sie darüber? Wie auch immer, Sie können mir Ihre Meinung dazu ja sagen, wenn wir uns treffen.
Mit besten Grüßen und in der Hoffnung, daß es Ihnen nichts ausmacht, sich bis Samstag um Sara zu kümmern (natürlich übernehme ich die Kosten),

verbleibe ich,
herzlichst
Ihr Jasper B. Cosgrove

Sechzehntes Kapitel

Constable Bumpher sah sich den unterschiedlichsten Graden von Schock und Überraschung ausgesetzt. Obwohl der Brief als *VERTRAULICH* gekennzeichnet und ihm gerade erst ausgehändigt worden war, hinterließ er, um seine eigenen Worte zu wiederholen, »einen schalen Geschmack in meinem Mund«.

Appleyard College
Dienstag, den 24. März

Monsieur Bumpher,
bitte entschuldigen Sie, wenn ich nicht die richtige Anrede benutze, da ich noch nie einem Herrn der australischen Polizei geschrieben habe. Es fällt mir sehr schwer, in Englisch zu erklären, warum ich Ihnen in diesem Moment – es ist fast Mitternacht – schreibe, außer, daß ich eben eine Frau bin. Ein Mann hätte wahrscheinlich gewartet, bis er sichere Beweise hat. Wie auch immer, ich fühle in meinem Herzen, daß ich handeln muß, ohne zu zögern und ohne sicheren Beweis.
Als ich am letzten Sonntag (22. März) um die Mittagszeit von der Messe zurückkehrte, informierte mich Madame Appleyard, daß Sara Waybourne, ein Mädchen von dreizehn Jahren und unsere jüngste Schülerin, kurz nachdem die meisten das Haus zum Kirchgang verlassen hatten, von ihrem Vormund abgeholt worden sei. Ich war sehr über-

rascht, da Mr. Cosgrove (der Vormund des Kindes) sehr gute Manieren hat und Madame nicht vorgewarnt hatte. Soweit ich weiß, hat er sich nie zuvor so unhöflich verhalten. Wie ich das so niederschreibe, merke ich, daß Sie keinen Grund für meine Beunruhigung sehen werden. Die Wahrheit ist, Monsieur, ich fürchte, daß dieses unglückliche Kind auf geheimnisvolle Weise verschwunden ist. Ich habe ganz diskret den einzigen Personen, beides ehrliche und gute Frauen, die zum Zeitpunkt von Monsieur Cosgroves Besuch außer Madame anwesend waren, ein paar Fragen gestellt. Keine von beiden, weder Minnie, die femme de chambre, noch die Köchin, haben Mr. Cosgrove ankommen, noch ihn mit oder ohne das Mädchen Sara abreisen sehen. Ich weiß natürlich, daß es dafür eine Erklärung geben kann. Weitere Gründe für meine Befürchtungen erscheinen mir schwerwiegender, aber gleichzeitig ist es viel schwieriger, Ihnen diese auf Englisch darzulegen. Es ist schon spät, und im Haus ist es dunkel. Heute morgen habe ich mich eine Stunde im Zimmer von Sara, das vormals auch Miranda bewohnte, aufgehalten. Während ich einem Dienstmädchen dabei half, Ordnung zu schaffen, habe ich das Zimmer sehr aufmerksam untersucht, und dabei sind mir einige Dinge aufgefallen, die ich Ihnen später erkläre. Ich habe weder die Zeit noch die Fähigkeit, Ihnen ohne Wörterbuch meine bestürzenden Gedanken darzulegen, die mir kamen, als ich diesen leeren Raum an jenem Morgen verlassen hatte. Da ich das College übermorgen (Donnerstag) verlassen und am Ostermontag in Bendigo heiraten werde, füge ich meinen neuen Namen und meine neue Adresse bei, falls Sie mir in dieser Angelegenheit schreiben möchten. In der Zwischenzeit, M. Bumpher, bin ich ernstlich besorgt und wäre Ihnen dankbar, wenn Sie das

College sobald als möglich besuchen und einige Ermittlungen durchführen könnten. Ich bitte Sie, weder Madame noch jemandem anderen zu sagen, daß ich Ihnen geschrieben habe. Den Brief werden Sie, so hoffe ich, am Donnerstagmorgen erhalten. Leider habe ich keine Möglichkeit, ihn früher abzuschicken, denn Madame kontrolliert alles, was in die Post geht, und so muß ich warten, bis ihn jemand mitnehmen kann, dem ich vertraue. Ich bin erschöpft und sollte versuchen, vor Tagesanbruch noch etwas zu schlafen. Ohne Ihre Hilfe kann ich nichts weiter tun. Bitte entschuldigen Sie, daß ich Sie belästige.

Gute Nacht, Monsieur
Dianne de Poitiers

Minnie, die femme de chambre, hat mir heute gesagt, daß Madame A. darauf bestanden hat, am Sonntagmorgen selbst die Tür zu öffnen. Aufgrund meiner schrecklichen Vermutungen halte ich das für sehr alarmierend.

D. de P.

Seit dem Tag, als sie mit Edith Horton zu dem Picknickplatz gefahren waren, hatte Bumpher von der französischen Gouvernante eine hervorragende Meinung. Sie war nicht der Typ von junger Frau, die ohne Grund ihren Kopf verlor. Er las den Brief mit wachsendem Unbehagen ein zweites Mal. Die kleine, windschiefe Residenz der Bumphers lag in einer Seitenstraße nahe der Polizeistation, und dort überraschte er jetzt seine Frau auf der Veranda mit der Bitte um eine Tasse Tee.

»Gleich hier in der Küche. Ich kam gerade vorbei und habe noch ein paar Minuten Zeit.« Während das Wasser im Kessel heiß gemacht wurde, fragte er nebenbei: »Willst du heute nachmittag wieder zu einem deiner Kaffeekränzchen?«

»Wann war ich denn das letzte Mal nachmittags weg?« seufzte Mrs. Bumpher. »Wenn es dich interessiert, ich werde das Haus für Ostern putzen.«

»Ich habe doch nur gefragt«, meinte ihr Mann beschwichtigend. »Denn als du das letztemal bei so einem Treffen warst, hast du diese Cremetörtchen, die ich so liebe, mit nach Hause gebracht von Vicarage – *und* jede Menge Gerüchte.«

»Du weißt sehr gut, daß ich nicht zu denen gehöre, die sich den Mund zerreißen. Was soll ich herausfinden?«

»Du bist eine ganz schön gewiefte Frau«, grinste er. »Ich frage mich, ob eine deiner Freundinnen nicht einmal Mrs. Appleyard oder das College erwähnt hat?« Bumpher hatte die Erfahrung gemacht, daß verblüffenderweise eine gewöhnliche Hausfrau instinktiv Dinge wußte, für die ein Polizist Wochen brauchte, um sie herauszufinden.

»Sehen wir mal. Nun, ich habe gehört, daß man sich erzählt, das alte Mädchen würde zu einem Berserker werden, wenn sie in Wut gerät.«

»Sie gerät in Wut, so?« fragte Bumpher erstaunt.

»Ich habe nur wiederholt, was ich gehört habe. Wenn sie mir in der Stadt über den Weg läuft, ist sie samtweich.«

»Kennst du irgend jemanden, der sie tatsächlich einmal wütend erlebt hat?«

»Trink deinen Tee aus, während ich nachdenke. Kennst du die Comptons unten in dem Haus mit den Quittenbäumen, wo das College seine Marmelade herbekommt? Auch egal, die Frau hat mir erzählt, daß sie eine schreckliche Angst davor hat, bei der Abrechnung einen Fehler zu machen, denn einmal, als ihr Ehegespons nicht da war, mußte sie sie machen und hat sich um ein Pfund verrechnet, daraufhin hat Mrs. Appleyard sie zu sich zitiert und ihr die Hölle heiß gemacht. Mrs. Compton befürchtete, das alte Mädchen würde der Schlag treffen.«

»Gibt es noch mehr?«

»Nur daß ein Mädchen namens Alice, die im College arbeitet, der Frau im Gemüseladen erzählt hat, die Direktorin würde ab und zu einen Schluck trinken. Diese Alice hat sie allerdings nie beschwipst oder so etwas in dieser Richtung gesehen, aber du weißt ja, wie die Leute hier tratschen! Besonders seit dem Geheimnis des College.«

»Wie sollte ich!«

Bei der zweiten Tasse Tee versuchte er, ein paar Informationen über die französische Gouvernante zu erhalten, indem er ankündigte, sie würde nächste Woche heiraten.

»Naja, ich bin auch nicht gerade ein häßliches Entlein, wie du weißt (erinnere dich mal an den Kerl mit der Flöte), aber ich muß sagen, die ist ein wirklich hübsches Mädchen, wie ich das eine Mal, wo ich ihr Gesicht aus der Nähe gesehen habe, feststellen konnte.«

»Wo war das?«

»Auf der Bank. Diese Mademoiselle hat einen Scheck eingelöst, und Ted, das ist der Angestellte mit dem blonden Haar, hat ihr zuviel herausgegeben. Sie war schon halb die Straße hinunter, bevor sie es gemerkt hatte, und kam zurück. Ich erinnere mich daran, weil Ted zu mir gesagt hat: ›Ich sage Ihnen, Mrs. Bumpher, das nenne ich Ehrlichkeit! Ich hätte das Geld aus meiner eigenen Tasche zurückerstatten müssen‹.«

»Gut, danke für den Tee. Ich muß jetzt gehen«, meinte Bumpher und schob seinen Stuhl zurück. »Warte heute abend nicht auf mich. Es kann sehr spät werden.«

Ein schönes Steak wartete für das Abendessen, doch Mrs. Bumpher war jetzt schon seit fünfzehn Jahren verheiratet und fragte gar nicht mehr nach dem Grund.

Die Ankündigung von schönem Wetter für Ostern traf für den gesamten Donnerstag zu. Zu Mittag war es schon heiß, und Bumpher, der in seinem stickigen Büro Notizen machte, legte seine Jacke ab. Dasselbe hatte auch Mr. Whitehead getan, der die Dahlienbeete harkte. Sobald er sein frühes Mittagessen beendet hatte, ging der Gärtner in den Geräteschuppen und holte den Schlauch hervor, der schon für den Winter weggepackt war, um die Hortensien zu gießen, bevor die Erde der Blumenbeete gänzlich ausgetrocknet war. Tom fragte, ob er helfen könne, ansonsten würde er mit Minnie einen Spaziergang die Straße entlang machen. Der Gärtner verneinte, er hatte den Garten für seinen morgigen freien Tag schon in einen sehr guten Zustand gebracht, aber Tom sollte den Hortensien am Karfreitag etwas Wasser geben, wenn die Sonne so kräftig scheinen würde wie heute. Tom versprach es, nahm Minnie in den Arm, und so wurden sie gnädigerweise von den nun folgenden Ereignissen der nächsten Stunden verschont.

Das Hortensienbeet, zweieinhalb Meter breit und fast die gesamte Rückseite des Hauses einnehmend, war Mr. Whiteheads bestes Stück. In diesem Sommer standen einige der Pflanzen fast zwei Meter hoch. Er hatte gerade den Schlauch an dem nächstgelegenen Wasserhahn im Garten angeschlossen, als er einen stechenden Geruch aus der Richtung der Hortensien wahrnahm. Bevor er den Hahn aufdrehte, überlegte er sich, daß es besser sei, der Sache nachzugehen, denn sonst würde die Köchin wieder Krach schlagen, wenn etwas so dicht an ihrer Küchentür stank. In den letzten Tagen hatte er so viel mit dem herbstlichen Beschneiden der Bäume zu tun gehabt, daß er nicht dazu gekommen war, wie er es sonst öfters tat, bei den engstehenden Hortensienbüschen zu verharren und ihre dunklen, weichen Blätter und die Büschel dunkelblauer Blüten zu bewundern. Jetzt bemerkte er, zu seinem Ärger, daß eine der schönsten und größten Pflanzen, die in der hinteren Reihe ungefähr einen Meter von der Mauer entfernt direkt unter dem Turm stand, ganz zusammengedrückt war; die schönen blauen Blütenkelche hingen gebrochen an den Zweigen. Opossums! Diese verdammten

Viecher tobten immer über das Dach. Tom hatte letztes Jahr sogar ein Nest im Turm entdeckt. Tom wäre bestimmt gleich mit seinen schweren Stiefeln auf der Suche nach dem toten Opossum in die Büsche gestampft. Der Gärtner dagegen legte seine Weste ab, zog eine Gartenschere aus seiner Hosentasche, um die gebrochenen Zweige sauber abzuschneiden und begann vorsichtig auf Händen und Knien zwischen die Büsche zu kriechen, so, als ob er die junge Vegetation am Boden nicht beeinträchtigen wollte. Er war noch einen Meter von dem beschädigten Busch entfernt, als er etwas Weißes daneben auf dem Boden liegen sah. Etwas, das einmal ein Mädchen im Nachthemd, das inzwischen voller Blut war, gewesen war. Ein Bein lag abgeknickt unter dem verkrümmten Körper, das andere hing in einer Astgabel der Hortensie. Die Füße waren bloß. Der Kopf war bis zur Unkenntlichkeit zerschmettert, so daß er, auch wenn er sich hätte zwingen können, genauer hinzusehen, das Mädchen nicht hätte erkennen können. Trotzdem wußte er, daß es Sara Waybourne war. Kein anderes Mädchen auf dem College war so klein, hatte so schmale Arme und Beine.

Er schaffte es, auf den Weg neben dem Blumenbeet hinauszukriechen, dann mußte er sich heftig übergeben. Von dort aus war der Körper völlig von dem dichten Bewuchs verdeckt. Sowohl Tom als auch er und die Hausmädchen mußten in den letzten paar Tagen ein dutzend Mal daran vorbeigelaufen sein. Er ging ins Waschhaus und hielt seinen Kopf und die Hände unter Wasser. In seinem Zimmer war eine Flasche Whisky. Er setzte sich auf die Bettkante, nahm sich einen kleinen Schluck, um seinen aufgewühlten Magen zu beruhigen, und ging dann gleich um das Haus in den Seiteneingang hinein und durch die Halle direkt in Mrs. Appleyards Arbeitszimmer.

Auszug aus der Aussage von Edward Whitehead, Gärtner am Appleyard College, aufgenommen von Constable Bumpher am Karfreitag, dem siebenundzwanzigsten April.

Die ganze Sache war ein schrecklicher Schock für mich und eine schreckliche Sache, sie Madame zu sagen, nach all dem, was sie in der letzten Zeit durchgemacht hatte. Ich glaube, sie ist in ihrem Zimmer auf und ab gelaufen, als ich geklopft habe. Aber egal, sie hat nicht geantwortet, also ging ich hinein. Als sie mich sah, hat sie fast die Fassung verloren. Sie sah selbst für ihre Verhältnisse ziemlich schrecklich aus. Was ich sagen will, ist, wir alle vom Personal waren der Meinung, daß sie schon längere Zeit krank aussah. Sie bot mir keinen Stuhl an, doch mir zitterten die Beine so heftig, daß ich kaum noch aufrecht stehen konnte, also setzte ich mich. Ich kann mich nicht mehr daran erinnern, was ich genau über den Fund der Leiche sagte. Zuerst stand sie vor sich hinstarrend da, als ob sie kein Wort von dem, was ich gesagt hatte, begriffen hätte. Dann bat sie mich, alles ganz langsam zu wiederholen, was ich auch tat. Als ich fertig war, fragte sie ›Wer ist es?‹ Ich antwortete: ›Sara Waybourne.‹ Sie fragte, ob ich ganz sicher sei, daß das Mädchen tot ist. Ich antwortete: »Ja, ganz sicher.« Ich sagte ihr nicht, warum. Sie gab einen unterdrückten Schrei von sich, mehr wie ein wildes Tier denn wie ein menschliches Wesen. Ich werde diesen Schrei nie mehr vergessen, auch wenn ich hundert Jahre alt werde. (Anmerkung der Autorin: Edward Whitehead wurde tatsächlich fünfundneunzig Jahre alt.)
Sie holte eine Flasche hervor und schenkte sich und mir einen ordentlichen Brandy ein, den ich ablehnte. Ich fragte, ob ich die Köchin holen sollte, die ja zu

diesem Zeitpunkt die einzige andere Person im Haus war. Sie sagte: »Nein, Sie Dummkopf. Können Sie einen Wagen lenken?« Ich antwortete ihr, daß ich nicht so gut mit Pferden umgehen könne, aber daß ich in der Lage wäre, das Pferd vor das Gig zu spannen. Sie meinte: »Dann können Sie mich zum Polizeirevier bringen. Um Himmels willen, beeilen Sie sich, und kein Wort zu niemandem.« Ungefähr zehn Minuten später stand sie in der Auffahrt und wartete vor der Eingangstür auf das Gig. Sie hatte einen langen, marineblauen Mantel an und einen braunen Hut mit Federn auf, den sie immer trug, wenn sie nach Melbourne fuhr. Sie trug eine schwarze Lederhandtasche und schwarze Handschuhe. Ich kann mich an die Handschuhe deshalb erinnern, weil ich mich fragte, wie jemand in einer solchen Situation an Handschuhe denken konnte. Wir fuhren so schnell, wie das Pferd laufen konnte, nach Woodend, und während der gesamten Strecke sprach keiner von uns. Als wir hundert Meter vom Polizeirevier entfernt waren, gegenüber von den Hussey Livery Ställen, wies sie mich an anzuhalten. Sie stieg aus und ging hinüber zu der Bank, auf der Husseys Fahrgäste auf die Wagen warteten. Ich dachte, sie bricht zusammen. Ich fragte, ob ich sie zum Revier begleiten oder hier warten soll. Sie sagte, sie wolle sich ein paar Minuten hinsetzen und dann allein zum Revier gehen. Sie meinte, ich müßte später noch eine Menge Fragen beantworten und solle jetzt besser direkt nach Hause fahren. Mir war es nicht recht, sie da allein zu lassen, so krank, wie sie aussah, und das alles. Aber es schien, als ob sie genau wüßte, was sie wollte, wie immer, und da dachte ich, es ist das Beste, einfach den Anweisungen Folge zu leisten. Besonders, da mir nach allem, was ich an diesem Nachmittag erlebt hatte, fürchterlich schlecht war. Bevor ich wegfuhr, sagte

Mrs. Appleyard noch, daß sie sich bei Hussey einen Wagen für die Rückfahrt zum College nehmen würde, nachdem sie mit der Polizei gesprochen hätte. Als ich den Wagen, um nach Hause zu fahren, gewendet hatte, saß sie immer noch stocksteif auf der Bank. Und das war das letzte Mal, daß ich sie gesehen habe.

Gezeichnet, Edward Whitehead
Woodend, Freitag, den 27. März 1900

Aussage von Ben Hussey von den Hussey Livery Ställen, aufgenommen von Constable Bumpher am gleichen Tag wie die vorherige.

Am Donnerstag vor Karfreitag hatten wir wegen der Osterfeiertage viel zu tun. Ich saß in meinem Büro bei den Ställen und ging die Bestellungen für die Wagen durch, als Mrs. Appleyard hereinkam und auf der Stelle einen wollte. Ich hatte sie seit dem Tag des Picknicks am Hanging Rock kaum gesehen und war entsetzt über ihre veränderte Erscheinung. Ich fragte, wie weit sie fahren wolle, und sie antwortete, sie denke ungefähr zehn Meilen. Sie hätte gerade schlechte Nachrichten von einer Freundin draußen an der Hanging-Rock-Straße erhalten, und sie würde das Haus wiedererkennen, wenn sie es sehe. Da alle meine Fahrer unterwegs waren, zu Zügen und so weiter, sagte ich ihr, daß ich sie selbst fahren würde, wenn sie einen Moment warten wolle, bis ich ein neues, noch ziemlich unruhiges Pferd eingespannt hätte, an das ich niemanden außer mir heranlassen wollte. Ich stellte fest, daß Mrs. Appleyard ziemlich aus der Fassung war, besonders für jemanden wie sie, der nie seine Gefühle zeigt. Ich fragte sie, ob sie sich auf meinen Platz setzen und eine Tasse Tee trinken wolle, während sie warte, doch sie kam mit mir und stand die ganze Zeit, während ich das Pferd vor den Buggy spannte, neben mir. Es war zehn vor drei, als wir losfuhren. Ich weiß deshalb die genaue Zeit, weil ich sie für meine Fahrer notieren mußte. Nachdem wir eine Zeitlang wortlos gefahren waren, bemerkte ich zu ihr, daß es ein netter, sonniger Tag sei. Sie meinte, das wäre ihr noch nicht aufgefallen. Mehr wurde nicht gesprochen, bis wir zu der Straßenbiegung kamen, von der aus man zum ersten Mal den Hanging Rock zwischen den Bäumen hindurch sehen kann. Ich zeigte ihn ihr und sagte etwas über den Felsen, der seit dem Picknick einer Menge Leute eine Menge Ärger bereitet hat. Sie beugte sich über mich und schüttelte die Faust in Richtung des Felsens mit einem Ausdruck im Gesicht, den ich kein zweites Mal mehr auf einem Gesicht sehen möchte. Das reichte mir, und es war mir nicht unrecht, als eine kleine Farm mit einem Gatter an der Straße, aber keiner Zufahrt, in Sicht kam und sie mich anhalten ließ. Ich fragte, ob sie sicher sei, daß dies der richtige Ort ist. »Ja«, antwortete sie, »das ist er, und Sie brauchen nicht zu warten. Meine Freunde werden mich später zurückbringen.« Es war ein ziemlich heruntergekommenes Haus jenseits des Zauns, und davor standen ein Mann und eine Frau, die ein Baby hielt. »In Ordnung«, meinte ich. »Das Pferd ist noch nicht daran gewöhnt stillzustehen, und wenn Sie sicher sind, mit allem fertig zu werden, dann fahre ich los. Ich hoffe, die Angelegenheit ist nicht so schlimm, wie Sie glauben.« Ich fuhr sofort weiter und schaute mich nicht mehr um.

Gezeichnet, Ben Hussey
Livery Ställe,
Woodend, 27. März 1900

Der Schäfer und seine Frau, die später vor Gericht aussagten, sahen eine Frau in einem langen Mantel aus einem Einspänner an ihrem Gatter aussteigen und beobachteten, wie sie die Straße entlang in Richtung des Picknickplatzes ging. Nur sehr wenige Fremde kamen hier zu Fuß vorbei. Die Frau ging sehr schnell und war schon bald außer Sichtweite.

Obgleich sie den Hanging Rock zum ersten Mal gesehen hatte, als Ben Hussey ihn ihr an diesem Nachmittag vom Buggy aus gezeigt hatte, war Mrs. Appleyard nur allzu vertraut mit seiner Erscheinung und der wichtigen Stelle, wo der Picknickplatz lag, die sie aus den Plänen, Zeichnungen und Fotografien der Melbourner Zeitungen kannte. Hier nun, nach einer mehr oder weniger geraden Strecke auf der endlos erscheinenden Straße, war das schiefhängende Gatter, durch das Ben Hussey seinen Wagen mit den fünf Pferden gelenkt hatte. Dort der Bach, in dessen stillem Teich sich das letzte Abendlicht fing. Links, ein Stück weiter vorne, der häufig fotografierte Platz, an dem sich die Picknickgesellschaft aus Lake View neben ihrem Wagen gelagert hatte. Auf der rechten Seite lagen die senkrechten Wälle des Felsens schon im Schatten, und das Unterholz am Fuß atmete schon den feuchten Geruch der Verwesung aus. Ihre behandschuhten Hände beschäftigten sich mit der Schließvorrichtung des Gatters. Arthur sagte immer: »Du hast einen hervorragenden Kopf, meine Liebe, aber mit deinen Händen bist du nicht so gut.« Sie ließ das Tor offenstehen und folgte dem Weg in Richtung des Baches.

Und nun, endlich, nachdem sie ihr Leben lang auf Linoleum, Asphalt, Axminster Teppichen gelaufen war, trottete die schwere, plattfüßige Frau auf der weichen Erde voran. Vor siebenundfünfzig Jahren in der Wildnis rauchgeschwärzter Backsteine der Vororte geboren, wußte sie nicht mehr von der Natur als eine Vogelscheuche auf einem Besenstiel von dem sich wiegenden

Kornfeld unter ihr. Sie, die so nahe dem kleinen Wäldchen an der Bendigo Straße gelebt hatte, hatte nie das kurze, harte Gras unter den Füßen gespürt. Nie war sie zwischen den geraden Stämmen der Eukalyptusbäume gewandert. Nie hatte sie verharrt, um die lockenden Düfte des Frühlings, der den Geruch von Akazien und Eukalyptus in die Halle des College trug, zu genießen. Auch hatte sie nie die heftige Brise des Nordwinds eingeatmet, wenn er im Sommer von der Asche der Buschfeuer erfüllt war. Als der Untergrund zum Felsen hin anstieg, wußte sie, daß sie sich nach rechts in das hüfthohe Unterholz wenden und anfangen zu klettern mußte. Der Boden fühlte sich unter den weichen Fußsohlen in den hochgeknöpften Glacéstiefeln rauh an. Sie setzte sich für ein paar Minuten auf einen umgestürzten Baum und zog ihre Handschuhe aus. Der Schweiß rann ihr unter dem steifen Spitzenkragen den Hals hinunter. Bald war sie wieder auf den Beinen und blickte zu einer Reihe von Felsspitzen vor einem blaßrosa Himmel hinauf. Zum ersten Mal dämmerte es ihr, was es bedeutete, den Felsen an einem heißen Sommernachmittag zu ersteigen, wie es die vermißten Mädchen in ihren Sommerkleidern und in dünnen Schuhen getan hatten, vor langer, langer Zeit. Stolpernd und schwitzend bewegte sie sich durch das Unterholz und die Büsche nach oben und dachte ohne Mitgefühl an die Mädchen. Tot. Beide tot. Und jetzt lag auch noch Sara am Fuße des Turms. Als der Monolith in Sicht kam, erkannte sie ihn sofort von den Fotografien her. Ihr Herz hämmerte unter dem schweren Mantel, und sie konnte gerade noch die letzten Meter über die Steine, die unter jedem ihrer Schritte wegrollten, zu ihm hin stolpern. Rechts befand sich an einem Abgrund ein kleiner Überhang, den hinunterzublicken sie nicht wagte. Zur Linken weiter oben türmten sich Steine übereinander, auf einem lag ausgestreckt eine große, schwarze Spinne schlafend in der Sonne. Sie hatte sich immer vor Spinnen gefürchtet und suchte jetzt etwas, womit sie sie totschlagen könnte, und sah Sara Waybourne in einem Nachthemd, das eine Auge aus einer Larve verwesenden Fleisches auf sie gerichtet.

Ein Adler hoch über den golden glänzenden Felsspitzen hörte ihren Schrei, als sie auf den Abgrund zurannte und sprang. Die Spinne brachte sich in Sicherheit, als der unförmige Körper von Fels zu Fels rollend und springend in Richtung Tal fiel. Bis schließlich zuletzt der Kopf mit dem brauen Hut auf einer Felsspitze aufgespießt wurde.

Siebzehntes Kapitel

Auszug aus einer Melbourner Zeitung, mit Datum vom 13. Februar 1913.

Obwohl man den Valentinstag im allgemeinen mit dem Empfang und dem Austeilen von Geschenken und Herzensangelegenheiten in Verbindung bringt, sind nun genau dreizehn Jahre seit dem schicksalhaften Samstag vergangen, an dem eine Gruppe von etwa zwanzig Schülerinnen und zwei Gouvernanten des Appleyard College die Bendigo Straße entlang zu einem Picknick am Hanging Rock geschickt wurden. Eine der Gouvernanten und drei der Mädchen verschwanden während des Nachmittags. Nur eines davon ist wieder aufgetaucht. Der Hanging Rock ist eine spektakuläre vulkanische Felsformation in der Ebene unterhalb des Mount Macedon, die aufgrund der einzigartigen Struktur einschließlich Monolithen und bodenlos erscheinender Löcher sowie Höhlen, die bis jetzt (1912) noch unerforscht sind, für Geologen von besonderem Interesse ist. Damals ging man davon aus, daß die vermißten Personen versucht hatten, die gefährlichen Felsabbrüche unterhalb des Gipfels zu erklettern, und dort wahrscheinlich den Tod gefunden haben; doch ob durch einen Unfall, Selbstmord oder durch kaltblütigen Mord konnte, da keine Leichen gefunden wurden, nie bewiesen werden.

Die intensive Suche durch die Polizei und Helfer aus der Bevölkerung konnte, obwohl es sich nur um einen relativ kleinen Bereich handelte, bis zum Samstagmorgen, dem 21. Februar, keinen Hinweis auf die Lösung des Geheimnisses erbringen, als der Ehrenwerte Michael Fitzhubert, ein junger Engländer, der seine Ferien am Mount Macedon verbrachte (jetzt lebt er auf einer Großfarm im Norden Queenslands), eines der drei vermißten Mädchen, Irma Leopold, am Fuße zweier riesiger Steinblöcke bewußtlos fand. Das unglückliche Mädchen wurde wieder völlig gesund, bis auf eine Gedächtnislücke, die ihr die Erinnerung an alles nahm, was passiert war, nachdem sie und ihre Kameradinnen den unteren Bereich des Hanging Rock erstiegen hatten. Aufgrund des mysteriösen Todes der Direktorin des Appleyard College, ein paar Monate nach der Tragödie, wurde die Suche noch einige Jahre lang unter großen Schwierigkeiten fortgesetzt. Das College wurde durch ein Buschfeuer im folgenden Jahr völlig zerstört. 1903 wurde von zwei Kaninchenjägern, die am Hanging Rock campierten, ein kleines Stück Baumwollspitze gefunden, von dem die Polizei annahm, daß es aus dem Unterrock stammt, den die vermißte Gouvernante am Tag des Picknicks getragen hatte.

Eine etwas schillernde Person spielt in dieser seltsamen Geschichte eine kleine Rolle. Ein Mädchen namens Edith Horton, eine vierzehnjährige Schülerin vom Appleyard College, die die anderen drei Mädchen ein kurzes Stück den Felsen hinauf begleitet hatte. Dieses Mädchen kam bei Einbruch der Dämmerung im Zustand der Hysterie zu der Picknickgruppe am Bach unterhalb des Felsens zurück und war damals sowie auch danach nicht in der Lage, sich an irgend etwas, das während der Zeit auf dem Felsen geschehen war, zu erinnern. Edith

Horton, die trotz wiederholter Befragungen über die Jahre hin keine weitere Informationen preisgab, starb vor kurzem in Melbourne.

Countess de Latte-Marguery (ehemals Irma Leopold) lebt heute in Europa. Von Zeit zu Zeit war die Countess bereit, sich von verschiedenen interessierten Institutionen, einschließlich der Society for Psychical Research, befragen zu lassen, aber nie konnte sie sich an mehr erinnern als an das, was sie direkt nach Wiedererlangen des Bewußtseins wußte. So wird das Geheimnis des College, wie der bekannte Fall der Marie Celeste, *für immer ungeklärt bleiben.*

Florian F. Marzin

Das Geheimnis des College: Gelöst!

Ayers Rock oder Uluru, wie er in der Sprache der Aboriginals heißt und was inzwischen, nachdem diese Kultstätte wieder den Ureinwohnern als Besitz zurückgegeben wurde, auch die offizielle Bezeichnung ist, stellt neben der Sydney Opera wohl das bekannteste Wahrzeichen Australiens dar. Doch ist dieser Monolith aus prähistorischer Zeit beileibe keine Einzelerscheinung auf dem fünften Kontinent. Überall im Land gibt es ähnliche, wenn auch meist weniger spektakuläre Felsformationen. Dazu gehört auch der Hanging Rock, eine Felsformation, die etwa achtzig Kilometer nordwestlich von Melbourne aufragt. Wenn auch nicht so hoch wie der Uluru, so imponiert der Hanging Rock im Gegensatz zu diesem gerade durch seine schroffen und zerklüfteten Felswände, überhängenden Simse und losen Brocken, die scheinbar schwerelos in Spalten und Abbrüchen hängen und dem Massiv seinen Namen gegeben haben. Heute ist diese Felsformation ein beliebtes Ausflugsziel, und in der Ebene am Fuße des Felsens befindet sich eine Pferderennbahn, auf der jedes Jahr im Januar ein berühmtes Pferderennen ausgetragen wird.

Die Berühmtheit des Hanging Rock geht nicht zuletzt auf den Roman von Joan Lindsay zurück, der in Australien überaus populär ist, mehr jedoch noch auf den Film von Peter Weir, einem australischen Regisseur, der mit seinem ersten Film, *Die Killer-Autos von Paris* (1974), einen Achtungserfolg erzielte (weitere bekannte Filme sind: *Green Card, Der einzige Zeuge, Der Club der toten Dichter* und zuletzt *Fearless – jenseits der Angst*). Sein zweiter Film war *Picknick am Valentinstag* (1976), die kongeniale Adaption von Joan Lindsays Buch. Weniger die drei Mädchen, Miranda, Marion Quade und Irma Leopold, oder gar die französische Gouvernante stehen im Mittelpunkt der Ereignisse als vielmehr die Felsformation selbst. Mehr noch als Joan Lindsay in ihrem Buch gelingt es Weir in seinem Film, eine unheimliche, bedrückende Atmosphäre zu schaffen.

Da Joan Lindsay in ihrer Vorbemerkung bewußt die Möglichkeit andeutet, daß die geschilderten Ereignisse auf einer wahren Begebenheit basieren könnten, haben sich über die Jahre eine Reihe von Leuten darangemacht, in alten Zeitungsarchiven Hinweise auf das geheimnisvolle Verschwinden von drei Schulmädchen und ihrer Gouvernante zu finden. Doch alle diese Bemühungen, die geschilderten Geschehnisse zu verifizieren, waren genauso vergeblich, wie das eigentliche Geheimnis vom Hanging Rock zu lösen. Das *Picknick am Valentinstag* ist pure Fiktion, obgleich die Autorin eine Reihe von durchaus legitimen Tricks angewandt hat, gerade diesen Eindruck zu verwischen. Die akribische Genauigkeit bei der Beschreibung, die in den Text eingefügten fiktiven Dokumente und die zeitliche Einordnung der Geschehnisse wird schon dadurch konterkariert, daß der 14. Februar (Valentinstag) 1900 nicht, wie hier behauptet, ein Samstag war, sondern auf einen Mittwoch fiel.

Darüber hinaus ist das *Picknick am Valentinstag* nicht nur die packende Geschichte eines Geheimnisses, sondern zugleich eine Reminiszenz an die australische Landschaft.

In der Person der Mrs. Appleyard entsteht der nahezu klassische Charakter der Tragödie, schuldig zu sein, ohne Schuld zu haben. Steht am Anfang die Direktorin noch als unerbittliche Herrscherin des Colleges da, wird sie im Verlauf der Handlung mehr und mehr zur wirklich tragischen Person, die hilflos ihren eigenen Untergang mitverfolgen muß. Sie trifft, wie auch jeden anderen der unmittelbar Beteiligten, keine Schuld an dem Verschwinden der Mädchen, sie wird zum Spielball von Mächten, die ihrer Einflußnahme entzogen sind. Für Mitleid ist im Appleyard College kein Platz, wie man an der unbarmherzigen Haltung gegenüber dem Mädchen Sara ablesen kann, und auf Mitleid kann auch Mrs. Appleyard nicht hoffen, als ihr das Schicksal so übel mitspielt. Gerade das untrügliche Gefühl der einfachen Angestellten am Appleyard College für den richtigen Moment, das sinkende Schiff zu verlassen, zeigt sich in aller Erbarmungslosigkeit. Zuerst steuert Mademoiselle vom sturmgepeitschten College aus den sicheren Hafen der Ehe an. Dasselbe gilt für Minnie und Tom. Miß Lumley setzt sich ab, um dann einen tragischen Tod zu finden. Am Schluß bleibt Mrs. Appleyard nichts anderes übrig, als sich ihrem übermächtigen Widersacher zu stellen und ihre Niederlage, die zu verhindern sie nie eine Chance hatte, mit ihrem Freitod zu besiegeln.

Doch dessen ungeachtet wurde *Picknick am Valentinstag* nicht nur in Australien zum wohl bekanntesten Protokoll vom spurlosen Verschwinden dreier Menschen. Das offene Ende hat seit dem Erscheinen des Buches zu unendlichen Spekulationen über den Verbleib der Vermißten geführt, ohne daß eine befriedigende Lösung gefunden worden wäre. Auch Peter Weir hütet sich in seinem Film davor, die Geschehnisse am Hanging Rock aufzuklären. Doch über die Jahre hinweg wurde immer wieder versucht, das Geheimnis zu lüften. 1980 hat die australische Autorin Yvonne Rousseau das Buch *Murders at Hanging Rock* veröffentlicht, in dem sie die fünf gängigsten Theorien zu dem Verschwinden der Mädchen auflistet und überprüft.

Diese fünf Erklärungen des Geheimnisses des College sind:

- Die Mädchen sind in eine irgendwie geartete andere Welt eingegangen
- Sie sind in ein Paralleluniversum abgedriftet
- Sie sind in den mythologischen Bereich (Traumzeit) der australischen Ureinwohner versetzt worden
- Sie sind auf ein UFO gestoßen und entführt worden
- Es handelt sich um ein, wenn auch kompliziertes, so doch gänzlich rational erklärbares Verbrechen.

Die Autorin Joan Lindsay hat zu allen diesen Erklärungen beharrlich geschwiegen. Ihr war zu Lebzeiten keine Äußerung zum Geheimnis des Hanging Rock zu entlocken, und so gingen die Spekulationen auch nach ihrem Tode am 23. Dezember 1984 weiter.

Nur wenige wußten, daß das von Joan Lindsay in den sechziger Jahren (das Buch erschien erstmals 1967 in Australien) abgelieferte Originalmanuskript ein achtzehntes Kapitel hatte. Dieses Kapitel enthielt die Lösung des Rätsels, doch ihr Verleger drängte sie dazu, es in der Druckfassung wegzulassen. Auch der Regisseur Peter Weir und sein Drehbuchautor Cliff Green kannten das geheimnisvolle achtzehnte Kapitel, beschlossen aber, auch in ihrem Film darauf zu verzichten.

Joan Lindsay bestimmte testamentarisch, daß dieses achtzehnte Kapitel am dritten Valentinstag nach ihrem Tode veröffentlicht werden sollte, was dann auch am 14. Februar 1987 geschah. Bis heute allerdings wird man in den englischen Ausgaben des Romans *Picknick am Valentinstag* vergeblich nach dem abschließenden Kapitel suchen. Dieses ist nur in einer Sonderpublikation erhältlich, die sich *The Secret of Hanging Rock* nennt. Die vorliegende Ausgabe bringt erstmals das *Picknick am Valentinstag* in der Form heraus, wie Joan Lindsay das Originalmanuskript konzipiert hat.

Der aufmerksame Leser wird bei der Lektüre auf

einige Widersprüche zwischen dem achtzehnten und dem dritten Kapitel stoßen, die sich aus nachträglichen Interpolationen ergeben. Nachdem man sich entschieden hatte, das achtzehnte Kapitel nicht zu drucken, wurden – heute läßt sich nicht mehr mit letzter Sicherheit nachvollziehen, wer damals diese Entscheidung traf – kurze Passagen des achtzehnten Kapitels in das dritte Kapitel aufgenommen, um dem Leser zumindest einen kleinen Hinweis auf das mögliche Schicksal der vier Vermißten zu geben. Diese sind in sich selbst stimmig, führen aber zu Widersprüchen, wenn beide Kapitel in einem Buch vereint sind.

Die Wirkung von Buch und Film basiert zu einem erheblichen Teil gerade auf diesem offenen Schluß, der viele Möglichkeiten der Spekulation bietet, wie Yvonne Rousseau in dem oben genannten Buch aufgezeigt hat. Ob Joan Lindsay die beste aller denkbaren Lösungen für ihre spannende Handlung gewählt hat, kann der Leser nach den nächsten Seiten selbst entscheiden. Er kann aber auch verzichten und das Geheimnis des College für immer ungelöst lassen.

Der Übersetzer hat sich seine eigenen Gedanken über die Lösung des Geheimnisses des College gemacht, die uns so interessant erschienen, daß wir sie als alternatives achtzehntes Kapitel dieser Ausgabe beigefügt haben.

Achtzehntes Kapitel

Es geschieht heute. Wie es immer wieder geschehen ist, seit Edith Horton stolpernd und schreiend in Richtung Ebene lief. Und es wird weiter geschehen bis ans Ende der Zeit. Die Ereignisse werden sich nie um mehr ändern als der Fall eines Blattes oder der Flug eines Vogels. Für die vier Menschen auf dem Hanging Rock wird es immer in dem milden Dämmerlicht einer Gegenwart, die keine Vergangenheit hat, eingeschlossen sein. Ihre Freuden und Leiden sind immer neu.

Miranda war ein Stück vor Irma und Marion, als sie sich durch das Unterholz quälten, ihr glattes blondes Haar tanzte auf den vertrauenerweckenden Schultern. Wie Schwimmer erklommen sie Welle auf Welle des staubigen Grüns. Ein Adler, der im Zenit schwebte, sah in den Büschen unter sich ungewöhnliche helle Flecken heraufscheinen und schwang sich noch höher hinauf, in Bereiche, wo die Luft klarer war. Schließlich wurden die Büsche vor einer kleinen Klippe, auf der das letzte Tageslicht lag, weniger. Wie an Millionen von Sommerabenden knüpfte sich der Teppich und nahm über den Abbrüchen und Pfeilern des Hanging Rock Formen an.

Das Plateau, auf das sie jetzt aus dem Unterholz hinaustraten, war von derselben Art wie jenes weiter unten, Felsbrocken, lose Steine und ein paar Bäume. Farnbüschel standen verdorrt im bleichen Licht. Die

Ebene unter ihnen war weit entfernt und kaum zu erkennen. Als sie zwischen den Felsen am Rand nach unten sahen, konnten sie kaum die winzigen Gestalten ausmachen, die zwischen rosigen Rauchschwaden umherliefen. Ein schwarzer Schatten neben dem glitzernden Wasser konnte ein Wagen sein.

»Was machen die Leute, die umherlaufen wie geschäftige kleine Ameisen, da unten nur?« Marion ging zu Irma und schaute ihr über die Schulter.

»Eine erstaunliche Anzahl von menschlichen Wesen hat kein Ziel«, kicherte Irma. »Ich wage zu behaupten, daß sie sich für sehr wichtig halten.«

Die Ameisen und ihre Feuerstellen wurden kommentarlos fallengelassen. Trotzdem war Irma für einen Moment von einem ziemlich seltsamen Geräusch beunruhigt, das von der Ebene heraufdrang. Es hörte sich an wie Trommeln.

Miranda war die erste, die den Monolithen bemerkte, ein einzelner, verwitterter Stein, der sich steil auf den Felsen am Rande eines senkrechten Abhangs erhob. Irma, die sich einen Meter hinter den beiden anderen befand, sah, wie diese plötzlich stehenblieben, die Köpfe geneigt und die Hände auf die Brust gepreßt, als würden sie sich gegen einen Sturm stemmen.

»Was ist los, Marion? Ist etwas passiert?«

Marions Augen glänzten und starrten nach vorne, die Nasenflügel bebten, und Irma dachte kurz daran, wie sehr Marion einem Windhund ähnelte.

»Irma! Spürst du es nicht?«

»Was spüren, Marion?« An den ausgetrockneten Bäumen bewegte sich kein Zweig.

»Der Monolith. Er ist wie ein Magnet. Er ist dabei, mein Innerstes nach Außen zu kehren, wenn du verstehst, was ich meine.«

Da Marion Quade selten Witze machte, hatte Irma Angst zu lächeln.

Besonders, als Miranda jetzt über ihre Schulter blickte und meinte: »Auf welcher Seite fühlst du es am stärksten, Marion?«

»Kann ich nicht sagen. Wir scheinen uns spiralförmig um einen Kegel zu bewegen, in jede Richtung zugleich.«

Schon wieder die Mathematik! Selbst wenn Marion Quade teilweise verrückt war, dann hatte das immer etwas mit Mathematik zu tun.

»Für mich sieht es eher wie im Zirkus aus!« meinte Irma leichthin. »Auf, Mädchen, wir wollen hier nicht ewig stehenbleiben und auf das große Ding starren.«

Sobald sie den Monolithen passiert hatten und er außer Sichtweite war, wurden sie von einer übermächtigen Müdigkeit überfallen. Sie legten sich in einer Reihe auf den weichen Boden eines kleinen Plateaus und fielen in einen so tiefen Schlaf, daß eine Eidechse, die unter einem Stein hervorgeschossen kam, sich ohne Furcht in Marions Armbeuge niederließ, während verschiedene Käfer in bronzenen Panzern ihren gemütlichen Weg über Mirandas blonden Schopf nahmen.

Miranda erwachte als erste, in einem fahlen Dämmerlicht, in dem man jede Einzelheit klar und deutlich erkennen konnte. Ein verlassenes Nest hing in der Astgabel eines schon lange abgestorbenen Baumes, wobei man jeden Zweig und jede Feder, die hineingewoben waren, deutlich erkennen konnte. Marions Musselinröcke lagen da wie eine Muschel, Irmas dunkle Löckchen standen wild von ihrem Kopf ab, und die Augenlider waren fest geschlossen. Alles ist, wenn man es nur, so wie in diesem Moment, genau genug betrachtet, schön und vollständig. Alles hatte seine eigene Perfektion.

Eine kleine braune Schlange schob ihren schuppigen Körper über das Geröll und machte dabei ein Geräusch, als ob der Wind über den Boden bliese. Die ganze Luft war erfüllt von mikroskopisch kleinem Leben.

Irma und Marion schliefen immer noch. Miranda konnte die einzelnen Schläge der beiden Herzen hören, zwei kleine Trommeln, jede in einem anderen Rhythmus. In den Büschen jenseits der Lichtung war das Brechen und Schlagen von Zweigen zu hören, wo sich ein lebendes Wesen, bis jetzt unsichtbar, durch das Unterholz auf sie zu bewegte. Es kam näher, das Brechen und Knacken zerriß die Stille, als die Büsche vehement beiseite gedrückt wurden und sich ein schweres Objekt aus dem Unterholz erhob und fast auf Mirandas Schoß landete.

Es war eine Frau mit einem finsteren, geröteten Gesicht und dichten schwarzen Augenbrauen, eine clownähnliche Erscheinung, die mit einem abgetragenen Korsett und ebensolchen Liebestötern, die bis zu den Knien reichten, bekleidet war. Die stockgleichen Beine endeten in schwarzen Schnürstiefeln.

»Geschafft!« schnaufte der weit aufgerissene Mund, und nochmals: »Geschafft!« Der Kopf mit dem zerzausten Haar fiel zur Seite, die tief in den Höhlen liegenden Augen waren geschlossen.

»Armes Ding! Sie sieht krank aus«, meinte Irma. »Wo kommt sie her?«

»Leg deinen Arm unter ihren Kopf«, sagte Miranda, »ich werde ihr Korsett aufschnüren.«

Von der beengenden Einschnürung befreit, den Kopf auf einen zusammengelegten Petticoat gebettet, normalisierte sich der Atem der Fremden, der angespannte Ausdruck wich aus ihrem Gesicht, und dann drehte sie sich auf dem Felsen zur Seite und schlief ein.

»Warum legen wir nicht auch diese blöden Dinger ab?« fragte Marion. »Wir haben immer noch genug Rippen, um aufrecht zu stehen.«

Erst zu diesem Zeitpunkt fielen die vier Korsetts auf die Steine, und ein wunderbares Gefühl von Freiheit und Kühle machte sich breit, als sich Marions Sinn für Ordnung wieder meldete.

»Jedes Ding im Universum, angefangen mit den Pflanzen, braucht seinen Platz. Ja, Irma, das ist meine

Meinung. Du brauchst gar nicht zu kichern. Das gilt auch für unsere Korsetts auf dem Hanging Rock.«

»Nun, du wirst hier wohl keinen Kleiderschrank finden«, entgegnete Irma, »egal wie lange du auch suchst. Wo können wir sie hinlegen?«

Miranda schlug vor, sie den Abhang hinunterzuwerfen. »Gebt sie mir.«

»Wo sind sie nach unten gefallen?« wollte Marion wissen. »Ich habe direkt neben dir gestanden, aber es nicht gesehen.«

»Du hast sie nicht fallen sehen, weil sie *nicht* gefallen sind.« Die scharfe, krächzende Stimme aus dem Mund der Clown-Frau, die jetzt aufrecht auf der Felsplatte saß und völlig wiederhergestellt aussah, traf sie wie ein Trompetenstoß. »Ich denke, Mädchen, du solltest deinen Kopf einmal nach rechts drehen und deinen Blick in Hüfthöhe richten ...«

Sie alle drehten ihre Köpfe nach rechts, und da, ganz selbstverständlich, waren die Korsetts. Sie schwebten ruhig in der windstillen Luft wie eine Flotte kleiner Schiffe. Miranda hatte einen Zweig aufgehoben, der lang genug war, um die Korsetts zu erreichen, und fuchtelte nach den dummen Dingern, die vor dem Hintergrund grauer Luft festgeklebt schienen.

»Laß mich mal versuchen!« meinte Marion. Zack! Zack! »Sie müssen in etwas festhängen, das ich nicht sehen kann.«

»Wenn ihr meine Meinung hören wollt«, krächzte die Fremde, »dann hängen sie in der *Zeit* fest. Du da, mit den Locken – was starrst du so?«

»Ich wollte Sie nicht anstarren. Aber als Sie das mit der *Zeit* gesagt haben, überkam mich das sonderbare Gefühl, daß ich Sie schon einmal gesehen habe. Vor langer Zeit.«

»Alles ist möglich, solange nicht bewiesen ist, daß es unmöglich ist. Und manchmal sogar dann.« Die krächzende Stimme hatte einen überzeugenden Unterton von

Autorität. »Und jetzt, da es so aussieht, als ob uns ein gemeinsames Schicksal zusammengeführt hat, darf ich wohl erfahren, wie ihr heißt? Ich habe meinen Namen leider irgendwo dort drüben verloren.« Sie deutete in Richtung der Mauer aus Büschen. »Spielt keine Rolle. Ich habe auch den größten Teil meiner Kleider verloren. Nun, jetzt bin ich hier. Auf meinen Körper muß eine ganz schöne Kraft eingewirkt haben.« Sie strich sich mit der Hand über die Augen, und Marion fragte mit seltsamer Anteilnahme: »Wäre es Ihnen recht, wenn wir weitergehen, bevor es dunkel wird?«

»Für jemanden von deiner Intelligenz – glaub mir, denn ich kann direkt in dein Gehirn sehen – bist du nicht sehr aufmerksam. Da es hier keine Schatten gibt, wird auch das Licht unverändert bleiben.«

»Ich verstehe das nicht«, sagte Irma betroffen. »Bitte, heißt das, daß es Höhlen gibt, die mit Licht oder Dunkelheit gefüllt sind? Ich habe Angst vor Fledermäusen.«

»Irma, Liebling«, strahlte Miranda, »verstehst du nicht? Das heißt, wir kommen im Licht an!«

»Ankommen? Aber Miranda, wo gehen wir hin?«

»Das Mädchen Miranda hat recht. Ich kann ihr ins Herz schauen, und das ist voller Verstehen. Jedes lebende Wesen muß irgendwo ankommen. Wenn ich auch sonst nichts weiß, zumindest das weiß ich.« Sie hatte sich erhoben, und einen Moment lang hatten die Mädchen den Eindruck, daß die Frau fast schön sei. »Tatsächlich bin ich der Meinung, daß wir *gerade* ankommen. Jetzt.«

Ein plötzlicher Schwindelanfall ließ alles um sie herum sich drehen. Er ging vorüber, und dann sah sie das Loch vor sich.

Es war kein Loch in den Felsen oder im Boden. Es war ein Loch im Raum von der Größe eines vollen, runden Sommermondes, das erschien und verschwand. Sie sah es, wie ein Maler oder Bildhauer ein Loch sieht, als ein eigenständiges Ding, das anderen Dingen Form und Bedeutung verleiht. Als eine Manifestation, nicht als eine Abwesenheit von etwas, eine greifbare Materialisation von Wahrheit. Sie fühlte, daß sie es für immer mit Staunen und Verzückung betrachten könnte, von oben, von unten, von hinten. Es war fest wie die Erde und durchsichtig wie eine Seifenblase. Eine Öffnung, leicht zu durchqueren, und doch lag nichts dahinter.

Sie hatte ihr Leben damit verbracht, Fragen zu stellen, und nun wurden sie beantwortet, einfach indem sie in das Loch blickte. Es verblaßte, und zu guter Letzt fand sie Frieden.

Die kleine braune Schlange tauchte wieder auf und lag neben einer Spalte, die irgendwo unter dem unteren zweier riesiger Felsbrocken, die übereinander lagen, verschwand. Als Miranda sich hinabbeugte, um die schön gezeichnete Haut des Tieres zu berühren, verschwand es zwischen den riesigen Ranken einer Kletterpflanze. Marion kniete sich neben Miranda, und gemeinsam begannen sie das lose Geröll und die verschlungenen Ranken zur Seite zu räumen.

»Sie ist da hinunter. Sieh, Miranda, dort unten, die Öffnung.«

Es war ein Loch, umgeben von gepreßten, herzförmigen Blättern, vielleicht der Eingang zu einem Tunnel oder einer Höhle.

»Stimmt ihr zu, daß es mein Privileg ist, zuerst hineinzugehen?« wollte die Frau wissen.

»Hineinzugehen?« fragten sie und blickten von der engen Öffnung zu den breiten Hüften der Frau.

»Es ist ganz einfach. Du denkst nur in den Bahnen geradliniger Ausdehnung, Marion. Wenn ich dir das Zeichen gebe, wahrscheinlich ein Klopfen am Fels, dann kannst du mir folgen, und Miranda folgt dann uns. Habt ihr das begriffen?« Das gerötete Gesicht glänzte.

Bevor noch jemand antworten konnte, hatte sich der langknochige Körper auf den Boden neben das Loch gelegt und nahm die Form eines Wesens an, das auf dem Boden kriecht und in Höhlen lebt. Die dünnen Arme, hinter dem Kopf mit den hellen, stechenden Augen gekreuzt, wurden zu Greifzangen eines riesigen Krebses, wie sie in den verschlammten Wasserlöchern vorkamen. Langsam schob sich der Körper Zentimeter für Zentimeter durch das Loch. Zuerst verschwand der Kopf, dann die zusammengepreßten Schulterblätter, dann die Liebestöter und schließlich die langen, schwarzen Stangen von Beinen, die wie ein Schwanz zusammengewunden waren und in zwei schwarzen Stiefeln endeten.

»Ich kann es kaum erwarten«, meinte Marion. Als dann ein paar fordernde Schläge unter den Felsen ertönten, glitt sie ganz einfach kopfüber hinein, wobei sie, ohne einen Blick zurückzuwerfen, noch ihr Unterkleid glattstrich.

»Jetzt bin ich dran«, sagte Miranda

Irma blickte auf Miranda, die neben dem Loch kniete, die bloßen Füße steckten zwischen den Kletterpflanzen; sie war ganz ruhig, so schön und ganz furchtlos.

»Ach Miranda, liebste Miranda, geh nicht da hinein. Ich habe Angst. Laß uns nach Hause gehen!«

»Nach Hause? Ich verstehe nicht, meine Liebe. Warum weinst du? Hör zu. Klopft da Marion? Ich muß gehen.«

Ihre Augen glänzten wie Sterne. Es klopfte wieder. Miranda zog ihre langen, schönen Beine nach und war verschwunden.

Irma setzte sich auf einen Stein und wartete. Eine Prozession kleiner Insekten krabbelte durch die Wildnis von trockenem Moos. Wo waren sie hergekommen? Wohin gingen sie? Wo ging ein jeder hin? Warum, warum nur hatte Miranda ihren klugen Kopf in das dunkle Loch am Boden gesteckt? Sie schaute in den farblosen grauen Himmel und auf die gelbgrauen Farne, dann schluchzte sie laut.

Wie lange hatte sie auf den Eingang der Höhle gestarrt und darauf gewartet, daß Miranda an die Steine klopfte?

Sie lauschte und starrte, starrte und lauschte. Zwei oder drei Bäche von Sand ergossen sich von dem unteren der beiden großen Felsblöcke auf die flachen, verkehrt herum liegenden Blätter der Kletterpflanzen und rieselten genau vor das Loch.

Irma hatte sich halb gegen den Felsblock geworfen und schlug mit bloßen Händen auf die rauhe Oberfläche ein. Sie war immer sehr gut bei Stickarbeiten gewesen. Es waren kleine, schöne Hände, weich und weiß.

Eine alternative Lösung zu Joan Lindsays Roman Picknick am Valentinstag

Werner Wolf

Die Gräber von St. Kilda

Der Wind blies rauh von Osten über das karge Land und trieb vereinzelte Schneeflocken vor sich her. Die gebeugte Gestalt der alten Frau in ihrem kastanienbraunen Mantel versuchte sich gegen die Naturgewalten zu stemmen, doch es hatte den Anschein, als würden die nach hinten gewehten Mantelschöße sie eher zurücktreiben denn eine Bewegung nach vorne zulassen. Links und rechts des ausgetretenen Weges duckten sich niedrige Büsche, und die vereinzelten Felsbrocken glänzten feucht wie geheimnisvolle Edelsteine. Das graue, schon dünne Haar der über achtzigjährigen Frau war im Nacken zu einem Knoten zusammengebunden und der Kopf mit einer Haube bedeckt, die in ihrer großväterlichen Form der Abgeschiedenheit des Ortes entsprach. Die Zeit war stehengeblieben, zumindest in diesem Teil der Welt.

Das verrostete Eisentor des kleinen Friedhofs, ein Stück außerhalb der wenigen Häuser, die man nur schwerlich als Ort bezeichnen konnte, hing, nur noch an einer Angel befestigt, von dem Steinpfosten herab. Eine Tafel klapperte im Wind, ein brüchiges Stück Holz, das irgendwann einmal eine Aufschrift getragen hatte. Die alte Frau ging gebückt, das Blick auf den Boden gerichtet, an den Reihen verwitterter Grabsteine vorbei, die von Flechten und Moos überwachsen waren, und nur die, die ihre Angehörigen selbst hier begraben hatten, wußten, an welcher Totenstätte sie an den Feiertagen ihre Gebete sprechen mußten. Zuerst machte die Frau vor einem Grab in der Mitte des Gottesackers halt und legte eine der Primeln, die sie selbst in einem Topf neben dem Kamin zog, nach einem kurzen Moment der Einkehr darauf, danach ging sie an den Rand des Geländes, wo zwei weitere Gräber auf sie warteten. Wenn man sie so vor den rauhen Felssteinen, die nur ein Datum und einen Namen trugen, stehen sah, hätte man meinen können, sie würde in heiliger Inbrunst zu einem Gott um die Erlösung der Seelen flehen, doch ihre Gebete bestanden nur aus einem Wort: »Warum?«

Und wie so oft in den vergangenen Jahren blieb man ihr die Antwort schuldig. In diesen Jahren hatte sie verlernt, Tränen zu vergießen oder wilde Anklagen und Schmähungen in den Wind zu flüstern, geblieben war nur das schlichte »Warum«, das ewig unbeantwortet bleiben würde. Alles beginnt und alles endet am richtigen Ort und zur richtigen Zeit, doch wer bestimmte Zeit und Ort, Anfang und Ende? Sie drehte sich mit einer abrupten Bewegung um und stemmte sich wieder gegen den Wind. Als sie am Grab ihres Vaters, George McCraw, vorbeikam, zog sie unwillkürlich ihren Mantel fester um sich und eilte, soweit es ihr Alter zuließ, weiter, als ob die Gefahr bestünde, er würde aus dem Grab heraus versuchen, sie festzuhalten.

Der steinige Weg führte über den kleinen Hügel, von dessen Kuppe man die wenigen Häuser an der kleinen Bucht sehen konnte. Auf St. Kilda, der kleinen Hebrideninsel weit vor der Küste Schottlands, lebten nur wenige Menschen, die mit der Schafzucht ihr karges Dasein fristeten. Die Sommer waren kurz und kühl, die Winter lang und dunkel, so daß die Wände der Wohnstuben in den Häusern von Talglichtern, Petroleumlampen und Kerzen immer schwarz gefärbt waren. Die Landschaft war bestenfalls als rauh zu bezeichnen, und ein verkrüppelter Baum, der sich über die niedrigen

Büsche reckte, war schon so etwas wie ein Naturwunder. Im Sommer blühte für eine kurze Zeit das Heidekraut, und wenn die Mitternachtssonne daraufschien, strahlte die Insel in einem seltsamen Glanz, den die Bewohner das Meerlicht nannten. Dann umschmeichelten die Wellen des nördlichen Atlantik die Buchten und Klippen, als wollten sie für die langen Monate, in denen sie voller Gewalt gegen die Gestade tosten, um Verzeihung bitten. Diese wenigen Tage des Jahres waren den Bewohnern der Insel Entschädigung genug für das rauhe Klima, das sie Jahr für Jahr ertrugen, in ihrer Jugend mit lautem Protest, daß sie ihre Geburt an diesen elenden Ort fesselte, mit zunehmendem Alter sich aber als ein Teil dessen betrachtend, was um sie herum war. Fast alle, die auf der Insel geboren wurden, sind auch auf ihr gestorben. Selbst der große Krieg mit seinen unendlichen Schlachthöfen der Schützengräben, die sich, mit Blut und Schlamm gefüllt, über ganz Europa hinzogen, hatte um das Eiland einen Bogen gemacht. Keiner der wenigen Söhne hatte je in der Armee des Königs oder der Königin dienen müssen, nie war ein Rekrutierungsoffizier bis in diesen Winkel des Empire vorgedrungen. Sie hatten die Höhen des Himalaya erstiegen, die Wüsten Australiens durchquert, sich durch die Dschungel Indiens gequält und die Weiten Afrikas erforscht, doch der Weg durch die wilden Gewässer der Hebriden war ihnen den Aufwand nicht wert gewesen.

Obwohl die alte Frau vorsichtig einen Fuß vor den anderen setzte, geriet sie an einer ausgewaschenen Stelle kurz ins Straucheln, konnte sich aber wieder fangen und war froh, als sie endlich den besseren Teil des Pfades, kurz vor den ersten Häusern, erreicht hatte. Der Herbststurm hatte nachgelassen, so, als wolle er dem Postboot, dessen Positionslichter sich im Halbdunkel des Nachmittags auf dem pechschwarzen Meer mit den weißen Schaumkronen blaß abzeichneten, eine sichere Einfahrt gewähren. Greta McCraws ein Leben lang der Mathematik verpflichteter Geist berechnete wie von selbst die Zeit, die das Boot noch bis zum Landungssteg brauchen würde, und sie hatte keine Eile, in den Kramladen zu kommen, der gleichzeitig auch die Kneipe, die Poststation und Hauptumschlagplatz für Neuigkeiten war. Als sie die Tür von McJaries Laden erreichte, hätte eine Turmuhr, so es sie gegeben hätte, halb vier geschlagen, und die Insel war in Dunkelheit gehüllt. Die Lichter des Postbootes waren nur unmerklich gegen den wieder aufgelebten Sturm näher gekommen, und inzwischen hatte dichtes Schneetreiben eingesetzt.

»Na, Greta, wieder auf dem Friedhof gewesen?« begrüßte sie der alte James hinter dem Tresen. »Einen Tee, wie immer?«

»Tu etwas Rum hinein, es ist lausig kalt. Der Winter scheint dieses Jahr früh zu kommen.«

»Hatten wir denn schon Sommer?« versuchte James zu scherzen.

»Sommer …« Gretas Stimme brach ab, und ihre Augen nahmen einen Glanz an, den der alte James nur zu gut kannte. Sie dachte jetzt wieder an die Sommer in Australien, wo sie einige Jahre als Lehrerin gearbeitet hatte. Niemand hier auf der Insel konnte mit ihren Erzählungen aus einem Land, das so weit entfernt lag, etwas anfangen, auch damals schon nicht, als ihr Vater, der Prediger, ihre Briefe, die mit einem Jahr Verspätung auf der Insel ankamen, hier im Laden vorgelesen hatte. Schon damals, als James noch ein kleiner Junge gewesen war, entsprachen ihre Beschreibungen von Wüsten und Trockenheit, Hitze und Dürre mehr den Fabeln und Märchen denn einem tatsächlichen Ort auf dieser Welt. Vor siebzig Jahren, keiner wußte das so genau, nur Greta McCraw, habe sie die Insel heimlich auf dem Postboot verlassen und sei nach London gegangen, doch niemand lebte mehr, um es beschwören zu können. Ja, damals, als sie zurückgekommen war, kurz vor dem Tode ihres Vaters, da kannten sie noch die meisten auf der Insel. Niemand allerdings kannte die beiden jungen, hübschen Mädchen in ihrer Begleitung, die jetzt in ihren Gräbern auf dem Gottesacker lagen.

»Scheußliches Wetter heute«, meinte McConey, kaum daß er die Tür hinter sich geschlossen hatte. »Gib mir einen Whisky und leg ein paar Scheite in den Ofen!« Er zog seinen Mantel aus, schüttelte den Schnee ab und warf das feuchte Kleidungsstück über eine Bank, die neben dem Ofen stand. Den Hut schob er ein Stück in die Stirn, und nach dem Whisky begann sich sein Gesicht zu röten.

»Hallo, Greta.«

»Guten Tag, McConey«, antwortete Greta McCraw und trank einen Schluck.

»Wartest du auf das Postboot?«

»Wie jeder hier.«

Das Postboot war ihre einzige Verbindung zur Außenwelt. Und wäre der Rest der Welt untergegangen, auch dann hätten sie es erst mit einem halben Jahr Verspätung erfahren. Damals, als der große Krieg in Europa wütete, beteten sie auf der Insel noch für die Soldaten in den Schützengräben, als die übrige Welt schon lange den Sieg und das Ende der Metzelei feierte. Doch auf der Insel herrschten eigene Gesetze, die nicht denen der Welt entsprachen. Die Insel ließ niemanden los, der auf ihr geboren war. Greta McCraw mußte es wissen. So wie es jeder hier wußte, ohne nach den Gründen zu fragen oder sich des Umstandes überhaupt bewußt zu sein.

»Wartest du immer noch auf Post aus Australien?« Ein Scherz, weniger böse gemeint, als auf das jahrelange Warten von Greta McCraw abgezielt. Jeder hier mochte die schrullige alte Frau, die zu ihnen gehörte, auch wenn sie lange Zeit weit fort gewesen war.

»Ach, James, du bist so dumm und so glücklich. Als ich von hier fortging, waren deine Eltern noch nicht einmal in der Kirche gewesen, um dich, von dem sie noch nichts wissen konnten, legitimieren zu lassen. Was weißt du schon von der Welt? Na, vielleicht ist es besser so.«

Der alte James wollte gerade seine übliche Antwort geben, denn nichts veränderte sich hier auf der Insel in der Spanne eines menschlichen Lebens, doch in diesem Moment erklang von draußen die Sirene des Postbootes. Jetzt würde es nur noch Minuten dauern, bis der Skipper, mit seinen üblichen Flüchen über die gottverdammte Einsamkeit auf den Lippen, den Laden betreten, den Postsack mit den alten Zeitungen, die hier die letzten Neuigkeiten bedeuten würden, auf den Boden werfen und die wenigen Briefe daraus hervorziehen würde. Greta McCraw brauchte keine Post, sie wußte alles, und das schon lange. Sie hatte die Grabsteine auf dem Friedhof in den letzten zwanzig Jahren genau studiert. Es fehlte keiner. Kein einziger. Nur ihrer, doch das konnte nicht mehr lange dauern. Sie würde auf dem kargen Hügel begraben werden, wie alle anderen vor ihr. Vielleicht würden ihre Mitbewohner oder auch Mitgefangenen sie neben ihren Vater legen, der kurz nach ihrer Ankunft hier anno 1900 gestorben war, vielleicht aber auch neben die beiden Gräber am Rande des Gottesackers. Es war einerlei, hier auf der Insel lag nichts weit entfernt.

»Hast du eigentlich jemals etwas von den McTolleys gehört?« fragte sie den alten James.

»Ach, Greta, wie oft hast du mich das schon gefragt? Das ist so lange her, du weißt ja selbst nicht mehr, wann die hier gelebt haben sollen. Du bringst doch die meiste Zeit auf dem Friedhof zu. Gibt es keine Gräber?«

»Du kennst sie also nicht?«

»Nein«, gab der alte James zurück und wendete sich dem Skipper zu, der inzwischen die Zeitungen und drei

Briefe auf die Ladentheke gelegt hatte und auf seinen Whisky wartete.

»Sag mal, was hat das alte Mädchen denn heute?« wollte der Skipper wissen, während er den zweiten Schnaps hinuntergoß.

»Keine Ahnung, vielleicht wird sie wunderlich. Sechsundachtzig Jahre sind kein Pappenstiel, vor allem für die Insel nicht. Ich kenne niemanden, der hier so alt geworden ist.«

»Skipper!« erklang es von dem Tisch, an dem das alte Mädchen saß. »Ich habe hier einen Brief. Bitte sorgen Sie dafür, daß er an die angegebene Adresse kommt. Ich muß mich darauf verlassen können.« Greta McCraw hatte so eindringlich gesprochen, daß dem Mann an der Theke ein kalter Schauer den Rücken hinunterlief.

»Natürlich, Madame.« Nie zuvor hatte er Greta McCraw so angeredet.

»Es ist eine Adresse in London. Der Brief muß dort hinkommen. Er ist wichtig.«

Der Bootsführer des Postbootes nahm den Brief entgegen, warf einen kurzen Blick auf die Adresse: eine Anwaltskanzlei in London.

Nach einem weiteren Whisky steckte er den dicken Umschlag in den Postsack und verabschiedete sich. Der Wind war heftiger geworden, und das kleine Boot hatte noch eine lange Fahrt zu einer der größeren Hebrideninseln vor sich. Es war das letzte Mal, daß der Skipper Greta McCraw gesehen hatte. Er wurde kurz danach zur Royal Navy eingezogen, und sie starb, ohne von dem zweiten großen Krieg, der in Europa tobte, je erfahren zu haben, am 13. März 1941.

Der Brief, der Greta McCraw so am Herzen gelegen hatte, war adressiert an die renommierte Anwaltskanzlei Soccers & Son in der Bond Street und erreichte London im Mai 1941, als Europa vor einem Feuersturm stand, der alle Ausmaße menschlicher Vorstellungskraft übersteigen sollte, doch das wußten die Menschen auch erst ein paar Jahre später. Der Brief wanderte ungeöffnet in eine der vielen Kisten, die die Anwaltskanzlei während der Luftangriffe auf London auslagerte.

Bei der Auflösung des Nachlasses eines der berühmtesten englischen Strafverteidiger, Sir Allen McSolley-Flansby, langjähriges Mitglied der Kanzlei Soccers & Sons, wurde im Mai 1992 eine Kiste mit Unterlagen aus dem Jahre 1941 gefunden, deren Verschwinden damals in der Kanzlei für einiges Aufsehen gesorgt hatte. Allgemein wurde seinerzeit angenommen, diese Kiste sei bei den deutschen Luftangriffen vernichtet worden. Neben vielen Prozeßunterlagen fand man auch einen an die Kanzlei adressierten Brief aus dem Jahre 1941. In dem Kuvert befand sich ein weiterer Brief, adressiert an die Countess de Latte-Marguery, und ein kurzes Schreiben in einer verschnörkelten, altertümlichen Handschrift mit der Bitte, diesen Brief an die Countess weiterzuleiten.

Wenn auch mit Verspätung, so wurde der Ehre der renommierten Anwaltskanzlei doch Genüge getan und den Erben der Countess dieser Brief mit über fünfzigjähriger Verspätung zugestellt. Er erreichte die Marquise Eleonore de Mazarin-Vitoire (Tochter der Countess de Latte-Marguery) auf ihrem Stammsitz in Burgund am Montag, dem 14. Februar 1994.

Verehrte Countess de Latte-Marguery,
liebe Irma,

bitte entschuldigen Sie einer alten Frau die Vertraulichkeit, zumal ich davon ausgehe, daß Sie sich nicht mehr an mich erinnern werden. Ich nehme mir in diesem Brief die Freiheit heraus, Sie weiterhin Mademoiselle Irma zu nennen, so wie ich es von Appleyard College gewohnt war. Es ist jetzt vierzig Jahre her, seit wir uns zum letzten Mal gesehen haben. Sie wissen nichts von mir, doch Ihren Weg konnte ich hier auf meiner Insel in großen Abständen aus der Zeitung mitverfolgen. Wir beide sind inzwischen weit weg vom Hanging Rock, sowohl zeitlich als auch räumlich, und die Geschehnisse an jenem schicksalhaften Valentinstag des Jahres 1900 sind nur noch eine Episode in vierer Menschen Leben. Aus den Zeitungen weiß ich auch, daß Sie sich nie erinnern konnten oder erinnern wollten, was an jenem Nachmittag geschehen ist. Sie sind damals gerettet oder verschont worden, weil sie zufällig dabei waren, ohne dazuzugehören. Es war gut für Sie, aber Sie waren, so wie ich es sehe, auch nie in Gefahr. Danken Sie Gott dafür, daß der Ehrenwerte Michael Fitzhubert die Suche nicht aufgegeben hat, denn sonst wären Sie unweigerlich am Hanging Rock zu Tode gekommen.

Aber ich sollte der Reihe nach erzählen. Bitte haben Sie Nachsicht mit einer alten Frau, die Schwierigkeiten hat, ihre Gedanken in geordnete Bahnen zu lenken.

Liebe Irma, es hat nichts mit dem Hanging Rock zu tun – oder vielleicht doch? Ich weiß es nicht. Aber es hat etwas mit dieser Insel, weit im Nordwesten von Schottland, zu tun, von der Sie bestimmt noch nichts gehört haben.

Man wird auf dieser Insel geboren und stirbt auf ihr. Es war nie anders, wie ich inzwischen herausgefunden habe. Ich konnte damals das Leben auf der Insel nicht ertragen; ich ging nach London und von dort so weit wie möglich – oder so weit, wie es das Empire zuließ – fort. Nach Australien. Doch heimisch wurde ich dort nie. Am Anfang habe ich meinem Vater, der Pfarrer auf der Insel war, noch Briefe geschrieben – nie erhielt ich eine Antwort. Aber ich schweife ab.

Lassen Sie mich schildern, wie ich jenen Nachmittag des 14. Februar 1900 auf dem Hanging Rock erlebt habe.
Aus einem Grund, den ich heute weiß, aber damals nicht kannte, folgte ich Ihnen, Miranda, Marion Quade und Edith, die im weiteren Verlauf keine Rolle spielte, den Felsen hinauf. Ich traf Sie auf einem Plateau, das im gleißenden Sonnenlicht lag, hoch oben in der Felsformation. Ihr Mädchen lagt alle schlafend auf dem Boden, und ein riesiger Monolith stand an der Felskante. Plötzlich hörte ich Meeresrauschen, wie schon seit langer Zeit nicht mehr. Es war das Geräusch der Brecher an den Klippen der Insel meiner Geburt. In diesem Augenblick stand mein Vater vor mir, nicht wirklich, soweit war mein mathematisch geschulter Verstand noch klar, es war eine Form von Projektion, aber sehr real. Ich wußte auf einmal, daß er im Sterben lag und ich als letzte der McCraws zurück in meine Heimat mußte.
Ich ging mit ihm über die Felskante hinaus. Als ich mich umdrehte, folgten mir Miranda und Marion Quade. Auch Sie folgten mir, aber ein paar Schritte zurück. Miranda, Marion Quade und ich schwebten schon über der Felskante in der Luft, als sich mein Vater umdrehte und meinte: »Sie nicht, mein Kind. Sie gehören nicht zu uns.«
Miranda und Marion Quade gingen ein paar Schritte zurück, wie, das dürfen Sie mich nicht fragen, umarmten Sie zum Abschied und folgten mir dann endgültig.
Bitte, liebe Irma, fragen Sie mich nicht, was damals wirklich passiert ist, aber das nächste, was ich weiß, ist, daß ich – wir – in dem kargen Haus meines Vaters auf der Hebrideninsel waren. Er starb. Wir haben ihn auf dem Friedhof beerdigt.
Sie müssen wissen, daß wir hier oben sehr abge-

schieden leben. Unsere einzige Verbindung zur Welt ist ein Postboot, das alle drei Monate kommt, die Post, Zeitungen und Lebensmittel bringt. Im Austausch dafür transportiert es die Wolle unserer Schafe auf das Festland, wo sie von einem Händler verkauft wird. Es ist ein einfaches Leben hier, nicht vergleichbar dem, das Sie führen, doch auf eine eigene Art sind die Menschen glücklich. Niemand, bis auf ganz wenige, zu denen auch ich mich zähle, haben je den Versuch unternommen, die Insel zu verlassen.
Auch Miranda und Marion Quade nicht. Wir haben lange Abende zusammengesessen und versucht zu ergründen, was uns passiert ist. Aber was mich am meisten erstaunte, war, daß keine der beiden den Versuch unternommen hat, die Insel zu verlassen. Genauso erstaunt hat mich, daß keiner der Inselbewohner viele Fragen über meine Rückkehr oder das Auftauchen Ihrer beiden Mitschülerinnen gestellt hat. Wir lebten gemeinsam im Haus meiner Eltern, doch das rauhe Klima war schlecht für die beiden Mädchen. Beide starben in dem schrecklichen Winter 1909 an Lungenentzündung. Ich habe sie auf dem Friedhof der Insel beerdigt.
Danach stand mein ganzes Sinnen nach der Lösung des Rätsels, warum Miranda und Marion Quade hierherkamen und Sie nicht.
Sie glauben gar nicht, wie schwer so etwas ist, wenn man hoch im Norden abgeschnitten von der Welt lebt. Doch ich möchte Ihnen nicht vorenthalten, was ich herausgefunden habe.
Ich kann mich erinnern, daß es auf der Insel eine Familie McTolley gab. Mein Vater hatte mir von ihnen erzählt. Heute erinnert sich niemand mehr an sie. Ich habe ein paar verwitterte Grabsteine aus dem frühen 19. Jahrhundert gefunden, danach

nichts mehr. Da die Insel sehr klein ist, kennt jeder die Familiengeschichte der wenigen anderen Familien auswendig, doch niemand erinnert sich an die McTolleys. Es ist, als hätten sie nie existiert. Doch mein Vater war Pfarrer, und so konnte ich ohne Schwierigkeiten das Gemeindebuch einsehen. Die McTolleys waren Fischer. In einem Sturm kam McTolley um, das muß so um 1860 gewesen sein, seine Frau starb kurz darauf aus Gram, wie man hier sagt. Der einzige Sohn verschwand dann kurz danach von der Insel.

Ich habe Nachforschungen angestellt, glauben Sie mir, liebe Irma, oft genug war ich daran aufzugeben, aber ich wollte es wissen. Ian McTolley ist mit einem der letzten Gefangenentransporte nach Australien geschickt worden, in die Kolonien, wie es früher üblich war. Nachdem das Schiff in Port Arthur angekommen war, verwischt sich seine Spur, bis 1870 in Queensland ein Tolhey auftaucht, von dem behauptet wurde, er hätte im Inneren Australiens einen sagenhaften Goldfund gemacht. Schon bald besitzt er eine riesige Viehfarm und gilt als einer der Pioniere, die den unwirtlichen Nordwesten von Queensland erschlossen haben. Alles, was mir Miranda über ihre Familie erzählt hat, und wir hatten viel Zeit in den langen Nächten hier oben, deutet darauf hin, daß Tolhey McTolley war, der sein Glück in Australien gemacht hat, ohne zu wissen, daß die Insel irgendwann ihren Tribut fordern würde.

Gewiß, das sind nur Mutmaßungen, aber ich hatte nie die Mittel, um nach Australien zu fahren und meine Vermutung zu überprüfen. Meine Briefe kamen nicht an oder blieben unbeantwortet. Außerdem hatte ich Angst, mich noch einmal von der Insel zu entfernen. Ich weiß nicht, ob Sie das verstehen, aber glauben Sie mir, hier ist alles anders.

Viel schwerer war es bei Marion Quade – oder vielleicht auch einfacher.
Hier um die Inseln herum ist die See sehr stürmisch, und vielleicht können Sie sich erinnern, daß Marion Quade eine Waise war. Ereignisse halten sich lange in dem Gedächtnis der Leute auf der Insel. Im November 1883 gab es ein Schiffsunglück. Ein Schiff, das, von Norwegen kommend, auf dem Weg nach Belfast war, strandete auf den Klippen nicht weit entfernt. Nur wenige Passagiere konnten damals gerettet werden. Es war November, und das eiskalte Wasser ließ kaum jemandem eine Chance zu überleben. Von zweihundert Passagieren und Mannschaftsmitgliedern wurden gerade zwanzig gerettet. Man brachte sie auf die Insel, und, liebe Irma, bedenken Sie bitte, wir haben hier nicht einmal einen Arzt. Wer würde auch in einer so gottverlassenen Gegend leben wollen? Unter den Geretteten war eine hochschwangere Frau, Mrs. Quade, die hier von einem Mädchen entbunden wurde: Marion. Das kleine Kind überlebte zusammen mit zwölf weiteren Schiffbrüchigen, doch nicht Mrs. Quade. Ihr Mann, der Kronanwalt Sir Rodger Quade, war in den eiskalten Fluten umgekommen. Das Kind wurde einem Vormund übergeben, der es mit nach Australien nahm, wo es aufwuchs und 1895 als Schülerin in das Appleyard College eintrat.
Liebe Irma, Countess de Latte-Marguery, für alles das gibt es keine Beweise, doch ich bin mir ganz sicher, daß die Insel und ihre Bewohner (zumindest die, die hier geboren wurden oder von hier Geborenen abstammen) ein ganz besonderes Verhältnis haben. Deshalb bin ich nach meiner Rückkehr auch nie mehr fortgegangen.
Zumindest wollte ich Ihnen, bevor ich sterbe, das mitteilen, was ich über die Ereignisse am Hanging

Rock an jenem Valentinstag weiß. Ich bin mir sicher, daß ich der auslösende Faktor für die unglücklichen Ereignisse war, kann es aber nicht ändern und freue mich um so mehr, daß Sie, ungeachtet der Vorkommnisse, ein, so wie ich meine, glückliches Leben haben.
Seien Sie versichert, daß auch Miranda und Marion Quade nicht unglücklich waren, da sie nie den Versuch unternommen haben, mit der Außenwelt in Verbindung zu treten. Leider sind sie viel zu früh verstorben. Man muß wohl eine besondere Konstitution haben, um auf der Insel überleben zu können.

Mit vorzüglicher Hochachtung
und aller Ehrerbietung
Ihre Greta McCraw
(Vormals Mathematiklehrerin
am Appleyard College)